À PROPOS DE L'AUTRICE

Charlotte Hawkes a grandi dans la péninsule de Wirral, en Grande-Bretagne. Elle est mère de deux garçons intrépides, qui aiment jouer avec elle à des jeux de construction, et ne manquent pas de lui reprocher les heures qu'elle passe devant son ordinateur. Ce temps consacré à écrire est pourtant bien employé, puisqu'il fait d'elle une autrice à succès !

Seconde chance à l'hôpital

*

La tentation de Bridget

Collection : SAGAS

Titre original :
SECOND CHANCE WITH HIS ARMY DOC

Ce roman a déjà été publié en 2021

HARPERCOLLINS FRANCE
83-85, boulevard Vincent-Auriol, 75646 PARIS CEDEX 13
Service Clients — https://www.harlequin.fr/contenu/contactez-nous
ISBN 978-2-2805-2438-4 — ISSN 2426-993X

Édité par HarperCollins France.
Composition et mise en pages Nord Compo.
Imprimé en octobre 2025 par ScandBook UAB en Lituanie
en utilisant 100% d'électricité renouvelable.
Dépôt légal : novembre 2025.

FSC
www.fsc.org
MIXTE
Papier | Pour une gestion forestière responsable
FSC® C021394

Pour limiter l'empreinte environnementale de ses livres, HarperCollins France s'engage à n'utiliser que du papier fabriqué à partir de bois provenant de forêts gérées durablement et de manière responsable.

CHARLOTTE HAWKES

Seconde chance à l'hôpital

INTÉGRALE

LE DEVOIR D'AIMER

Traduction française de

EVELINE CHARLÈS

SAGAS

HARLEQUIN

1

Kane Wheeler se figea sur place au beau milieu du hall de l'hôpital universitaire de Castleton, dardant un regard incrédule à travers une porte vitrée.

Une sensation oubliée se réveillait en lui. Une sensation douloureuse, lancinante. Une sensation de danger.

Mathilda Brigham. *Mattie.* Son premier et unique amour en dehors de sa carrière dans l'armée.

Non, ça ne pouvait pas être elle ! C'était impossible !

Bien sûr, il avait appris qu'elle était médecin. La dernière fois qu'ils avaient été ensemble, elle s'apprêtait à entrer à la fac pour réaliser son rêve de devenir docteur en médecine. Mais c'était quatorze ans auparavant, autant dire un siècle ! Depuis, il l'avait vue deux fois, dans des conditions sur lesquelles il préférait ne pas s'attarder, bien qu'elle ne l'ait pas aperçu.

Qu'est-ce qu'elle faisait dans cet hôpital, alors qu'elle était censée vivre une idylle avec le comte Blakeney, cet « homme parfait » avec qui elle était mariée depuis quatre ans ?

À la pensée de *sa* Mattie avec ce George Blakeney, il éprouva de nouveau cette sensation d'être transpercé de part en part.

Il avait pourtant appris depuis longtemps que les émotions telles que la colère, la culpabilité ou, en l'occurrence, l'amour ne mènent à rien. D'ailleurs, Mattie méritait d'être heureuse, et tant mieux si elle avait trouvé le bonheur avec George Blakeney, fils de duc et issu d'une des familles les plus riches de la région. Le mari parfait pour la brillante fille de général de brigade qu'elle était !

Qu'avait-elle de commun avec un gamin issu d'une famille de délinquants, qui avait lui-même été incarcéré brièvement dans un centre de détention pour mineurs ?

Elle avait eu beau prétendre le contraire, il n'aurait pas pu épouser une fille comme elle. Et même s'il avait réussi dans la vie depuis, il n'était rien, comparé à George Blakeney.

Ce qu'il ne comprenait pas, c'était pourquoi Mattie se trouvait si loin de l'immense propriété de son mari, ou même de Heathdale où tous deux avaient grandi, elle dans la zone résidentielle où vivaient les familles des notables, lui dans les bas-quartiers avec ses deux frères et son propre-à-rien de père.

Castleton était une ville dont la population était en grande partie militaire. La Royal Air Force y avait installé une base, ce qui était la raison de sa venue. Il devait en effet s'envoler dans quelques jours pour la mission la plus importante de sa vie.

En admettant que Mattie ait quitté l'armée après son mariage, enseigner dans un hôpital comme celui-ci enrichissait sans doute son expérience. Malgré tout, il était étonnant qu'elle quitte aussi facilement son mari… Et ses enfants ! Car elle avait sûrement des enfants avec Blakeney !

Il vacilla comme un homme ivre, bien qu'il n'ait pas bu une goutte d'alcool depuis des mois, même raisonnablement.

Car une seule erreur pouvait nuire gravement à sa carrière, la seule chose qui comptait pour lui depuis quatorze ans.

Tout en sachant qu'il ferait mieux de s'abstenir, il s'autorisa à l'observer plus longuement à travers la porte vitrée. Cherchait-il la preuve qu'elle avait changé, ou au contraire qu'elle était restée la même ? Il n'aurait su le dire.

Elle discutait avec un patient et son épouse. Même de loin, il pouvait voir qu'elle utilisait tout son humour, son professionnalisme et son charme pour les rassurer.

Il avait toujours su qu'elle serait un médecin exceptionnel, tout comme il savait qu'elle avait été un officier de l'armée hors normes, du moins jusqu'à son mariage. Apparemment, il était admis qu'une comtesse soit médecin mais pas capitaine…

Elle avait toujours son maintien gracieux d'autrefois. Ses

longs cheveux blonds avaient un peu foncé et étaient réunis en chignon. Elle portait un chemisier à la fois professionnel et très féminin, qui ne moulait pas ses formes mais mettait en valeur son joli corps qu'il avait si bien connu. Son pantalon lui dessinait les hanches, et il se rappela les longues jambes qui encerclaient sa taille pour qu'il s'enfonce davantage en elle…

Bon sang !

Il tourna les talons et s'éloigna, honteux.

Il n'avait aucun droit de penser à elle de cette façon ! En réalité, mieux valait qu'il ne pense plus du tout à elle, comme il s'y était efforcé pendant toutes ces années…

Non, hélas, c'était un mensonge. Dire qu'il avait cru être guéri lorsqu'il l'avait vue danser avec son fiancé dans cet hôtel de luxe, le soir du dîner de répétition de leur mariage !

Les futurs mariés se contemplaient avec amour. L'espace d'un instant, il avait eu l'impression que Mattie avait remarqué sa présence. Mais elle s'était tournée vers son futur époux et s'était pendue à son cou comme si celui-ci était le seul homme dans la salle et même dans le monde.

Ce simple geste lui avait brisé le cœur.

En même temps, il éprouvait une sorte de satisfaction douce-amère à l'idée qu'elle était heureuse, même si c'était sans lui. C'était la raison pour laquelle il était reparti sans chercher à lui parler, sans même aller trouver Hayden, son ex-meilleur ami et le frère aîné de Mattie, pour lui demander pourquoi il l'avait invité à ce dîner.

Ensuite, il s'était concentré sur sa carrière dans l'armée. Bien entendu, il n'avait rien d'un moine, et il avait eu quelques aventures avec des femmes qui n'attendaient pas de lui un engagement quelconque…

— Kane ?

Il s'immobilisa et se retourna lentement, tentant d'ignorer les battements accélérés de son cœur.

Mattie se tenait à quelques pas de lui dans le hall, comme figée sur place.

— C'est bien toi, marmonna-t-elle.

Il plongea ses poings fermés dans ses poches d'une façon qui n'avait rien de réglementaire – heureusement qu'il n'était pas en uniforme.

— Salut, Matz. Ça fait un bail.

Il était le seul à avoir jamais utilisé ce surnom, mais il n'avait pas pu s'en empêcher.

— Quatorze ans, répliqua-t-elle sèchement.

Croisant les bras sur sa poitrine, il adopta un ton léger.

— Tu m'en veux toujours ?

— Bien sûr que non, dit-elle, un peu trop vite. C'est juste que je ne pensais pas… Je ne m'attendais pas…

Elle redressa le menton.

— Pourquoi es-tu là, Kane ?

— Je suis venu rendre visite à… à quelqu'un qui est hospitalisé ici.

Pendant une fraction de seconde, il avait eu envie de se confier à elle, de lui dire qu'il venait voir son ancien compagnon d'armes, Tom, le seul survivant d'une mission qui avait mal tourné quelques années auparavant.

Tom avait été hospitalisé parce qu'il avait laissé la culpabilité le dévorer.

— Il est dans quel service ? s'enquit Mattie.

Fronçant les sourcils, elle se mordait la lèvre inférieure, une mimique si familière qu'il sentit son cœur se serrer.

Mais s'il lui parlait de cette visite, elle voudrait en savoir davantage. Elle voudrait savoir pourquoi, lui qui détestait l'armée, il s'était engagé. Ensuite, il devrait lui expliquer pourquoi il avait disparu durant toutes ces années. Il devrait lui parler de l'erreur de jugement colossale qu'il avait commise et comment le propre père de Mattie avait tout fait pour le sauver. Et comment Kane et lui avaient décidé que la jeune Mattie de dix-huit ans – deux de moins que lui – ne devait jamais savoir.

À cet instant précis, une part de lui aurait souhaité tout lui dire. Mais une autre part, bien plus importante, écarta cette idée. Pourquoi exhumer un passé qui renforcerait encore la mauvaise opinion que Mattie avait de lui ? On ne pouvait plus rien y changer. Elle était mariée, se rappela-t-il. Elle appartenait à un autre.

— Je suis content de t'avoir vue, Mattie, dit-il, évitant d'utiliser de nouveau son surnom. Je te laisse à ton travail.

Et avec la même volonté farouche qui l'avait sorti de tant de difficultés au cours des années, y compris de ce combat en zone ennemie dont aucun homme de sa section n'était censé réchapper, il tourna les talons et s'éloigna.

— Kane, attends !

Mattie ne put s'empêcher de se lancer à la poursuite de Kane. Sa raison lui hurlait de le laisser partir, mais son traître de cœur refusait d'écouter. Si le sol s'était ouvert sous ses pas, la propulsant au centre de la terre, elle n'aurait pas été plus bouleversée.

Elle rattrapa Kane alors qu'il atteignait les portes battantes à l'extrémité du hall, posa la main sur son bras et ignora comme elle put l'énorme choc électrique ressenti à ce contact.

Il se tourna vers elle et baissa les yeux vers les doigts qu'elle avait crispés sur son avant-bras, mais il ne fit rien pour s'en débarrasser. Elle-même ne parvenait pas à le lâcher, comme si elle craignait de le voir s'en aller de nouveau.

Elle avait imaginé cet instant des centaines de fois. Elle avait répété le discours qu'elle lui tiendrait, mais à présent la mémoire lui en faisait totalement défaut.

Elle était médecin-major de l'armée. Elle avait combattu dans des zones de combats, sauvé de nombreuses vies. Elle avait des centaines d'hommes et de femmes sous ses ordres, mais elle se retrouvait dans la peau d'une gamine de dix-huit ans dont le cœur vient d'exploser en un million de fragments minuscules.

Elle ne savait toujours pas pourquoi Kane Wheeler avait disparu du jour au lendemain, mais elle était certaine que ce n'était pas parce qu'il s'était lassé d'elle, comme des filles jalouses l'avaient prétendu.

Elle n'aurait su dire combien de temps elle et lui se fixèrent en silence. Ces quatorze années n'avaient pas atténué l'effet qu'il lui faisait. Elle ne pouvait ni bouger, ni parler ou respirer.

— Retourne au travail, Matz, grommela-t-il.

Cette voix rauque qu'elle n'avait pas entendue depuis quatorze ans, la seule à l'avoir nommée ainsi, tourbillonna en elle à la façon d'un épais serpent de fumée brûlante. Si elle ne s'était pas retenue à lui, ses jambes l'auraient certainement lâchée.

Elle serra les dents, furieuse contre elle-même et détestant encore plus Kane pour la mettre dans cet état.

Et pourtant, au plus profond d'elle-même, elle savait bien qu'elle ne le haïssait pas, qu'elle ne l'avait jamais haï.

Kane Wheeler. Son premier amour. Son seul réel amour.

En quatorze ans, elle avait eu sa part de petits amis, elle avait même été à deux doigts d'épouser George, l'homme le plus gentil qu'elle ait jamais connu. Mais aucun d'entre eux n'avait pu la guérir de Kane.

Kane qui n'avait pas voulu d'elle. Kane qui l'avait aimée puis l'avait trahie de la manière la plus dévastatrice.

— C'est tout ce que tu trouves à me dire, au bout de quatorze ans ?

— Qu'est-ce que tu voudrais que je te dise ?

Des dizaines de questions crépitaient en elle, chacune plus douloureuse que la précédente, mais elle les réprima.

— Pourquoi es-tu là ?

— Je t'ai déjà répondu, répliqua-t-il calmement.

Elle aurait pu le croire si elle n'avait pas remarqué que son regard s'était obscurci. Elle connaissait si bien ces yeux bruns qui viraient au noir quand il était ému...

Comme maintenant.

Le cœur battant, elle feignit de n'avoir rien remarqué.

— Et toi, Mattie, qu'est-ce qui t'amène ici, si loin de l'endroit où tu devrais être.

L'endroit où elle devrait être ?

— Tu fais allusion à une mission ? demanda-t-elle en fronçant les sourcils.

Elle aurait pu lui parler de l'opération Strikethrough. Ou du fait qu'elle avait été choisie parmi les nombreux majors du Royal Army Medical Corps pour diriger de A à Z les entraînements destinés à soutenir une division d'infanterie légère blindée. On allait tenter de nouvelles tactiques pour la première fois depuis la fin de la Guerre Froide.

Elle aurait pu en parler à Kane. Lui dire aussi, par pur orgueil, qu'elle serait promue au grade de lieutenant-colonel à la fin de ces trois mois d'exercice. Mais quelque chose la stoppa dans son élan.

Adolescents, ils s'étaient disputés à propos de l'armée, et du fait que l'engagement qu'elle envisageait allait les séparer. Kane était rebelle à toute autorité, et cela incluait la famille de Mattie, très férue d'armée. Elle était la fille d'un général de brigade, et il était le fils d'un homme qui passait sa vie à boire de la bière dans les pubs, d'où il sortait chaque soir plus abruti.

À l'époque, elle avait été assez naïve pour croire que cette différence de milieux n'avait aucune importance. Elle espérait que, après tout ce temps, Kane n'était plus aussi ancré dans ses convictions antimilitaristes. Pourtant, elle ne voulait pas gâcher leurs retrouvailles en évoquant ce désaccord depuis longtemps enterré.

— Non, je ne pensais pas à une mission, rétorqua-t-il avec une moue dégoûtée. Je croyais d'ailleurs que tu avais quitté l'armée. Je l'avais entendu dire, en tout cas.

Le regard de Kane était trop acéré. Trop perçant. L'espace d'une seconde, elle sentit son cœur cesser de battre. Elle avait l'impression qu'un étau lui comprimait la poitrine, l'empêchant de respirer.

Il ne pouvait pas être au courant, pour George ?

— Tu l'as entendu dire ? Qui t'en a parlé ?

Il secoua brusquement la tête.

— La rumeur, dit-il avec un haussement d'épaules. Quelqu'un de Heathdale, peut-être. Peu importe, d'ailleurs.

Elle n'était pas sûre de le croire, mais l'étau se desserra un peu.

— Qu'est-ce qu'on t'a dit ?

— Que tu te mariais et que tu allais quitter l'armée à cause de ton mari… Un comte ou quelque chose comme ça.

Elle faillit s'étrangler. Ils s'aventuraient sur un terrain où elle ne souhaitait pas aller.

— Ils mentaient ? demanda Kane.

Comme si la réponse l'intéressait ! Et combien elle aurait souhaité que la réponse l'intéresse !

En même temps, elle n'avait pas envie de lui fournir une explication désinvolte, comme si l'annulation de son mariage avec le gentil George n'avait pas été la décision la plus difficile de sa vie.

Elle attendit l'habituel pincement de culpabilité, comme chaque fois qu'elle pensait à son ex-fiancé...

Mais rien ne vint. Au contraire, son corps vibrait, il chantait ! Et tout cela à cause de l'homme qui se tenait près d'elle.

— Est-ce qu'ils mentaient, Mattie ? insista Kane.

— Non, ils ne mentaient pas.

Elle avait bien eu l'intention d'épouser George, mais ce n'était pas arrivé.

— Pourquoi as-tu abandonné d'un seul coup la carrière dont tu avais rêvé ? demanda Kane. Juste parce que ton époux est un comte ?

Il lui saisit brusquement le poignet pour arracher sa main de son bras comme s'il ne pouvait supporter qu'elle le touche un instant de plus. Mais au moment de la lâcher, il interrompit son geste et souleva sa main pour l'examiner. Pendant une fraction de seconde, un pli profond se creusa entre ses sourcils.

— Pas d'alliance, fit-il d'une voix sourde. Pourquoi ?

Sous son regard acéré, elle eut l'impression qu'un incendie couvait sous chaque centimètre de sa peau.

— Je ne suis pas mariée.

Il y eut un long silence.

— Pas de mari parfait ?

— Pas de mari.

À cet instant, quelque chose changea entre eux. Elle le ressentit dans chaque cellule de son corps et à la façon dont l'air s'épaissit soudain autour d'elle et de Kane, comme pour créer une bulle qui les isolait du reste du monde.

Il s'approcha encore d'elle. Il était si près qu'elle percevait la chaleur de son corps. Et lorsqu'il se pencha, son haleine mentholée lui frôla le visage.

Il allait l'embrasser, et elle en avait terriblement envie.

— Qu'est-ce qui a mal tourné ? demanda-t-il doucement.

Qu'est-ce qui n'allait pas chez elle ? Il voulait des réponses, et elle ne pensait qu'à l'embrasser !

— Ça ne te regarde pas.

Que pouvait-elle lui dire ? Qu'elle avait passé dix ans à prétendre qu'elle l'avait oublié, puis à penser qu'elle avait trouvé l'homme idéal en la personne de George Blakeney ?

Mais que le soir de la répétition du dîner de mariage, elle avait imaginé voir Kane dans le fond de la salle.

Elle se rappelait cette affreuse soirée dans les moindres détails. Si elle fermait les yeux, elle retrouvait les sentiments qu'elle avait éprouvés auprès de son futur mari : cette sorte de pétillement en elle, tandis qu'ils parlaient à leurs invités. Elle se rappelait avoir souri à un océan de visages, les avoir remerciés pour leur présence.

Mais soudain, cette bulle avait éclaté lorsqu'elle avait cru apercevoir Kane. Pire encore, elle avait frissonné de joie à l'idée qu'il lui revenait enfin. Elle avait vacillé et s'était agrippée à George pour éviter de tomber de l'estrade.

Quand elle avait regardé de nouveau vers la foule, Kane avait disparu. Envolé dans un nuage de fumée... Sauf qu'il n'avait jamais été là et que son imagination lui avait joué un tour. Parce que, bien qu'elle ait été heureuse avec George, il y avait toujours eu ce nuage qui planait au-dessus d'elle. Cette petite pièce du puzzle qui manquait.

Bien qu'elle ait passé quatorze ans à prétendre le contraire, en réalité, Kane Wheeler lui avait volé son cœur, et elle n'avait jamais pu le donner à un autre.

Pourtant, cela ne justifiait pas qu'elle se tienne devant lui comme l'adolescente énamourée qu'elle était autrefois. Elle était un excellent médecin, un major de l'armée, et il était temps d'agir en tant que tel.

— Tu as raison, Kane. Il est temps que je retourne travailler.

— Mattie...

Sa voix l'enveloppait, la privant de toute volonté comme toujours. Elle ne pouvait pas le lui permettre !

— Cela a été… intéressant de te revoir, dit-elle en se forçant à reculer d'un pas.

— Je te paie un café, annonça Kane brusquement.

Le ton de sa voix laissait entendre que son cerveau n'était pas totalement en accord avec sa bouche quand il avait lâché cette invitation.

À sa grande honte, elle fut très tentée d'accepter, pourtant elle secoua négativement la tête.

— Désolée, mais pour l'instant, j'ai du travail. Une longue journée m'attend, et je ne terminerai que très tard.

— Demain soir, alors.

Elle voulait dire oui. Ô combien elle le voulait !

— Demain soir, je vois des amis, ainsi que Hayden. Nous célébrons quelque chose…

Il fallait qu'elle arrête de parler pour ne rien dire !

Elle prit une profonde inspiration et tâcha de se concentrer.

— Merci pour l'invitation, Kane. On se recroisera peut-être dans quatorze ans.

Et avant que la partie la moins rationnelle de son cerveau remporte la partie, elle tourna les talons et s'éloigna.

2

— La patiente s'appelle Ashley Boon. Trente ans. Fracture du rachis cervical. Elle a été éjectée de son vélo approximativement à 11 heures ce matin. Selon le témoignage d'un conducteur, elle descendait de la colline à environ trente kilomètres à l'heure. Elle a été propulsée par-dessus le guidon, et elle est tombée la tête la première. Sur le coup, il n'y a pas eu de perte de conscience, et lorsqu'elle est arrivée ici, elle était à 15 sur l'échelle de Glasgow. Elle peut bouger ses extrémités, et on constate à la palpation une sensibilité au niveau de la deuxième vertèbre. Elle présente aussi une fracture de la clavicule gauche.

— Très bien, merci, dit Mattie.

— Nous avons aussi apporté son casque, qui a été cassé en trois sous l'effet de l'impact, dit l'ambulancier.

— Génial.

Ce casque allait leur permettre de déterminer exactement de quelle façon la patiente avait atterri.

Mattie le tendit à l'un des membres de son équipe, puis elle se pencha sur la jeune femme.

— Ashley, je m'appelle Mattie, et je suis votre médecin. Je vais vous examiner.

Son esprit, jusqu'alors encombré par Kane, se focalisa sur sa patiente. Elle effectua consciencieusement l'examen, assistée par son équipe, dont chacun des membres savait exactement ce qu'il devait faire. Pour finir, elle s'écarta du lit et s'adressa à l'infirmière.

— Pouvez-vous appeler l'orthopédie, s'il vous plaît ? Fracture de la C2, donc nous devons l'immobiliser par une minerve rigide, ensuite il faudra faire un scan et une IRM. Je n'ai pas constaté d'hémorragie abdominale, mais elle souffre d'une fracture diaphysaire de la clavicule gauche.

Le point positif était que les constantes étaient bonnes et que la patiente ne semblait pas présenter de dommages neurologiques. Mais si Ashley bougeait, elle pouvait sectionner sa colonne vertébrale. Sans compter qu'elle risquait de ne plus pouvoir respirer. Il fallait tout mettre en œuvre pour l'empêcher.

Mais c'était son travail, ce qu'elle aimait faire, quelles que soient les circonstances.

Durant les heures suivantes, Mattie se concentra sur les urgences surchargées de l'hôpital. Après la cycliste, il y eut une jambe cassée, un arrêt cardiaque et une fistule duodénale. Chacun des patients occupa son esprit, lui évitant de trop penser à Kane.

Elle reçut enfin sa dernière patiente de la journée, qui fut le cas le plus inhabituel qu'elle ait jamais rencontré.

Cette fois, il s'agissait d'une femme âgée avec un couteau planté dans le dos. Le mari affolé se tenait au chevet de son épouse. Dès que Mattie s'approcha, il se lança dans des explications :

— Je ne voulais pas... C'est juste que... Elle...

Comme sa voix se brisait, le jeune ambulancier qui les avait amenés lui posa une main sur l'épaule pour le calmer.

— Tout va bien, Vern, laissez-moi tout raconter au docteur, d'accord ?

Le vieil homme hocha la tête, l'air très malheureux.

— Voici Dot, quatre-vingt-deux ans, commença le jeune homme. Elle présente une plaie dans le dos, et le couteau est toujours *in situ*. Dot et Vern préparaient des légumes ensemble pour recevoir leur famille ce soir, quand Dot a voulu porter une casserole d'eau depuis l'évier jusqu'à la plaque électrique.

— C'était lourd, précisa Vern, très agité. Vraiment lourd ! Je lui ai dit de me laisser faire.

— Je continue..., enchaîna l'ambulancier.

Mattie l'interrompit d'un sourire. Pour l'instant, elle ne voulait pas savoir qui était à blâmer, mais le vieux monsieur souhaitait clairement qu'elle connaisse les circonstances de l'accident. On gagnerait du temps en l'écoutant. Par ailleurs, elle trouvait touchante son inquiétude pour sa femme. Autrefois, elle avait cru que Kane et elle vieilliraient ensemble et qu'ils continueraient de s'aimer comme ce vieux couple...

Elle repoussa énergiquement cette pensée.

— Tout va bien, monsieur. Vous voulez bien me dire brièvement ce qu'il s'est passé ?

Vern hocha la tête.

— J'étais en train de découper les carottes. C'est mon boulot, vous voyez... J'épluche et je coupe les légumes pendant que Dot s'occupe de la viande.

— Bien sûr, répliqua Mattie avec un sourire.

— Ensuite, Dot a voulu soulever cette casserole, mais ses jambes ne la soutiennent plus comme avant. Elle a renversé un peu d'eau sur l'évier et ensuite par terre.

— Je comprends.

— Alors, elle a glissé, et je me suis précipité pour la rattraper, vous voyez ?

— Avec le couteau que vous teniez à la main, c'est cela ?

— Je n'aurais jamais pensé... Je voulais juste l'empêcher de tomber.

— Bien sûr. Que pouvez-vous me dire à propos du couteau, Vern ? La lame est longue et dentelée ?

Vern estima la longueur avec ses mains.

— À peu près comme ça.

— Dot présente une blessure de deux centimètres du côté droit, juste au-dessus de la crête iliaque, précisa l'ambulancier, et vous pouvez voir que le couteau est toujours *in situ*. Nous n'avons pas voulu la retourner parce qu'elle est tombée dans cette position, mais je suis certain qu'il n'y a rien sur le devant du corps. Dot ne prend aucun traitement, et elle n'a pas de problème de poids.

— Merci, dit Mattie. Vern, est-ce que vous auriez envie d'une tasse de thé ou de café pendant que nous examinons votre épouse ?

Elle ressentait une réelle compassion pour le vieil homme, mais l'examen serait plus facile s'il s'éloignait un instant.

— Très bien, Dot, dit-elle dès que Vern fut parti, nous allons vous tourner pour vérifier que vous n'avez pas d'autres blessures, mais d'abord on va vous transférer du brancard sur le lit. Nous allons faire très attention, mais vous ne devez pas bouger, d'accord ? Parfait !

Mattie jeta un coup d'œil à son équipe.

— Vous êtes prêts ? On y va.

Tout en examinant la vieille dame, elle se rappela de nouveau l'époque où elle s'imaginait que Kane et elle feraient leur vie ensemble. Et combien elle avait souffert lorsqu'il était parti sans un mot d'explication.

Pendant sept ans, elle avait enchaîné les missions sur des zones de guerre. Elle avait vu des atrocités inimaginables, des corps déchirés, et aussi des hommes qui survivaient malgré leurs blessures. Cette expérience figurait encore parmi les pires de sa vie. C'était pourquoi, ce soir, elle allait fêter son avancement prochain au grade de lieutenant-colonel avec ses amis... Et pourquoi Kane Wheeler ne s'insinuerait plus dans son esprit.

Elle retint un soupir.

Si elle parvenait seulement à s'en convaincre, ce serait déjà un progrès.

— À ma petite sœur, le major Mathilda Brigham, bientôt lieutenant-colonel, dit Hayden en levant son verre avec fierté.

— À Mattie ! répéta le chœur des amis proches.

Assise avec eux dans un box, dans la partie la plus tranquille du pub, Mattie tâchait de se persuader que Kane ne méritait pas qu'elle pense à lui une seconde de plus.

Mais ce n'était pas facile. Elle aurait beau secouer la tête pour s'en débarrasser, elle savait qu'elle n'y arriverait pas.

Pourtant, elle avait poursuivi sa vie sans lui. Elle était sortie avec des hommes, elle s'était même fiancée. Mais alors que Kane était parvenu à lui faire renoncer à sa carrière de médecin dans l'armée lorsqu'ils étaient adolescents, aucun autre ne l'avait pu. Pas même George.

Bien sûr, elle avait commencé par céder, parce que c'était ce qu'on attendait d'elle, et peut-être pour se prouver à elle-même qu'elle était capable de repartir de zéro. Mais elle savait aujourd'hui que cette union n'aurait pas duré, même si elle n'avait pas aperçu – ou cru apercevoir – Kane le soir de cette réception.

Par la suite, elle s'était promis qu'elle n'abandonnerait jamais sa carrière pour un homme… Et pourtant, la veille, sa réaction viscérale en présence de Kane lui avait prouvé qu'elle n'avait jamais vraiment tourné la page.

Sans doute avait-elle idéalisé leur idylle adolescente. Si elle avait accepté de boire un café avec lui, elle aurait peut-être pris conscience qu'elle avait mythifié son premier amour…

La voix inquiète de son frère l'arracha à ses réflexions.

— Mattie ? Tout va bien ?

Elle se força à sourire.

— Tout est génial.

— Tu aurais voulu que maman soit là pour voir ça, hein ? Elle aurait été tellement fière de toi !

Mattie s'étrangla avec sa bière.

Elle était si obnubilée par Kane qu'elle n'avait plus pensé à sa mère, dont la mort, huit ans auparavant, l'avait anéantie. Évidemment, leur père avait été le plus durement touché. Il avait été général de brigade, mais son épouse avait été le vrai roc de la famille. Il avait réagi avec sa dignité habituelle, mais elle n'aurait pas été surprise si on lui avait dit que tout avait commencé à mal aller pour lui à partir de cet instant.

Les efforts qu'il avait déployés pour masquer sa peine et protéger ses enfants n'avaient-ils pas été trop écrasants ? N'était-ce pas à cette époque que la maladie d'Alzheimer l'avait frappé ?

Elle chassa ces pensées sombres. Rien ne devait assombrir cette soirée !

— Je te rappelle que cette promotion n'est pas encore officielle,

Hayd. Je vais devoir d'abord diriger des simulations médicales dans les plaines canadiennes, à des milliers de kilomètres d'ici.

— Tu en parles comme s'il s'agissait d'un exercice banal, mais c'est l'opération Strikethrough, Mattie ! Tu n'imagines pas ce que je donnerais pour participer à quelque chose d'aussi grandiose. Surtout après avoir été coincé derrière un bureau ces derniers mois.

— Tu as fait partie de l'opération Ironplate.

Hayden fit la grimace.

— J'ai passé trois mois à installer une infrastructure dans une nouvelle nation africaine. Ce n'est pas la même chose que de tester de nouvelles tactiques pour toute l'armée britannique.

— Je te rappelle que si tu n'avais pas coupé les cordes de ton parachute, tu ne te serais sans doute pas fracturé la jambe, mais ce pauvre gamin serait mort dès son premier saut.

— Je sais, je suis un véritable héros. Mais toi, tu vas commander une brigade d'infanterie légère blindée et tester de nouvelles tactiques après trente années durant lesquelles on a employé les mêmes stratégies. C'est incroyable, non ?

Elle ne put s'empêcher de hocher la tête.

— Et tu es le médecin choisi pour diriger ces exercices de A à Z, dit Hayden en lui pressant l'épaule. Tu vas mettre la pression sur l'ancienne chaîne médicale jusqu'à ce qu'elle se brise, et ensuite, tu en construiras une nouvelle. Tous les majors et les lieutenants-colonels que je connais feraient n'importe quoi pour avoir le job.

— D'accord, d'accord, j'ai de la chance.

Hayden lui passa un bras autour des épaules.

— Ce n'est pas de la chance. Tu as effectué assez de missions en zones de guerre, sauvé suffisamment de vies au bloc pour être « l'homme de la situation ».

Elle jeta à son frère un regard reconnaissant.

Elle avait besoin de lui, de cette camaraderie fraternelle, pour se rappeler qu'elle avait une bonne vie. En revanche, elle n'avait nul besoin que Kane revienne pour la bouleverser.

Le respect de son frère avait énormément de valeur à ses yeux. En tant qu'ingénieur militaire, il avait effectué de nombreuses missions et avait frôlé la mort plus souvent qu'elle. Elle savait avec certitude que, un jour, Hayden aurait ses deux étoiles de général.

L'un de ses amis glissa son bras derrière Hayden et lui tapota le dos.

— Félicitations, Maggie. Il n'y a pas meilleur médecin que toi pour organiser la chaîne santé.

— Oui, dit un autre, c'est amplement mérité.

— Merci, les gars, dit-elle, submergée par l'émotion.

Comme la conversation générale se scindait en plusieurs conversations particulières, elle se pencha vers la seule personne de la tablée qui n'appartenait pas au monde militaire.

Bridget était infirmière et travaillait pour une ONG.

— Ça va, Bridget ?

— Quoi ?

Mattie se pencha davantage.

— Je te demandais si Hayden veillait bien sur toi ?

Si elle n'avait pas su que son amie ne cherchait pas de relation sentimentale, elle aurait juré que Bridget avait rougi.

— Oui, répondit celle-ci, si bas qu'elle dut tendre l'oreille pour la comprendre. Mais tu n'aurais pas dû demander à ton frère de faire du baby-sitting avec moi.

— Il le fallait, dit-elle. Nous étions censées travailler ensemble au camp de Jukrem, jusqu'à ce que je sois affectée à cette nouvelle mission. Je voulais vraiment te montrer les ficelles du métier.

— Ce n'est pas grave, dit la jeune infirmière, j'ai besoin de prendre de l'assurance, d'être plus forte.

Mattie eut le sentiment que le sourire de Bridget était forcé.

C'était étrange. Bridget était extraordinaire quand elle travaillait sur des zones de guerre ou des régions inhospitalières. Elle avait été confrontée à la malaria, à la tuberculose et à d'innombrables maladies dont ses consœurs ignoraient tout. Elle s'était montrée solide, assurée, drôle. Mais dans un environnement social tel qu'un bar ou une boîte de nuit, elle semblait se fondre dans le décor et devenir invisible comme si elle se prenait pour un caméléon.

— Tu es bien plus forte que tu ne le crois, dit doucement

Mattie. Tu connais l'adage : « Fais semblant de croire en toi, et ça viendra. »

— On va dire que je ne sais pas faire semblant.

— Bien sûr que si ! Fais comme ce lézard australien qui fait semblant d'être un coléoptère bombardier en sortant une langue bleue pour effrayer l'agresseur.

— Je ne sais pas ce qui m'impressionne le plus : la comparaison, ou le fait que tu te souviennes de mon histoire.

— Quoi qu'il en soit, mon frère sera là pour t'apporter soutien et conseils. N'hésite pas à l'utiliser.

De nouveau, Bridget rougit et secoua la tête.

— Merci. Assez parlé de moi, de toute façon. Puis-je t'offrir un verre pour te féliciter ?

— La tradition veut que je paye ma tournée à tout le monde, répliqua Mattie en se levant. Je commande la même chose ? demanda-t-elle en se penchant par-dessus la table pour s'adresser au groupe.

Cinq minutes plus tard, elle se tenait devant le bar, regardant le barman lui préparer ses boissons tout en la draguant gentiment. Il était mignon, mais elle n'était pas intéressée par un coup d'un soir. Et de toute façon, elle était totalement focalisée sur sa future mission.

— Bonsoir, Matz.

Elle ne se retourna pas, mais elle expira profondément. Comme si elle avait retenu son souffle depuis leur rencontre de la veille. Elle aurait menti si elle avait prétendu qu'elle n'attendait pas cet instant.

— Les quatorze ans sont déjà écoulés ? demanda-t-elle.

Elle avait lancé cette phrase par-dessus son épaule, haussant légèrement la voix pour se faire entendre.

— Je ne pouvais pas attendre aussi longtemps, murmura Kane.

Ce fut suffisant pour qu'elle ait immédiatement la chair de poule. Le corps de Kane exhalait une chaleur qui semblait pénétrer son dos. Et quelque chose qui ressemblait fort à du désir se répandit dans ses veines.

— Hayden est ici, articula-t-elle. Tu peux le saluer, si tu veux.

— Je ne suis pas venu pour parler avec ton frère.

Elle vacilla dangereusement, au point qu'elle faillit s'appuyer contre Kane. Il lui avait toujours fait cet effet, et il était clair qu'elle n'était pas immunisée.

Elle aurait pu prétendre qu'il était repoussant, sauf que ce n'était pas du dégoût qui la submergeait à cet instant. Surtout lorsqu'il posa la main sur le bar devant elle en s'arrangeant pour ne pas la toucher.

Elle se sentit littéralement vibrer.

— Comment as-tu su que j'étais ici ?

— Tu m'as dit que tu célébrais quelque chose avec des amis. Il n'y a pas énormément d'endroits où vous étiez susceptibles d'aller, dans cette ville.

C'était exact, mais elle était contente qu'il ait pris la peine de la chercher. La tête commençait à lui tourner… Parviendrait-elle à camper sur ses positions, ou céderait-elle à la tentation qui grondait en elle ?

Bien décidée à ne pas se retourner tant qu'elle ne saurait pas ce qu'elle allait faire, elle reporta son attention sur le barman qui, par bonheur, avait presque terminé de préparer ses boissons.

Une jeune et jolie serveuse, visiblement sous le charme de Kane, s'approcha.

— Qu'est-ce que je peux vous servir ? demanda-t-elle.

— Deux margaritas, répliqua-t-il.

Elle devina qu'il souriait, et il parlait bien trop près de son oreille. Elle frissonna, se représentant parfaitement sa bouche sensuelle étirée par un sourire.

Pas étonnant que cette malheureuse serveuse soit sur le point de se pâmer !

— Qu'est-ce que tu en dis, Matz ? En souvenir du bon vieux temps.

— Je ne bois pas avec toi, marmonna-t-elle faiblement.

— Ne t'inquiète pas. Ils emploient du vrai agave à téquila, ici, pas ce triple-sec trop sucré qu'on buvait adolescents.

— Tu n'arriveras pas à me rendre nostalgique, mentit-elle.

D'ailleurs, ce qui compte, ce n'est pas les ingrédients mais la compagnie.

Kane émit un rire rauque, éminemment masculin.

— Menteuse !

Le son cascada en elle pour se loger exactement entre ses jambes.

Autrefois, elle était la seule personne capable de faire rire Kane. Qui d'autre y avait réussi pendant ces quatorze années ?

— C'est pour ça que tu ne veux pas te retourner, Matz ?

Sur ces mots, il posa une main légère sur son épaule, ce qui eut un effet immédiat sur son rythme cardiaque, et elle dut faire un gros effort pour ne pas pencher la tête en arrière et la poser sur la poitrine de Kane.

Comment pouvait-il lire en elle aussi facilement ? Et savoir sur quels boutons appuyer ? Elle était une femme indépendante, elle avait effectué des missions dans des zones de combats et opéré sous le feu de l'ennemi. Pourtant ses jambes flageolaient, et son cœur battait trop vite malgré tous ses efforts pour maîtriser les réactions de son traître corps. Elle était pathétique !

Alors, pourquoi se sentait-elle aussi vivante ?

Le barman termina enfin de préparer les boissons du groupe tandis que la serveuse apportait celles que Kane avait commandées. Le cerveau de Mattie se remit à fonctionner, mais avant qu'elle ait pu ouvrir son sac, Kane tendit un billet au barman.

— Gardez la monnaie.

L'homme hocha la tête, visiblement satisfait. Sa collègue fixa un instant Kane avant d'admettre sa défaite.

Et, *finalement*, Mattie se tourna vers ce dernier.

Ce fut pire encore que la fois précédente. La veille, elle avait été sous le choc, mais là, tout était amplifié.

Kane Wheeler avait toujours été sombre, dangereux, tendu, mais maintenant il dégageait un charme mortel. Il lui sembla plus grand qu'autrefois, bien que ce ne soit sans doute pas le cas, mais il était certainement plus large d'épaules. Il avait toujours été mince et musclé, mais il y avait maintenant en lui quelque chose d'imposant.

Et cela lui allait bien, ainsi que le propre corps de Mattie le lui signalait avec bien trop d'empressement.

Elle se passa la langue sur les lèvres dans l'espoir de supprimer une étrange sensation de sécheresse. Aussitôt, les yeux de Kane se posèrent sur sa bouche, et elle se sentit défaillir.

— Tu n'aurais pas dû payer, dit-elle. Tu...

— Je ne peux pas me le permettre, c'est ça ? C'était il y a un siècle, Mattie. Je ne suis plus le gamin sans un sou venu des bas-quartiers.

— Non. Bien sûr que non !

Cela avait toujours été le problème avec Kane : les gens le jugeaient sans le connaître, ils faisaient des suppositions sur lui et l'excluaient de leurs cercles. Personne ne pensait vraiment le moindre bien d'un gamin appartenant au clan des Wheeler. Kane était le fils de Mick Wheeler, un homme qu'on craignait à Heathdale autant qu'on le détestait. Il était aussi le jeune frère de Richie et Robbie Wheeler, des petits voyous qu'on haïssait tout autant que leur père.

Elle l'avait elle-même tenu à l'écart jusqu'à ce qu'un professeur les réunisse pour un projet scolaire. Elle avait découvert un Kane Wheeler différent, et pendant deux ans, ils avaient été inséparables. Hayden, qui avait d'abord désapprouvé cette amitié, avait découvert lui aussi un aspect différent de Kane, et ils étaient devenus amis. Mais le jour où le père de Mattie lui avait offert de l'argent pour qu'il quitte la ville et ne revienne jamais, Kane l'avait accepté, et il était parti sans un au revoir.

Quelque chose tressaillit en elle, et elle dut se contraindre à ne pas réagir. Ce n'était pas de l'amertume, plutôt un chagrin qui rouvrait des blessures qu'elle croyait cicatrisées.

Elle avait cru que Kane l'aimait totalement, loyalement, inconditionnellement, mais elle s'était trompée.

— Kane...

— Matz.

Les mots s'évaporèrent sur ses lèvres.

— Où sont tes amis ? demanda-t-il.

— Mes amis ?

— Je suppose que tu ne vas pas boire toutes ces boissons ?

Kane se pencha pour prendre dans ses grandes mains les verres déposés sur le bar.

— Tu n'as qu'à te charger des margaritas, ajouta-t-il. Je prends les autres.

— Tu prends les autres, répéta-t-elle faiblement.

C'était comme si tous ses neurones étaient grillés. Elle cherchait vainement à retrouver la rancune qu'elle avait accumulée, mais elle ne percevait que de… Non, pas de l'amour, bien sûr, mais du désir !

C'était peut-être plus facile à accepter qu'un sentiment plus profond ?

Mais dès que cette graine eut germé dans son cerveau, elle mesura son erreur, parce que son esprit bouillonnait maintenant de dizaines d'idées grotesques.

En quoi serait-ce mal de céder à ce désir, par exemple ?

Elle tenta de refréner ce fantasme, mais ses pensées galopaient comme des chevaux fougueux qu'elle ne pouvait stopper.

Y céder serait aussi grotesque qu'imprudent, elle en était convaincue jusqu'à la moelle, mais elle quitterait bientôt l'hôpital universitaire de Castleton pour partir effectuer sa mission à des milliers de kilomètres. Alors… Quel mal pouvait faire cette nuit unique ?

— C'est insensé, marmonna-t-elle, davantage pour elle-même que pour Kane.

Qu'il l'ait entendue ou non, il ne répondit pas.

Se décidant soudain à mettre fin à cette folie, elle leva les mains pour repousser Kane – du moins, c'était son intention –, mais quand ses paumes se posèrent sur sa large poitrine, elle se borna à écarter les doigts comme pour mieux en absorber la chaleur.

Elle foudroya Kane du regard, et pour une fois il se contenta de la fixer sans un mot. Elle éprouva un fugitif sentiment de triomphe, car il paraissait aussi déstabilisé qu'elle. Mais avant qu'elle reprenne la situation en main, il secoua la tête.

— Prends ces margaritas, Matz, dit-il enfin.

Puis il se détourna et commença à se frayer un chemin parmi la foule, tenant toujours les verres dans ses grandes mains.

Elle n'avait plus d'autre choix que de prendre ceux qui restaient sur le bar et de le suivre.

Comme elle l'avait toujours fait.

3

— Tu es sûre de savoir ce que tu fais ?

Mattie dut se rappeler que Hayden ne faisait que s'inquiéter pour elle comme le ferait tout frère digne de ce nom.

— Je ne fais rien, Hayden. Je n'ai pas vu Kane depuis plus de dix ans, on va juste boire un verre ensemble.

L'inanité de sa réponse la frappa elle-même tandis que son frère lui jetait un coup d'œil sceptique.

— Tu n'es pas obligée de tout me dire, Mattie, nous ne sommes plus des gamins. Mais tu n'as pas non plus à me mentir.

Elle rougit, se maudissant d'être incapable de se montrer froide et détachée.

— Je ne mens pas. J'ai croisé Kane hier à l'hôpital. Mais, à part ça, je ne l'ai pas revu depuis mes dix-huit ans.

— Mattie..., commença Hayden.

L'espace d'un instant, il sembla sur le point de dire quelque chose, puis il haussa les épaules.

— Si c'est ainsi que tu veux la jouer, c'est ta vie, Mattie.

— Je pensais que tu allais me dire combien je suis stupide.

— Tu as besoin que je te le dise ?

— Non.

— Tu en aurais envie ?

— Non.

C'était la vérité : elle n'avait ni besoin ni envie qu'on lui dise qu'elle était stupide, parce qu'elle savait qu'elle l'était. Le problème, c'était que cela ne suffisait pas pour qu'elle renonce à ce moment avec Kane.

Elle devait l'avoir. Pour clore définitivement leur histoire.

— Tu as raison, dit-elle en se forçant à sourire. C'est ma vie, tout comme tu vis la tienne. À ce propos, Bridget et toi, vous paraissez vous entendre mieux que je ne l'espérais. Tu ne trouves pas qu'elle est drôle, une fois qu'elle a vaincu sa timidité ?

Si elle n'avait pas connu si bien Hayden, elle aurait pu croire que son frère avait rougi légèrement. Mais c'était impossible, puisqu'il excluait toute relation sentimentale. Bien entendu, il avait eu quelques maîtresses soigneusement choisies, mais il refusait de s'engager. Elle avait eu beau l'y inciter, il restait focalisé sur sa carrière.

Tout comme elle.

Sauf que ce soir, au lieu de fêter son incroyable promotion avec ses amis, elle ne pensait qu'à un seul homme.

Kane.

Elle sentit brusquement celui-ci tout près d'elle.

— Où veux-tu aller, Matz ?

Une explosion qui ressemblait à un feu d'artifice se déclencha en elle.

— Nulle part en particulier, parvint-elle à articuler.

— Menteuse, murmura-t-il. Tu *ne veux pas* le vouloir, ce n'est pas la même chose.

Elle détestait le fait qu'il ait raison, et aussi qu'il la connaisse aussi bien. Et en même temps, elle adorait cela.

— On reste par ici, alors, suggéra-t-il.

Elle hocha la tête.

— Allons-y, dit-il en posant la paume sur le bas de son dos pour l'écarter discrètement du groupe.

Elle ne tenta même pas de lui résister, s'émerveillant seulement que sa peau s'enflamme au contact de cette grande main. Les souvenirs embrasaient son corps, bien qu'elle ait prétendu les avoir oubliés depuis longtemps.

Lorsqu'ils furent sur la piste de danse, dissimulés aux yeux de son frère par un océan de silhouettes mouvantes, elle se tourna vers lui.

— Kane…

La bouche de Kane écrasa la sienne, étouffant toutes les paroles qu'elle aurait pu dire ensuite. À cet instant, elle sut qu'elle était perdue.

S'était-elle imaginé que ses souvenirs de Kane étaient idéalisés ? Si c'était le cas, elle s'était lourdement trompée. Parce que les baisers de Kane n'étaient pas seulement chauds et sauvages, ils étaient ardents, torrides, aussi addictifs qu'ils l'avaient toujours été.

Chaque centimètre de sa peau était en feu, elle dansait au sein d'un incendie, et son corps revenait à la vie, alors même qu'elle avait cru qu'il n'était qu'endormi.

Une véritable déflagration.

Lorsqu'il prit son visage entre ses mains, elle se surprit à se cambrer contre lui. La chaleur de son haleine, la caresse de ses lèvres sur les siennes, tout lui était douloureusement familier. Il lui semblait qu'elle émergeait de la froidure de l'hiver pour retrouver la chaleur de l'été.

Ses doigts fourmillaient du désir de toucher cette poitrine solide. Son sang battait entre ses jambes au souvenir de ce qu'elle avait éprouvé autrefois, quand Kane s'y était aventuré. C'était l'homme qu'elle avait aimé de toutes les fibres de son être, de tout son cœur naïf d'adolescente…

Elle noua les bras autour du cou de Kane, comme s'il était un radeau de survie dans cette mer de corps qui tanguaient autour d'eux et où personne ne leur accordait la moindre attention.

Elle n'aurait su dire combien de temps ils s'embrassèrent. La langue de Kane la goûtait, la tourmentait. Elle savait seulement qu'elle ne voulait pas qu'il s'arrête, mais cela survint quand il s'arracha à ses lèvres.

— Sortons d'ici, fit-il d'une voix rauque, comme s'il éprouvait une torture égale à sa sienne.

La prenant par la main, il l'entraîna vers la sortie sans lui laisser d'autre choix que de le suivre docilement.

De toute façon, elle n'avait pas la moindre envie de lui résister.

Maintenant qu'elle l'avait laissé l'embrasser, elle n'avait pas l'intention de reculer.

— Où allons-nous ? demanda-t-elle cependant.

— À l'hôtel. Il y en a un au coin de la rue.

Dès qu'ils entrèrent dans la chambre, Kane plaqua Mattie contre un mur, pressant son sexe dressé contre son bas-ventre.

Ils émirent tous les deux un gémissement sourd.

De nouveau, il s'empara de la bouche de Mattie, se délectant de chacun des petits bruits qui s'échappaient de ses lèvres pulpeuses et parfaites.

Il se rappelait à peine lui avoir pris la main et l'avoir entraînée hors de cette boîte de nuit, ou l'effort qu'il avait dû faire pour écarter ses mains – et sa bouche – de ce corps voluptueux jusqu'à ce qu'ils atterrissent dans l'hôtel le plus proche.

Ce n'était pas le genre d'établissement cinq-étoiles auquel Mattie devait être habituée. Mais du moins, il était propre et tout près, et surtout, il y avait un lit.

Elle tira sur les pans de sa chemise, qu'elle fit passer sans ménagement par-dessus sa tête. De son côté, il abaissait la fermeture Éclair de sa robe, qui glissa sur le sol telle une cascade veloutée. Uniquement vêtue d'un soutien-gorge de dentelle et d'un string, chaussée des talons hauts les plus sexy qu'il ait jamais vus, elle posa la main sur son entrejambe au travers de son pantalon.

Il eut le plus grand mal à se contrôler.

Cela ne lui était pas arrivé depuis des années. Quatorze très exactement, mais ce fut à peine s'il enregistra cette information. Il tenait Mattie dans ses bras, ce qu'il aurait cru impossible vingt-quatre heures plus tôt, et rien d'autre n'avait d'importance. Il n'osait dire un mot, ne sachant si son cerveau serait capable de lui souffler une phrase cohérente.

Il se pressa de nouveau contre elle, mû par le besoin de sentir ses seins contre sa poitrine, ses jambes autour de sa taille. Et Mattie – *sa* Mattie – se montrait très complaisante.

Elle avait le goût de la magie. De la magie noire. Son parfum léger – contre toute probabilité, c'était celui qu'il lui avait offert, adolescent – était enivrant.

Faisant courir ses mains sur les courbes de Mattie, il tenta de prendre son temps pour refaire connaissance avec ce corps sensuel. Il le toucha, le goûta, le flatta de ses paumes. Lorsqu'elle caressa son sexe, il crut qu'il allait jouir d'un instant à l'autre. Lui prenant les poignets, il les lui cloua tous les deux au-dessus de la tête.

— Espèce de pervers, plaisanta-t-elle contre sa bouche.

— Pas vraiment. Mais si c'est ce que tu veux, je peux te ligoter sur le lit et te lécher jusqu'à ce que tu hurles mon nom.

Ce qui n'était pas forcément une mauvaise idée, songea-t-il quand Mattie laissa échapper un gémissement.

Oh ! Matz ! Mattie. Sa *Mathilda.*

Ce n'était pas seulement un désir fugace ou une opportunité inattendue qui se présentait à lui. Il avait le sentiment de rentrer chez lui, comme s'il s'était blotti dans un trou minuscule pendant bien trop longtemps et qu'il se réveillait d'une longue hibernation.

Il dégrafa le soutien-gorge de Mattie puis se pencha pour prendre entre ses lèvres un mamelon parfait.

Mattie émit un petit cri et se cambra tandis qu'il dessinait des cercles du bout de la langue sur sa peau douce. Pendant qu'il passait d'un mamelon à l'autre, elle glissa les doigts dans ses cheveux en laissant échapper des bruits délicieux.

— Kane…

Sa voix vibrait d'une urgence qui entamait largement son sang-froid masculin. Quittant ses seins, il commença à tracer son sillon plus bas, sur son ventre, puis encore plus bas, jusqu'à ce qu'il perçoive cette douce odeur qui était essentiellement *elle.*

Sans lui ôter son string de dentelle, il caressa des lèvres et des dents son pubis arrondi. Aussitôt, les jambes de Mattie tremblèrent, ce qu'il adora. Se forçant à prendre son temps, il glissa ses paumes calleuses autour de ses chevilles, de ses mollets…

Comme ses doigts frôlaient une longue cicatrice, elle murmura :

— Ancienne blessure par balle.

L'espace d'un instant, son cœur cessa de battre. Il entendit l'échange de coups de feu, retrouva l'odeur de la poudre dans son nez et sa bouche.

Il ferma les yeux, et le mirage disparut. Il était de nouveau dans une chambre d'hôtel avec Mattie, et c'était tout ce qui importait. Se concentrant sur sa jambe, il caressa la cicatrice avec respect.

— Tu aurais pu te faire tuer, dit-il. Cela fait de toi une héroïne.

— Pas du tout, répliqua-t-elle d'une voix haletante. Nous allions récupérer des blessés dans un village déserté. Les vrais héros, ce sont les hommes qui nous ont couverts.

Sans répondre, il souleva sa jambe et embrassa la cicatrice.

Un jour, il lui dirait la vérité, à savoir qu'il avait été l'un de ces combattants, dans le village. Leurs deux copains étaient mourants, et personne ne voulait approcher si près de l'ennemi au terme d'une tempête de sable. Et puis, l'hélicoptère était apparu, semblant émerger de nulle part. Et Mattie avait sauté de l'arrière, comme une sorte d'ange.

Elle avait sauvé plus que des blessés, ce jour-là.

Il trouverait le meilleur moment pour le lui dire, mais pas maintenant.

Écartant ces souvenirs, il poursuivit l'exploration de son corps. Ses mains remontèrent le long des cuisses de Mattie, suivies de près par sa bouche qui déposait une pluie de baisers légers sur la peau douce. À la fin, ne pouvant tenir plus longtemps, il lui ôta son ravissant string pour enfouir son visage dans son intimité au goût de miel.

Enfin.

Et sa superbe Mattie cria, remuant des hanches jusqu'à ce qu'il les tienne fermement pour sucer le petit bouton si sensible et le mordiller délicatement.

— Kane… Je ne peux pas… Pas comme ça.

Il aurait voulu lui dire de se détendre, mais cela aurait impliqué qu'il relève la tête. Au lieu de cela, il lécha et suça jusqu'à ce que les doigts de Mattie se crispent sur ses épaules, qu'elle tremble et qu'elle crie son nom.

Mais il ne s'arrêta pas, la guidant d'un orgasme à l'autre. Lorsque le plaisir de Mattie retomba, il plongea un doigt dans son intimité, puis un autre, jusqu'à ce qu'elle hurle et que ses jambes ne la soutiennent plus.

Elle était *à lui*. Jamais plus il ne permettrait qu'elle appartienne à un autre homme.

Quand Mattie revint à elle la seconde fois, elle était étendue sur le lit, et Kane, nu, bougeait au-dessus d'elle.

Elle tendit instinctivement les bras vers lui.

— C'était…

Pendant toutes ces années, elle avait cru qu'elle idéalisait ses souvenirs, teintés de rose par la nostalgie du premier amour. Elle s'était persuadée qu'avec Kane le sexe n'était ni aussi spectaculaire ni aussi stupéfiant qu'elle se le rappelait.

Mais après ce soir, elle ne pourrait plus se leurrer de cette façon, parce que rien n'avait jamais égalé le cadeau incroyable que Kane venait de lui faire… Le pire étant que rien non plus ne l'égalerait jamais.

— Mattie ? Tout va bien ?

Il se souleva au-dessus d'elle comme s'il allait s'arrêter, et elle eut l'horrible pressentiment que, s'il le faisait, elle mourrait sur-le-champ.

— Tout est parfait, souffla-t-elle en posant une main sur la nuque de Kane pour l'attirer vers elle.

Et lorsqu'il la prit dans ses bras de sorte qu'ils roulèrent sur le lit et qu'elle se retrouva à califourchon sur lui, elle sut que tout était *vraiment* parfait.

— Je ne te promets pas de tenir longtemps, fit-il avec une petite grimace qui la fit se sentir encore plus désirée.

— Je suis d'accord pour recommencer toute la nuit, dit-elle avec un petit rire.

— Je ne crois pas que la nuit me suffira.

Bien que de nouvelles questions se pressent dans son esprit, elle sentit une douce chaleur se répandre dans ses veines.

Mais Kane ne lui laissa pas le temps de s'y attarder. Prenant ses hanches dans ses grandes mains, il la souleva jusqu'à ce qu'elle s'empale sur son sexe.

Elle n'avait jamais cru que cela pourrait arriver de nouveau. Plus chaud et meilleur que tout ce qu'elle avait prétendu oublier pendant toutes ces années.

Et puis, il se mit à bouger, à rentrer et à sortir d'elle, adoptant un rythme lent.

Pour la troisième fois de la soirée, le monde se mit à tourner. Elle sentit qu'elle perdait pied, et rien ne lui avait jamais paru aussi bon.

Posant les paumes sur la poitrine de Kane, elle se déplaça de façon à ce qu'il la pénètre davantage, ce qui les fit gémir tous les deux. Elle adora ensuite qu'il se mette à bouger de plus en plus vite, comme s'il ne pouvait plus s'en empêcher.

— Vas-y, murmura-t-elle, laissant ses cheveux tomber sur lui comme elle le faisait autrefois.

Ce fut comme si elle lui donnait le signal. Sans un mot, il resserra son étreinte sur ses hanches et plongea en elle plus profondément, déclenchant en elle un magnifique brasier, une fièvre dévorante qui la consumait. À chaque coup de boutoir, elle explosait en un million de minuscules fragments qui semblaient ne jamais pouvoir se rassembler. Mais elle s'en moquait. Tout ce qu'elle pouvait faire, c'était s'abandonner à l'orgasme en même temps que Kane.

4

— Ils arrivent, madame.

Mattie remercia la jeune fille d'un signe de tête.

— Merci, caporal, répondit-elle.

Toute l'équipe leva les yeux vers le ciel.

Très bientôt, les Hercules C-130 les survoleraient et lâcheraient trois mille sept cent cinquante kilos de palettes de matériel au moyen de parachutes. Cela irait du sérum physiologique aux scanners, et des brancards aux générateurs électriques.

L'équipe de Mattie était chargée de récupérer le matériel et de le charger dans des camions de l'armée qui les transporteraient jusqu'à la zone choisie pour établir un hôpital de campagne. Ensuite, ils installeraient une structure médicale comprenant une grande tente de dix-huit mètres sur vingt-quatre pour la réanimation, un bloc et un service de soins intensifs.

Le test le plus important aurait lieu quand les premiers « blessés » arriveraient, une heure après le largage du matériel. À ce moment, il faudrait que tout soit au point. Cela nécessitait une organisation précise qui réclamerait toute son attention dès le passage des hélicoptères.

Mattie s'en réjouissait, si cela pouvait empêcher son esprit de vagabonder du côté du précédent week-end. Encore maintenant, deux jours après la nuit fabuleuse passée avec Kane, son corps lui faisait délicieusement mal. Des muscles dont elle avait oublié l'existence lui rappelaient les multiples façons dont ils avaient fait l'amour à plusieurs reprises.

Ils avaient pris le temps de réapprendre ce que l'autre aimait. Il lui semblait percevoir encore les gémissements émis par Kane lorsqu'il était enfoncé en elle.

Elle se revoyait à genoux devant lui dans la cabine de douche, l'eau chaude ruisselant sur leurs corps pendant qu'elle retrouvait le goût de son sexe.

C'était bizarre, parce qu'elle n'avait jamais apprécié de le faire avec d'autres. Mais avec Kane, cela avait toujours été différent, et elle avait adoré ses grognements sauvages lorsqu'elle avait utilisé sa langue comme une arme contre lui.

Seulement, elle n'était plus une adolescente, et elle connaissait quelques tours. Lorsqu'elle avait pris son sexe dans sa bouche, il avait baissé vers elle un regard carnassier. Et quand elle avait fait glisser ses dents sur la longueur de sa verge, il avait tremblé de tous ses membres. Savoir qu'elle lui produisait cet effet lui avait donné l'impression d'être toute-puissante. Elle avait délibérément ignoré les supplications de Kane jusqu'à ce qu'il ne puisse faire rien d'autre que poser les mains sur les carreaux et la laisser agir comme elle l'entendait.

Ensuite, il l'avait portée sur le lit et l'avait punie avec ses mains habiles et sa bouche démoniaque. Il l'avait prise de toutes les façons possibles, la faisant voler en éclats tant de fois qu'elle pensait ne plus jamais pouvoir recoller les morceaux.

Ou même le vouloir.

Si elle avait pu ignorer les ordres de sa hiérarchie, elle serait restée pour toujours avec lui dans cette chambre d'hôtel.

Elle s'en voulait pour cela. Cette nuit était censée lui permettre de tourner la page, pas la renvoyer au point où elle en était quatorze ans auparavant. Kane n'avait même pas essayé de lui expliquer ce qu'il s'était passé à l'époque. Et bien qu'elle se soit persuadée qu'il suffirait d'un week-end pour en finir avec lui, elle craignait maintenant qu'il ne faille beaucoup plus de temps.

Trois mois. Elle avait trois mois pour mettre de l'ordre dans ses pensées et ne pas céder à l'envie de téléphoner à Kane pendant qu'elle était à des milliers de kilomètres de l'Angleterre.

Elle était là pour un job, et maudit soit-elle si elle ne s'en occupait pas correctement.

Au prix d'un gros effort pour revenir à l'instant présent, elle saisit une bribe de conversation.

— Donc, on va traiter des victimes d'engins explosifs ? demandait un membre de l'équipe à la cantonade.

C'était la distraction qu'elle attendait.

— En effet, dit-elle en avançant d'un pas. Mais aussi des blessés par arme à feu, des entorses, des troubles musculosquelettiques. Savoir que le soutien médical n'est pas loin remonte le moral des troupes en première ligne.

— Oui, chef, dit le jeune caporal.

Elle faillit lui dire qu'il pouvait l'appeler par son prénom. Au sein des équipes médicales, l'étiquette était moins rigide que dans le reste de l'armée. Mais cela changerait dès lors qu'elle serait lieutenant-colonel. Elle serait moins présente sur le terrain et plus investie dans la formation.

Cette perspective l'excitait. Du moins, cela avait été le cas jusqu'à ce qu'elle recroise le chemin de Kane. Durant ce week-end, ils n'avaient abordé aucun sujet personnel, comme s'ils craignaient que le monde réel ne vienne crever leur bulle ou que de vieilles rancunes ne gâchent ces instants magiques.

— Nous aurons éventuellement à soigner des maladies infectieuses, précisa-t-elle. Cela implique que nous choisissions soigneusement le matériel, que nous trouvions l'équilibre entre nos besoins éventuels et ce que nous pouvons emporter.

— Nous devrons tirer le meilleur parti d'un équipement minimum, c'est ça ?

— Exactement. En ce qui nous concerne, cette opération est destinée à tester nos équipes dans l'espace qui nous est imparti. Cela servira à anticiper les problèmes.

— Je comprends, chef.

— Major Brigham ?

Mattie se tourna vers l'homme qui courait vers elle.

— Vous avez un message de l'opérateur-radio, dit-il. On vous attend à l'hôpital de campagne principal.

Elle fronça les sourcils.

— Maintenant ? Nous attendons le largage du matériel.

— Désolé, major, il paraît que c'est urgent. On vous envoie tout de suite un hélicoptère.

Alex, le major qui devait diriger cette partie de la simulation, s'approcha d'elle.

— Je m'en occupe, Mattie. Allez-y. Je vous emmène jusqu'à l'aire d'atterrissage ?

— Bon sang ! J'aurais vraiment voulu assister à ça.

— Bien sûr, puisque vous avez presque tout organisé. Mais maintenant que vous avez cette promotion, vous devrez apprendre à déléguer. Cet hôpital va être mon bébé, désormais.

— Très bien. Vous veillerez à ce que tout se passe bien ?

— J'ai été formé par la meilleure, dit Alex en riant.

Tandis qu'il se détournait pour informer l'équipe, elle sourit à son chauffeur.

— On y va.

Dès son arrivée à l'hôpital de campagne principal, Mattie interrogea son second, le major Kathie Donal.

— Où est-ce qu'on en est ?

— On a reçu de nouvelles instructions de la brigade. La simulation s'est déroulée sans anicroches, l'infanterie et la division légère blindée avancent vite. S'ils gardent ce rythme, ça va être la cacophonie.

— Mais ils ne souhaitent pas ralentir la cadence, c'est ça ? Ils veulent qu'on active plus tôt les scénarios, concernant les blessés ?

— Oui. Mais les amputés ne pourront pas être évacués avant la semaine prochaine comme c'était initialement prévu, ils ont donc besoin qu'on leur sorte de nouveaux synopsis.

Les idées commencèrent à se presser dans l'esprit de Mattie.

— Ils ont des suggestions ?

— Par exemple impliquer les ingénieurs dans l'effondrement d'un pont, dit Kath avec un haussement d'épaules. Ils vous envoient un officier de liaison de l'infanterie mécanisée.

Mattie laissa échapper un grognement.

— Seigneur ! Pas Percy Copperhead ? Il me pompe l'oxygène ! Il n'est major que parce que son père était général de division. Il incarne ce qu'il y a de pire dans le népotisme.

— Entièrement d'accord. Mais il doit savoir ce que vous pensez de lui, parce qu'il ne vient pas en personne. Il vous envoie le sergent-major de sa compagnie.

Mattie fit la grimace.

— C'est sûrement sa façon de marquer un point et de me faire un affront. Mais je devine que son sergent commande réellement le régiment. Si Percy en était chargé, tout irait à vau-l'eau.

— C'est drôle que vous disiez cela, parce que j'ai eu la même idée, si bien que j'ai glané quelques informations sur ce sous-officier. J'ai appris que c'est un gars solide qui connaît son métier. Il devrait vous plaire.

— Super ! Il a un nom ?

— On ne le connaît pas encore, mais il devrait arriver vers 17 heures.

— C'est-à-dire dans quinze minutes. La brigade doit vraiment paniquer. Très bien. Je vous laisse terminer ce que vous faisiez, et pendant ce temps je vais voir si je peux boire mon premier café de la journée. Ensuite, je jetterai un coup d'œil au triage des soins intensifs.

— D'accord. Je saurai où vous trouver. Essayez de manger un morceau. Je parie que vous n'avez encore rien avalé.

L'estomac de Mattie se mit à gargouiller.

— Je vais voir ce que je peux trouver, dit-elle en riant. J'espère juste que le sergent-major de cet imbécile de Percy sera à la hauteur de sa réputation.

Mattie se dirigeait vers le mess, quand elle remarqua de l'agitation au bout du couloir. Apparemment, un homme avait reçu une balle dans la poitrine, une éventualité qui ne figurait pas dans les scénarios qu'elle avait élaborés.

Cela signifiait que la blessure était réelle !

Oubliant son projet initial, elle se précipita vers le brancard.

— Que s'est-il passé ?

— Balle dans le quadrant supérieur droit, expliqua un ambulancier. Le tireur se trouvait à trois ou quatre cents mètres. Elle a traversé la poitrine de part en part.

Cela signifiait que le blessé avait perdu beaucoup de sang, mais qu'aucun organe vital n'avait été touché.

— Les médecins militaires sur place ont diagnostiqué une blessure aspirante thoracique, continua l'homme. Ils ont utilisé le matériel de campagne pour endiguer l'hémorragie.

— La tension ? demanda-t-elle.

— Stable. Pouls et respiration un peu rapides.

— Si vous lui avez mis un masque, c'est que la saturation en oxygène est basse ?

— Légèrement.

Donc, le trou était vraisemblablement peu profond. S'il avait été plus important, l'air aurait eu tendance à s'échapper par la blessure et non par les voies respiratoires. Elle soupçonnait cependant que, là où la balle était sortie, l'orifice pouvait être plus gros et déchiqueté, ce que lui avait appris l'expérience.

— On l'examine et on fait un scan, dit-elle.

Se plaçant près du brancard, elle fit courir ses doigts sur la poitrine du patient. Un bouillonnement sous la peau lui confirma son diagnostic de pneumothorax.

Tant pis pour le café et la nourriture, mais c'était ce qu'elle aimait faire, ce pour quoi elle vivait : sauver des vies.

Un instant plus tard, elle inspectait l'écran du moniteur.

— Pas de problème à gauche. À droite, nous avons un collapsus pulmonaire suggérant un hémopneumothorax et une distension des tissus mous indiquant un emphysème sous-cutané. En revanche, nous ne constatons pas de dommages au niveau des os. Apparemment, la balle est passée entre les côtes, ce qui est une bonne chose. On l'emmène en chirurgie.

Une fois la plaie explorée et nettoyée, on insérerait une aiguille pour évacuer le sang et l'air. Elle avait bon espoir que le garçon s'en sorte bien.

— Major, le sergent-major est arrivé pendant que vous étiez au bloc, dit l'un des sous-officiers juniors du poste de commande qui l'attendait quand elle sortit.

— Merci, caporal. Dites-lui que j'arrive tout de suite, s'il vous plaît.

Sans attendre la réponse, elle se rendit aux soins intensifs pour examiner son patient une fois de plus.

Elle aurait souhaité rester auprès de lui un peu plus longtemps, mais ce n'était sans doute pas une bonne idée, car Percy risquait d'y voir de la mauvaise volonté de sa part.

Le poste de commandement se trouvait à l'autre bout de l'hôpital. Elle fit quasiment irruption dans la pièce.

— Désolée de vous avoir fait attendre. Urgence médicale.

Elle s'immobilisa, sous le choc.

C'est impossible !

— Major, voici le sergent-major Wheeler, sous-officier de liaison de la brigade d'assaut, l'informa un sergent. Monsieur, je vous présente le major Brigham, chef de cet hôpital de campagne. C'est elle qui dirigera les simulations médicales.

Mattie était incapable d'articuler un mot. Après un blanc de quelques secondes, elle vit Kane se lever et la saluer.

Tout en elle hurlait et déraillait, mais elle devait s'exprimer de façon suffisamment mesurée pour que personne ne l'entende.

Elle se força à adopter un ton léger.

— Merci, sergent. Nous serons dans mon bureau, mais sauf urgence, je ne veux pas être dérangée.

Elle se tourna ensuite vers Kane.

— Monsieur Wheeler, suivez-moi, je vous prie.

Sans vérifier s'il la suivait, elle obligea ses jambes flageolantes à franchir de nouveau les portes et emprunta le couloir menant à son bureau.

Dès qu'ils y furent tous les deux, elle s'exclama malgré elle :

— Bon sang, Kane ! Tu es sergent-major et l'officier de liaison de Percy ? Tu n'y as jamais fait allusion, cette nuit-là.

— Et toi, tu n'es pas juste le Dr Brigham, tu es le *major* Brigham.

Tu es même le commandant du troisième régiment médical, si j'ai bien compris. Tu n'en as pas parlé non plus.

Elle reconnut vaguement qu'il marquait un point.

En réalité, cette nuit-là, ils avaient été trop occupés à faire l'amour encore et encore pour parler d'autre chose.

— Tu étais au courant ? demanda-t-elle.

— Bien sûr que non.

— Tu savais pourtant que j'avais toujours voulu exercer la médecine au sein de l'armée. Mais moi, j'ignorais totalement que tu t'engagerais un jour.

— Ainsi que tu le sais parfaitement, j'avais entendu dire que tu avais quitté l'armée il y a quelques années. Je te l'ai même dit le jour de notre rencontre, à l'hôpital.

Elle aurait voulu dire à Kane que c'était un cauchemar, lui demander de la prendre dans ses bras. Ensuite, ils auraient fait l'amour…

Mais c'était impossible. Une relation entre un officier et un sous-officier était exclue, à moins qu'ils ne veuillent sacrifier leurs carrières.

Submergée par le chagrin, elle murmura :

— Tu m'avais parlé d'une simple rumeur.

— Que tu n'as pas démentie. Tu ne m'as jamais dit que tu étais toujours dans l'armée.

— Je croyais que tu avais compris.

En réalité, elle avait eu peur de ranimer une vieille querelle, et c'était aussi la raison pour laquelle elle ne lui avait pas dit que la soirée dans cette boîte de nuit était destinée à fêter sa promotion. Maintenant, elle se sentait honteuse et légèrement coupable.

Mais comment aurait-elle pu imaginer que l'adolescent rebelle qui lui reprochait autrefois de vouloir marcher dans les pas de son père s'était lui-même engagé dans l'armée ?

Quatorze ans auparavant, Kane aurait jugé cette éventualité complètement grotesque.

— Comment aurais-je deviné que c'était important ? demanda-t-elle. Tu savais depuis toujours que je voulais être médecin militaire.

— Exact.

— Je t'ai même supplié de t'engager aussi, Kane. Mais tu m'as toujours dit que tu ne serais jamais soldat.

Adolescente, elle avait rêvé qu'ils puissent ainsi vivre ensemble. Mais Kane avait refusé d'entrer à l'université. Elle lui avait alors suggéré de demander conseil à son général de père, qui aurait pu l'aider à devenir sous-officier.

Kane avait été un élève brillant au lycée. Il aurait eu des notes excellentes s'il n'avait pas pris un emploi pour que son vieux père puisse continuer à se soûler.

Et puis, il était dur à la tâche, fiable. Il aurait pu suivre des cours du soir, et son père à elle l'aurait aidé.

— Tu m'avais juré que jamais tu n'entrerais dans l'armée, dit-elle. Aucun de mes arguments ne t'avait fait changer d'avis.

— J'avais tort. M'engager dans l'infanterie a été la meilleure chose qui me soit jamais arrivée.

Elle remarqua alors une lueur triste qui traversa son regard l'espace d'une seconde.

Elle fronça les sourcils, tâchant de comprendre.

— Comment est-ce arrivé, Kane ?

— Ce n'est pas important, trancha-t-il.

Ce refus péremptoire la blessa plus qu'elle ne l'aurait voulu. Elle eut l'impression que le sol cédait sous ses pieds, et elle s'efforça de ramener la conversation sur un terrain plus solide.

— Mais quand même..., commença-t-elle.

— Quand même *quoi*, Mattie ? J'aurais dû savoir que, bien que tu aies quitté l'armée pour te marier, tu avais repris ta carrière quand ton mariage a mal tourné ? Comment aurais-je pu le savoir ?

Elle battit des paupières, tâchant de se remémorer très exactement leur conversation à l'hôpital.

Kane lui avait dit avoir entendu une rumeur selon laquelle elle quittait l'armée pour se marier. Mais au moment où elle s'apprêtait à lui répondre, il avait remarqué qu'elle ne portait pas d'alliance. Du coup, elle s'était empressée de changer de sujet avant qu'il se demande si elle n'avait pas épousé George parce qu'elle l'aimait toujours.

Avait-il vraiment cru qu'elle s'était mariée et qu'elle avait divorcé ?

— Tu as mentionné une rumeur, Kane. Mais tu ne m'as pas dit d'où elle venait.

Un silence pesant s'établit un instant entre eux.

— De toi, dit-il enfin. Je l'ai appris quand tu as annoncé que tu comptais abandonner l'armée pour te consacrer à la médecine civile.

Il n'y avait qu'un seul endroit où elle avait pu faire une telle déclaration en public...

— Je l'ai annoncé ? Qu'est-ce que tu entends par là, exactement ?

Le visage de Kane se ferma.

— Oublie ce que j'ai dit.

— Tu étais là, souffla-t-elle. Tu étais à la répétition de ma réception de mariage. J'ai cru t'avoir vu, mais ensuite, tu as disparu.

Kane ne répondit pas, et le silence s'appesantit entre eux.

— J'ai pensé que mon imagination me jouait des tours, insista-t-elle.

Il ne réagit toujours pas.

Hélas, elle était bien incapable de lire en lui ! Comment parviendrait-elle à lui dire le reste, si elle ignorait ce qu'il se passait dans cette tête de mule ? Comment lui avouerait-elle qu'elle avait rompu ses fiançailles avec George parce qu'elle avait finalement admis qu'elle n'aimerait aucun autre homme tant que son cœur appartiendrait à Kane ?

Elle avait besoin qu'il dise quelque chose, n'importe quoi !

— Pourquoi est-ce que tu ne dis rien, Kane ? Qu'est-ce que tu faisais là ?

— Quelle importance, maintenant ? demanda-t-il d'une voix rauque. Tu t'es mariée avec lui, et ça n'a pas marché. Tu as tourné la page. Ce sont des choses qui arrivent.

— Ce n'est pas arrivé. Du moins, pas comme ça.

Il haussa les épaules, comme s'il s'en moquait.

— Je ne suis pas certain de bien comprendre ce que tu dis.

— Ce n'est pas mon mariage qui est tombé à l'eau, ce sont mes fiançailles.

Kane se tut un instant, puis :

— Tu peux répéter ?

L'espace d'un instant, elle s'en crut incapable, jusqu'à ce qu'elle entende les mots qui tombaient de sa propre bouche :

— Je n'ai pas quitté l'armée parce que je ne me suis jamais mariée. J'ai rompu ce soir-là, après la soirée de répétition.

— Pourquoi ?

Elle savait qu'il allait poser cette question, mais elle ne put se résoudre à y répondre.

À quoi bon revenir là-dessus ? Si elle n'avait pas épousé le gentil, le doux George, c'était uniquement parce qu'il n'était pas Kane. Et maintenant qu'ils se trouvaient dans cette situation, quelle différence cela faisait-il, de toute façon ?

5

Mattie n'a jamais été mariée à son précieux comte !

Cette révélation tourbillonna dans l'esprit de Kane jusqu'à ce qu'il ne puisse plus penser à autre chose. Il n'était même pas certain de respirer encore.

Les questions se pressaient dans sa tête, se bousculant pour franchir ses lèvres. Mais il se refusait à les laisser passer. Il lui fallait d'abord réfléchir.

— Comment as-tu su que j'allais me marier ? demanda Mattie d'une voix tremblante. Je ne comprends même pas que tu aies pu entrer, puisque c'était une soirée privée.

Il n'avait aucune intention de répondre, si bien qu'il ressentit véritablement un choc en entendant sa propre voix gutturale rompre le silence.

— Hayd m'a contacté.

Mattie le fixa un long moment.

— Mon frère t'a invité ?

Était-ce vraiment une invitation ? Il n'y avait jamais vraiment réfléchi, préférant chasser l'événement de sa mémoire.

— Il m'a dit que tu allais te marier et qu'il y aurait un dîner de répétition à l'hôtel.

— Je ne savais même pas que vous étiez restés en contact. Il ne me l'a jamais dit, pas plus qu'il n'a mentionné ton nom devant moi.

Kane ne sut que répondre.

Comment lui dire que l'appel de Hayden l'avait surpris, qu'ils ne s'étaient pas parlé depuis des années, très exactement depuis la nuit où il s'était éloigné pour toujours de la famille Brigham ?

— Nous n'étions pas en contact.

Mattie secoua la tête comme si tout cela n'avait aucun sens.

— Vous deviez l'être s'il t'a appelé.

— Non. Ni avant ni après. Il y a eu cet unique appel, rien de plus. Tout ce que je sais, c'est que lorsque je t'ai vue avec ton fiancé, visiblement très heureuse, je suis parti. Ensuite, je n'ai plus jamais eu de nouvelles de ton frère.

Il n'ajouta pas qu'il avait passé les années suivantes à se reprocher de n'avoir rien fait et à se torturer lui-même avec des « si ».

Il s'était parfois demandé si ce n'était pas le père de Mattie qui avait demandé à son fils de le joindre pour le prévenir qu'elle se mariait. Après tout, le général était le seul à savoir exactement où Kane était parti et pourquoi.

Forcément, puisque c'était lui qui l'avait sauvé.

Bien entendu, cet officier supérieur était bien trop intègre pour utiliser ses relations, il lui avait juste entrouvert des portes qui seraient autrement restées closes. Ensuite, Kane avait eu à prouver qu'il en valait la peine.

Mais il ne pouvait pas expliquer cela à Mattie. Pas seulement parce qu'elle serait horrifiée d'apprendre que, pendant toutes ces années, son père *avait su*. Mais surtout parce que, aujourd'hui encore, il avait honte des actions qui l'avaient obligé à partir sans explications.

De toute façon, Mattie ne l'interrogeait pas à ce sujet. Elle voulait seulement savoir comment et pourquoi il était venu à sa réception. Lui-même ne comprenait pas… On aurait dit que Hayden ne souhaitait pas que sa sœur épouse son comte Blakeney.

— Je n'ai pas les réponses que tu veux, Mattie. De toute façon, nous ne sommes pas ici pour fouiller le passé. Nous devons mettre au point des scénarios médicaux de façon à éprouver au maximum la résistance de nos troupes.

Mattie lutta visiblement pour maîtriser les mêmes émotions qui le bouleversaient lui-même.

— Alors, c'est tout ? fit-elle. Nous allons faire semblant que rien ne s'est passé entre nous l'autre nuit ?

Il fallut à Kane toute son énergie pour adopter un ton neutre.

— Nous n'avons pas le choix, Mattie. Je suis sous-officier, et tu es major. Tu sais ce qu'il arriverait si on découvrait quoi que ce soit entre nous.

Elle se redressa.

— Tu n'as pas besoin de me le rappeler. La carrière de l'un de nous deux serait anéantie. Je connais les conséquences d'une relation entre un officier et un sous-officier.

— Si quelqu'un découvrait ce qu'il s'est passé cette nuit-là, il y aurait des retombées radioactives. Même si, à ce moment-là, nous n'étions pas au courant de nos situations respectives. Ça ne doit pas se reproduire, Mattie, conclut-il avec force comme pour s'en convaincre lui-même.

— Bien sûr que non !

Il devina qu'elle n'en était qu'à demi convaincue, ce qui lui procura un peu de réconfort.

— C'est donc une bonne raison pour faire comme si rien ne s'était passé, tu ne crois pas ? Alors, à quoi bon insister ?

Mattie le foudroya du regard, et plus que jamais il souhaita deviner quelles pensées se cachaient derrière ses prunelles bleues.

— À quoi bon, en effet ? Tu as raison, nous avons juste à franchir les deux prochains jours, et ensuite...

La sentant faiblir, il répéta :

— Ensuite ?

— Je pense que nos chemins ne se croiseront plus jamais. Tu es dans l'infanterie, et je suis médecin militaire. Après tout, jusqu'à maintenant, nous ne nous étions pas rencontrés.

Il éprouva une douleur qu'il refusa d'identifier.

— Je pense que ça n'arrivera plus, en effet.

Ils se turent tous les deux, perdus dans leurs pensées. Ce fut Mattie qui brisa la première le silence.

— Donc, ce jour-là, à l'hôpital, tu as dit que tu rendais visite à quelqu'un. J'ai pensé qu'il s'agissait d'un patient. Maintenant, j'imagine qu'il se trouvait dans l'aile militaire ?

Kane hésita un instant.

— C'est un de mes anciens hommes. C'était aussi un copain. Mon commandant ne risquait pas de faire le trajet, même si ce n'était qu'à dix minutes de la base militaire, alors j'ai pensé venir.

— Le major Percy Copperhead ? Quel imbécile !

Au moins, il n'était pas le seul à éprouver du dégoût pour ce type.

— En personne, confirma-t-il. En quatorze ans, j'ai connu quelques idiots. Ne te méprends pas, il y a beaucoup de bons officiers, mais aussi des mauvais, et parmi eux Copperhead détient la palme.

Mattie émit un rire visiblement forcé.

— Il n'y a pas que moi à le penser, alors. Si je comprends bien, tu es dans l'armée depuis quatorze ans…

Il devina la suite qu'elle ne formulait pas à voix haute : *Depuis le moment où tu m'as quittée sans un au revoir.*

Mais il ne pouvait pas lui dire la vérité sous peine de plonger dans un passé dont il avait honte, surtout vis-à-vis d'elle.

Au lieu de répondre, il sortit un document de sa poche et l'ouvrit à la page 3.

— Je suppose que tu as lu les premières instructions ?

Pour rien au monde il ne lui montrerait à quel point cela lui coûtait.

Pendant une fraction de seconde, il crut que Mattie avait cillé, mais elle contourna son bureau pour ouvrir les dossiers en question sur son ordinateur.

— Celles qui tracent les grandes lignes des scénarios médicaux que la division veut tester ? Oui. Au départ, il y avait deux parties, la première concernant la mise à l'épreuve individuelle des médecins militaires.

— Exact. La seconde porte davantage sur la ligne de front avec un nombre important de blessés. Il s'agit de former une équipe médicale qui suivra l'infanterie. Nous avions délimité une zone d'opération militaire en secteur urbain.

Ils savaient tous les deux que cet exercice était essentiel.

— Vous aviez ? répéta Mattie en fronçant les sourcils.

— Suivant la façon dont l'opération principale progresse, il y a des chances que nous devions avancer ce scénario, ce qui implique de trouver une nouvelle localisation. À notre avis, cela nous offre une occasion de voir comment fonctionne le commandement.

— Ce qui implique de nombreux blessés, un environnement tactique et vos gars sous pression.

— Toujours selon nous, c'est une chance de vérifier ce qui peut être prodigué en termes de soins médicaux. Environ cent cinquante médecins prendront part à la simulation. Pour beaucoup de nos hommes, ce sera une occasion de voir des amputés. Ce sera comme si cela venait d'arriver. Un autre régiment d'infanterie les maintiendra sous le feu de ses armes pour augmenter la pression. Nous devons nous assurer qu'ils sont capables de garder leur calme et voir s'ils peuvent sélectionner rapidement un bâtiment où l'on soignera les blessés.

— Et mettre à l'épreuve la nouvelle organisation tactique ?

— C'est ça.

— Très bien. Tout cela est conforme à ce que nous avions prévu dans nos simulations. Des amputés pour l'armée arrivent la semaine prochaine, ce sont des mannequins très réalistes qui simulent les fonctions et les réactions du corps humain.

— Je les connais, dit-il. Ils ont une taille adulte, sont contrôlés par des ordinateurs, et tu peux les faire ressembler à des soldats blessés par des engins explosifs ou des mines.

— On peut reproduire des problèmes physiologiques concernant la tension ou le rythme cardiaque. Il est aussi possible de percevoir des sons anormaux au niveau du cœur ou des poumons, continua Mattie.

Apparemment, elle recouvrait son assurance maintenant qu'ils avaient écarté les sujets personnels pour aborder l'aspect médical de l'opération.

Il s'en voulait de ne pas pouvoir l'imiter. Lui-même ne pouvait pas s'empêcher de fixer les lèvres de Mattie, se rappelant combien elles étaient douces et pulpeuses sous les siennes. Ou bien, il suivait des yeux la ligne pure de sa nuque, et il se souvenait de la façon dont elle tremblait lorsqu'il embrassait ce creux sensible près de la clavicule. Il y avait en lui un homme des cavernes qui brûlait de lui arracher ses vêtements, de la jeter sur ce bureau et d'entendre ses cris pendant qu'il enfouirait sa tête entre ses jambes.

Mais Mattie poursuivait son exposé.

— La pression artérielle des mannequins peut varier, ils peuvent même présenter un arrêt cardiaque. Cela dépend jusqu'où tu veux tester les médecins, les sections ou la compagnie. Ces mannequins peuvent même réagir aux traitements, on peut leur faire subir un choc électrique ou un lavage péritonéal.

S'il s'approchait d'elle, il sentirait l'odeur familière de vanille exhalée par ses cheveux. Ses doigts fourmillaient déjà de l'envie de libérer ce chignon et de plonger dans ces cheveux soyeux.

Tâchant de se maîtriser, il se planta devant une grande carte géographique épinglée sur un tableau mural.

— Très bien… Donc, parvint-il à articuler, nous pouvons avoir les amputés de l'armée plus tôt que prévu, et tes gars devront faire en sorte que les mannequins aient l'air de blessés. Je suggère que nous envisagions tous les scénarios potentiels et examinions le gain qu'on peut en tirer.

Mattie feuilleta ses notes puis se redressa.

— Parfait. Commençons par l'accident de la page 4 qui implique l'effondrement d'un pont, dit-elle en le rejoignant devant le tableau.

Comme un adolescent énamouré, il s'écarta d'un pas.

Cela aurait été comique, si ce n'était pas aussi dramatiquement tragique.

— Ouais, dit-il en toussotant. Nous programmons la chute d'un char pour que les ingénieurs puissent s'amuser avec leurs jouets.

— Qu'est-ce qu'on fait si on introduit un scénario d'écrasement ? On peut envisager deux étapes : durant la première, on se concentre sur les médecins et les soldats qui sont sur le terrain, jusqu'à l'extraction effectuée par un de nos hélicoptères. Et l'étape deux concernera le rapatriement jusqu'à l'hôpital.

L'équipe d'urgence médicale constituait l'un des éléments importants de l'opération, ainsi que l'hôpital de campagne.

— D'accord, dit-il en prenant des notes. Tu es consciente qu'il y a des arguments pour qu'on laisse les victimes d'écrasement *in situ* s'ils ont été coincés plus d'un quart d'heure ?

— Mais il y a aussi des arguments pour les libérer le plus vite possible. Laisse-moi t'expliquer, commença-t-elle.

La passion reflétée dans ses yeux le fit sourire en dépit de tout. Il lui jeta un regard amusé.

— En langage profane, alors.

Elle rougit, et il se demanda aussitôt si cette roseur se propageait plus bas, sur les rondeurs délicieusement crémeuses qu'il brûlait de caresser et de goûter à nouveau.

— Bien, dit-elle. Quand le corps humain est écrasé, par exemple entre un véhicule et le tablier d'un pont, il subit une énorme pression. La compression musculaire endommage les cellules des muscles, et il en résulte une dégradation qu'on appelle rhabdomyolyse.

Il n'aurait su dire si le sujet la passionnait vraiment ou si elle cherchait à éviter une conversation plus personnelle. Il aurait juré qu'elle respirait un peu trop vite.

— Le problème, ajouta-t-elle, c'est que la rhabdomyolyse peut causer des complications, comme l'insuffisance rénale. Tout dépend de la durée de l'écrasement.

— Donc, vous libérez les victimes le plus vite possible, dit-il.

— C'est cela. Il faudra utiliser des garrots.

— Je comprends.

Mais il ne parvenait pas à se concentrer, tellement sa proximité le troublait. Tout disparaissait, autour d'eux. Le bureau, le fait qu'ils se trouvaient sur le lieu d'une opération militaire… Il y avait seulement Mattie.

— Tes gars devront leur administrer des antalgiques. Je sais qu'ils ont tous des sucettes au fentanyl, mais en l'occurrence vous aurez besoin des médecins de la section pour leur injecter une grosse dose de morphine.

— Pour mettre à l'épreuve ce scénario impliquant des hélicoptères, je pourrais placer une section ici, dit-il en désignant un point sur la carte.

Il n'en avait pas eu l'intention consciemment, mais sa main frôla celle de Mattie.

Il se produisit immédiatement un phénomène d'auto-combustion.

— D'accord, articula-t-elle. J'enverrai deux officiers supérieurs. Et les vétérans qui ont déjà subi des blessures bouleversant le cours de leur vie joueront le rôle des blessés graves pour les simulations.

Maintenant, elle se penchait vers lui.

Il lutta pour maintenir un semblant de maîtrise, mais son odeur et sa chaleur étaient irrésistibles. Il percevait une sorte de rugissement dans sa tête, un bruit qui noyait tous les autres.

— En... Entendu, balbutia-t-il. Dès qu'ils auront été transportés à bord des hélicos, ton équipe médicale d'urgence, du moins celle qui ne sera pas sur le terrain, pourra décider de leur traitement...

Sa voix se brisa, mais Mattie ne sembla pas s'en apercevoir. Elle le regardait fixement et parlait de plus en plus bas, murmurant des mots comme en pilote automatique :

— Il y aura de nombreuses victimes et un système pyrotechnique puissant, de manière à rendre le scénario plausible.

Tendant la main, il la posa sur la nuque de Mattie et l'attira contre lui. Elle ne fit même pas semblant de résister. Tandis qu'elle appliquait ses paumes sur son torse, ses feuillets tombèrent sur le sol dans un doux bruissement.

Leur baiser fut plus chaud et sauvage que jamais. Carnassier, ardent. Il écrasa les lèvres de Mattie sous les siennes, sa langue plongea dans sa bouche, et elle lui rendit caresse pour caresse, apparemment sous l'emprise de la même folie qui s'était emparée de lui.

Prenant en coupe le postérieur de Mattie, il la souleva tandis qu'elle enlaçait sa taille de ses jambes. Il la porta sur le bureau sans que leurs bouches se séparent. La chaleur qui émanait du corps de Mattie à travers ses vêtements faisait rugir son sang à ses oreilles. Il voulait la goûter de nouveau, comme l'autre nuit. Il fit courir ses doigts sur la couture de son pantalon, là où elle était en fusion pour lui.

Aussitôt, elle émit un doux gémissement qui l'enflamma encore davantage.

— Attends, souffla-t-elle.

Mais il n'était pas sûr de pouvoir attendre !

De nouveau, il passa la main entre les jambes de Mattie, qui se mordit la lèvre en battant des paupières.

Elle était magnifique !

À son tour, elle fit glisser ses mains sur sa poitrine à lui, puis le long de son torse. Et soudain, sans crier gare, elle fit glisser la fermeture Éclair de son pantalon.

Tout en insinuant sa main à l'intérieur, elle déclara sur un ton autoritaire, extraordinairement sexy :

— Je crois que c'est mon tour, Kane.

Sans lui laisser le temps de répondre, elle referma ses doigts sur sa verge et amorça un lent mouvement. Il réprima un grognement. C'était la torture la plus exquise qu'il ait jamais connue.

Un coup frappé à la porte les ramena brusquement à la réalité. Mattie s'écarta vivement de lui.

— Désolé de vous déranger, major Brigham, fit une voix, mais les soins intensifs ont appelé au sujet de votre blessé par balle. Le patient présente des complications, il faut que vous l'examiniez.

Ce fut comme si on avait actionné un interrupteur en Mattie.

— J'arrive tout de suite, dit-elle. Je pense que M. Wheeler doit finir de rédiger ses notes. Mais si vous l'attendez dehors, caporal, vous pourrez le conduire au mess pour qu'il mange quelque chose.

— Bien, major.

— Monsieur Wheeler ?

— Ce sera parfait, merci, major Brigham, répondit poliment Kane.

Mais désormais, il savait qu'il n'y avait pas d'avenir commun pour Mattie et lui.

Tout aurait été différent s'ils avaient été tous les deux officiers, comme elle l'avait supplié de l'envisager quand ils étaient adolescents. À l'époque, il avait repoussé ses suggestions. Maintenant, bien qu'il ait travaillé pendant quatorze ans dans l'armée et soit parvenu à l'un des plus hauts grades parmi les sous-officiers, le problème restait entier.

Il était fier de ce qu'il était, fier d'être allé aussi loin. Mais ce n'était pas suffisant, à présent que Mattie allait être promue lieutenant-colonel.

6

Mattie avait examiné son patient blessé par balle. Par bonheur, elle n'avait rien constaté de grave, et le jeune homme était maintenant en soins intensifs. Elle n'aurait pas su dire depuis combien de temps elle retardait le moment de retourner auprès de Kane… Ou plutôt si, elle le savait exactement : une heure.

Non qu'elle n'en ait pas envie, bien au contraire ! Mais il y avait un abîme entre leur nuit à l'hôtel et l'instant présent. Quelques minutes de plus, et elle se serait retrouvée nue sur son bureau avec Kane enfoncé en elle !

C'était incompatible avec le règlement et totalement irréfléchi ! Elle n'avait pas pensé une seconde à sa carrière. Or, cette carrière qu'elle avait passé près de quatorze ans à construire depuis ses débuts en tant que cadet à l'école de médecine, elle la prenait très au sérieux – sans compter qu'elle adorait ce qu'elle faisait.

Désormais, elle savait ce qu'il pouvait lui en coûter si cette relation se poursuivait… Et pourtant, tout ce qu'elle avait envie de faire, c'était rejoindre Kane et reprendre les choses là où ils les avaient laissées.

Pour l'instant, elle se trouvait dans un box de consultation avec un jeune soldat venu se plaindre quelques jours plus tôt d'une inflammation cutanée. Avec le dermatologiste de l'équipe, elle avait prescrit une crème, et un rendez-vous ultérieur avait été fixé pour vérifier que l'éruption n'avait pas empiré ou changé d'aspect. En réalité, n'importe quel autre médecin aurait pu s'en charger, mais elle avait choisi de le recevoir elle-même.

— Eh bien, soldat, pouvez-vous ôter le haut, s'il vous plaît ?

Le gamin retira sa veste et son T-shirt sans manifester la moindre timidité, surtout lorsqu'il entreprit de déboutonner son pantalon.

— Vous voulez aussi que j'enlève le bas, major ?

Elle se retint de sourire.

Ah, l'arrogance de la jeunesse !

— D'accord, voyons cela.

À l'examen, elle constata que la peau commençait à peler et que, en dessous, la zone était nette et saine.

— Vous avez eu d'autres symptômes ?

— Non. Je suis en superforme, et les démangeaisons ont cessé.

— Très bien. Continuez d'appliquer la crème et revenez nous voir dans deux jours.

— Qu'est-ce que c'était ? demanda le jeune homme en se rhabillant.

— Nous n'en savons rien, lui dit-elle franchement tout en rédigeant quelques notes. Mais nous avons envoyé un échantillon à l'analyse, et nous vous tiendrons au courant quand nous aurons les résultats.

— Merci, doc, dit le soldat en sortant du box.

— De rien, répliqua-t-elle.

Elle se dirigea vers l'accueil pour prendre en charge un nouveau patient.

— Vous êtes encore là ? fit la voix de Kath.

Elle se retourna brusquement, tâchant de ne pas prendre un air coupable.

— J'ai quelques consultations de routine.

— Et le sous-officier de liaison du groupe de combat ?

— Il est au mess, pour autant que je sache.

Kath lui lança un coup d'œil étonné.

— Ça ne vous ressemble pas ! Tout est sous contrôle, ici, et vous devez toujours discuter avec ce type... À moins qu'il n'y ait une autre raison pour laquelle vous ne voudriez pas le rejoindre ?

— Une autre raison ? répéta sèchement Mattie.

— On raconte qu'il est plutôt canon.

— Le terme n'est pas vraiment approprié.

Mattie se sentait parfaitement hypocrite, mais elle aurait dû savoir que Kath ne se laisserait pas abuser.

— En tout cas, remarqua celle-ci, il n'y a aucune raison d'user de prétextes fallacieux pour éviter de parler à ce type. Alors, à moins que vous ne me disiez de quoi il s'agit, je vous suggère de le rejoindre.

Sur ces mots, Kath lui prit des mains la liste des nouveaux patients puis la poussa vers la sortie.

— Allez ! Je vais vous accompagner, puisque je vais avoir une ou deux heures de libres.

— C'est inutile, j'y vais, grommela Mattie. Comment avez-vous fait pour obtenir tous ces ragots ?

Et pendant qu'on y était, y en avait-il qui la concernaient ?

L'observation ne vexa pas Kath, qui se mit à rire.

— Il se trouve que je suis un médecin civil qui s'amuse à être réserviste, alors que vous êtes un médecin militaire assujetti à des règlements gravés dans le marbre.

— Exact, admit Mattie avec une petite grimace.

Sauf que ce qu'il s'était passé dans son bureau une heure et demie auparavant n'était *vraiment pas* conforme au règlement. Elle avait risqué sa carrière, et Kane aussi.

— J'ai aussi entendu dire que ce type n'a qu'une trentaine d'années. Ce qui implique que sa carrière a été fulgurante.

Mattie marmonna quelque chose d'incohérent.

Elle y avait déjà pensé elle-même, ce qui n'avait fait qu'empirer les choses : cette promotion rapide rendait Kane encore plus attrayant à ses yeux.

Mais en étant de nouveau avec lui dans un espace privé, elle craignait de se retrouver dans une situation compromettante. Pire encore, il y avait en elle un aspect insubordonné qui *voulait* que cela se reproduise.

Elles se retrouvèrent aux portes du mess avant qu'elle ait pu trouver une nouvelle excuse. Ensuite, telle une mère qui attend que son enfant franchisse le seuil de l'école, Kath la poussa doucement et s'assura qu'elle ne se dérobe pas.

Elle aperçut immédiatement Kane dans le mess quasi désert. Elle n'aurait pas su dire comment elle contraignit ses jambes récalcitrantes à s'approcher de lui, mais elle ne tarda pas à s'asseoir à sa table, face à lui.

— Tu es encore là ?

— Où voulais-tu que j'aille ? demanda-t-il.

Baissant la voix, il ajouta :

— D'ailleurs, après... ce qu'il s'est passé, je crois préférable de poursuivre la discussion dans un lieu public.

L'argument de Kane était très raisonnable : personne ne pouvait les entendre, mais on pouvait les voir. Une conversation privée était possible, mais ils ne pouvaient pas se toucher.

Alors, pourquoi se sentit-elle soudain aussi abattue ?

Elle se força à sourire largement.

— C'est une bonne idée.

Kane lui jeta un regard sombre mais ne dit rien.

— Nous avons moins de vingt-quatre heures pour terminer, ensuite tu retourneras au groupe de combat.

Et cette fois, plus question d'imaginer qu'ils pourraient reprendre les choses là où ils les avaient laissées cette nuit-là, à l'hôtel. Elle devait se sortir cette idée de la tête, comme quatorze ans auparavant.

Comme si, à l'époque, cela avait marché !

Elle repoussa cette pensée subversive.

— Pourquoi ne pas m'avoir dit que tu t'étais engagé ? demanda-t-elle. Mieux encore, que tu avais fait carrière dans l'armée ces dix dernières années ?

— Je n'ai pas pensé que c'était important.

— Tu es sergent-major, Kane. Pour avoir atteint ce grade aussi rapidement, tu dois avoir combattu dès le début. Il y a des gens qui sont dans l'armée depuis dix-huit ou vingt ans, mais qui sont loin derrière.

— J'ai eu de la chance.

— C'est plus que ça ! Pourtant, tu refusais de rentrer dans l'armée, et tu détestais mon père parce qu'il était général. Sans compter que tu critiquais mon rêve d'être médecin militaire.

— J'étais un gamin arrogant qui croyait tout savoir, répliqua Kane avec un rire dépourvu de joie. Un imbécile.

— Qu'est-ce qui a changé ?

— C'est moi qui ai changé, Mattie.

— Toi ?

— Ça arrive à tout le monde, tu sais ?

Bien entendu. Mais ça ne clarifiait rien. Tout restait embrouillé, confus.

— J'ai toujours pensé que mon père t'avait payé.

Kane pinça les lèvres.

— Et moi, je me suis toujours demandé ce qu'il t'avait dit.

Cela ne répondait pas à la question.

— Il ne m'a pas dit ça. J'ai juste pensé que, peut-être, il t'avait donné de l'argent et que c'était la raison pour laquelle tu ne m'avais pas dit au revoir.

Un lourd silence régna un instant dans le mess.

— Il t'a payé ? insista-t-elle.

Kane la fixa un long instant.

— Qu'est-ce qu'il t'a dit ?

— Rien ! s'écria-t-elle avec exaspération. Mais c'est peut-être parce qu'il souffre de la maladie d'Alzheimer depuis six ans. Du moins, c'est ce que nous pensons. Et ça s'est aggravé ces trois dernières années.

— Je suis vraiment désolé, Matz. J'espère que tu ne l'as jamais blâmé de m'avoir fait partir.

Si elle n'avait pas su que les échanges entre son père et Kane avaient été plutôt orageux, elle aurait pu croire qu'il y avait plus que de la sympathie dans le ton de Kane. On aurait dit que la maladie du général l'affectait personnellement.

— Non. C'est toi que j'ai blâmé, dit-elle simplement. Je t'en ai voulu de m'avoir quittée, et éventuellement d'avoir accepté de l'argent.

— Tant mieux.

Elle secoua la tête, cherchant dans ses souvenirs.

— Pendant mon adolescence, il m'est arrivé de me disputer avec mon père, mais je n'ai jamais douté de son amour.

— Si je ne vous avais pas rencontrés, toi, Hayden et vos parents, je n'aurais jamais su ce que c'était qu'une famille aimante.

Elle fit un effort presque surhumain pour contenir son émotion.

— Donc… Il t'a payé ?

— Non.

— Pour de bon ? souffla-t-elle.

— Il ne l'a pas fait. Si cela avait été le cas, j'aurais refusé. Aucune somme n'aurait pu me convaincre de te quitter.

Ce fut comme si un énorme bloc de pierre avait soudain cessé de peser sur sa poitrine. Maintenant qu'il était parti, évaporé, il lui semblait qu'elle pouvait de nouveau respirer.

— Pourtant, tu m'as bel et bien quittée. Alors si ce n'est pas pour de l'argent… *Pourquoi* ?

Le visage de Kane se ferma instantanément.

— Pour ton propre bien. Inutile d'insister, je ne t'en dirai pas plus.

Étrangement, cette réponse suscita en elle un flamboiement de colère.

— C'est trop facile !

— Tant pis.

— Tu ne peux toujours pas me fournir d'explication au bout de quatorze ans ? Qu'est-ce qui peut être aussi important ?

— C'est mon histoire, Mattie. Mon passé. Je ne veux pas l'exhumer maintenant, et surtout je ne crois pas que ce soit utile.

— C'est *notre* passé, rectifia-t-elle rageusement.

Elle jeta un coup d'œil autour d'elle, mais personne ne leur prêtait attention.

— Je crois que je mérite mieux, ajouta-t-elle.

Kane la fixa dans les yeux.

— À quoi bon ? dit-il d'une voix rauque. Il y a deux jours, je l'aurais peut-être fait, quand je pensais que les choses pourraient être différentes la prochaine fois que nous nous verrions.

— Tu veux dire, quand tu pensais que j'avais quitté l'armée et avant que je sache que tu t'étais engagé ?

— Exactement.

— Donc, tu envisageais que nous puissions avoir un avenir commun ? Tu pensais me retrouver à la fin de ces exercices ?

— Pourquoi penses-tu que je t'ai donné mon numéro de téléphone ?

— Et à ce moment-là tu m'aurais dit que tu étais sous-officier dans l'armée britannique ?

— Oui. Mais désormais nous savons que rien n'est plus possible entre nous.

Comment l'espoir pouvait-il fleurir pendant une minute pour mourir l'instant d'après ?

— À moins que l'un de nous ne démissionne, dit-elle posément.

Kane l'observa un instant avec circonspection.

— C'est dans tes projets ?

Elle le fixa, choquée.

Il ne pouvait pas être sérieux ?

— Je te rappelle que tu as failli le faire pour épouser ton comte Blakeney, ajouta-t-il.

— Exact, mais je sais aujourd'hui que j'aurais commis une erreur. Je n'ai jamais voulu quitter l'armée, c'était juste ce que l'on attendait de moi. Tôt ou tard, je lui en aurais voulu, et nous aurions divorcé.

— J'ai cru comprendre que tu avais rompu après la soirée de répétition du dîner de mariage… Après que tu m'as vu ou cru me voir.

Qu'avait-il compris, exactement ?

Elle préféra changer de sujet.

— Tu te rappelles cette promotion dont je t'ai parlé ? Je vais être nommée lieutenant-colonel.

Il y eut un bref silence.

— Toutes mes félicitations.

La voix de Kane était trop calme, comme s'il choisissait ses mots avec soin pour retarder l'inévitable.

Tout comme elle.

La gorge serrée, le cœur battant la chamade, elle demanda :

— Et toi ? Tu es sergent-major, mais qu'est-ce qui va venir

ensuite ? Si tu le voulais, tu pourrais travailler dans le privé et avoir un salaire bien plus élevé.

— C'est un argument qui m'étonne, venant de toi. Tu sais parfaitement qu'il ne s'agit pas d'argent, Mattie.

Elle rougit légèrement.

Il avait raison, et elle le savait. Par certains côtés, l'armée s'apparente à une famille. C'est en faire partie qui est important.

Elle hocha la tête sans répondre.

— Nous n'avons pas d'avenir commun, Mattie.

Il se tut comme pour lui laisser le temps de réfuter cette affirmation.

Elle l'aurait bien voulu, mais elle ne le pouvait pas. Kane avait raison, ils n'avaient pas d'avenir.

Elle sentit les émotions gonfler sa poitrine, menaçant d'exploser. Au prix d'un effort énorme, elle réprima ses larmes pour se concentrer sur le dossier qu'il poussait devant elle sur la table.

— Très bien. Donc, ces simulations médicales n'ont pas pour but d'entraîner mon équipe de médecins et d'infirmiers. Nous avons exécuté tous les scénarios à de multiples reprises, et tout le monde sait exactement ce qu'il doit faire. L'objectif est de faire pression sur vos hommes et de détecter les faiblesses s'il y en a.

— C'est cela. Vous pourrez en tirer bénéfice, bien sûr. Mais à l'origine, les scénarios sont conçus pour mettre chaque soldat à l'épreuve sur la ligne de front, et du même coup la compagnie. Avant tout, nous devons tester notre propre chaîne de soutien médical pendant les opérations et les transferts.

— Donc, nous commençons par des scénarios relativement standards, comme l'évacuation des blessés.

— Certaines seront effectuées en 4x4, vers la base opérationnelle avancée.

Tout en parlant, Kane désigna un point sur la carte qu'il venait d'étaler sur la table.

Elle tâcha de ne pas se focaliser sur cette main qui l'avait touchée et caressée comme aucune autre.

— Si tout se passe bien, si la chaîne tient le coup, nous devrons aussi voir si on peut différer l'intervention de l'équipe médicale d'urgence pendant... Disons quarante minutes, dit-elle calmement, comme si elle ne se sentait pas brisée à l'intérieur. Il s'agit de maintenir le patient vivant et stable durant le transport, de l'hydrater ou le nourrir pendant que le véhicule progresse.

— Exact. Nous aurons besoin de trouver une nouvelle grille de référence si les choses continuent d'avancer de la même façon. Ce sera notre travail d'évaluer le terrain et d'évaluer nos hommes ensemble pendant le scénario.

— Je sais, répliqua-t-elle.

Elle s'efforçait de rester professionnelle comme elle l'était depuis dix ans. Jamais elle ne s'était laissé entraîner dans une situation compromettante. Mais d'un autre côté Kane n'avait jamais été impliqué non plus.

— Tu tiendras le coup, Mattie ? demanda-t-il. Tu supporteras qu'on travaille ensemble de façon aussi rapprochée ?

— Bien sûr que oui, répliqua-t-elle vivement. La question est de savoir si toi, tu en es capable, Kane !

7

Mattie feuilleta le dossier de son quatrième patient avant de gagner la salle de consultation.

Théoriquement, en tant qu'officier, elle avait bien d'autres tâches que ces examens de routine, mais elle y voyait un moyen de ne plus penser à Kane.

Bien qu'elle ait passé la nuit à se tourner et à se retourner dans son lit, elle se sentait mieux. À 4 heures du matin, elle avait renoncé à dormir, s'était habillée et avait gagné son bureau, où elle s'était acquittée de ses corvées administratives.

En ce moment, Kane devait se trouver avec Kath. Il observait des scénarios médicaux qu'elle avait mis au point afin que ses équipes restent bien concentrées. Entre autres, la mission de Kane consistait à découvrir les pratiques des équipes médicales de façon à les intégrer éventuellement dans les scénarios.

Elle avait résisté à la tentation de le rejoindre. Cela n'aurait rien eu d'étonnant de la part de l'officier organisateur, mais elle avait préféré recevoir des patients et voir quels types de cas se présentaient en ce moment.

Par exemple, ce soldat de deuxième classe souffrait apparemment de maux de dos.

Elle entra dans la salle et sourit au jeune homme assis sur la table d'examen. Il aurait visiblement préféré être ailleurs, mais il souffrait trop pour remettre la visite à plus tard.

— Bonjour, soldat, qu'est-ce qui vous amène aujourd'hui ?

— Euh… Major… J'ai attrapé une douleur dans le dos, répondit le garçon avec une grimace.

— En haut ou en bas ?

— Euh… Par là, dit-il en déplaçant sa main pour montrer la zone.

— C'est récent ?

— J'ai mal depuis un moment, maintenant. Peut-être huit mois, plus ou moins, mais ça a empiré, et c'est descendu dans les jambes.

— Vous avez fait un gros effort, ces temps-ci ?

Le garçon secoua la tête.

— Je vais souvent dans la salle de sport, vous voyez ? Je soulève des poids, ce genre de trucs. Rien d'inhabituel.

— Vous sautez d'avion ?

— Ouais. Bien sûr.

— D'accord. Je vais vous examiner, vérifier vos réflexes et votre résistance musculaire. Vous avez mal dans quelle jambe, en ce moment ?

— La gauche.

— D'accord. On va commencer par la droite. Levez-la, pliez le genou, relevez-le jusqu'à la poitrine et essayez de résister quand j'essaie de le rabaisser. Bien. Passons au genou gauche.

Pendant les minutes suivantes, elle effectua une série d'examens tout en bavardant avec son patient afin de glaner quelques informations. Finalement, tout semblait confirmer une hernie discale, ainsi qu'elle le soupçonnait dès le début.

Lorsqu'elle eut terminé, elle s'assit sur une chaise en face du jeune homme.

— Vous devez avoir une protubérance sur l'un de vos disques, entre vos vertèbres. Elle peut presser sur les nerfs et causer la douleur que vous m'avez décrite.

— Ça va s'en aller tout seul ? demanda le garçon avec espoir.

Elle sourit.

Ces soldats étaient tous les mêmes.

— C'est possible, mais seulement si vous faites attention. Cela veut dire que vous allez devoir consulter le kiné et accepter l'idée de limiter pendant un temps vos activités.

— Je ne vais pas pouvoir m'entraîner ? Ce n'est pas grave à ce point, docteur !

Elle savait que les garçons étaient souvent si pressés de rejoindre leur unité qu'ils ne donnaient pas à leurs corps le temps de guérir.

— Si vous voulez guérir vite, vous allez m'écouter, dit-elle fermement. Je vais faire savoir à votre officier supérieur que vous avez besoin de repos. Plus tôt vous prendrez soin de vous, plus tôt vous retrouverez vos camarades.

— J'aurai besoin d'une radio ?

— Non, ne vous inquiétez pas. Une radio ne détecte pas une hernie discale, elle permet seulement de déceler d'autres problèmes. Mais à ce stade, je n'ai aucune raison de penser qu'il y en a.

Le jeune homme lâcha un gros soupir.

— J'en ai pour combien de temps, alors ?

— Ce ne sera pas long, dit-elle gentiment. Maintenant, allez voir le kiné. Avec un peu de chance, il aura un créneau horaire à vous proposer ce matin.

Elle accompagna le soldat auprès d'une infirmière, à qui elle demanda de lui trouver un rendez-vous avec le kinésithérapeute. Lorsqu'elle revint sur ses pas pour consulter le dossier du patient suivant, elle trouva Kane qui l'attendait.

Elle retint sa respiration.

Il suffisait d'un geste ou d'un mot inapproprié pour que les membres de l'équipe médicale devinent instantanément qu'il y avait anguille sous roche.

— Monsieur Wheeler ?

— Major Brigham.

— Je gage que vous avez eu une matinée instructive avec le major Donal. Je sais qu'elle a dirigé quelques-uns des scénarios que nous avons pratiqués ici. Vous avez donc constaté que nous pourrions harmoniser nos actions avec celles de vos hommes.

— Oui. J'ai réfléchi à la façon dont nous pourrions les intégrer. Quand vous serez disponible, j'aimerais regarder la carte avec vous et voir où et quand nos différentes unités vont se trouver.

Elle sentit son cœur battre plus vite à l'idée de se retrouver avec Kane dans un endroit clos, loin des regards perçants.

— Bien sûr. Accordez-moi un instant.

Après avoir adressé quelques mots à l'infirmière, elle fit signe à Kane de la suivre.

— Vous venez, monsieur Wheeler ?

En la suivant dans le couloir, Kane remarqua :

— Dans l'un de vos scénarios, j'ai vu que vous aviez prévu une blessure splénique.

— Oui, les lésions de la rate sont notoirement difficiles à traiter sur le terrain, non seulement parce que les hôpitaux de campagne ne sont pas forcément en mesure d'effectuer une tomodensitométrie pour confirmer un hémopéritoine. En ce cas, le blessé aurait besoin qu'on l'évacue immédiatement en chirurgie, d'autant que les traitements non opératoires des lésions de la rate peuvent entraîner une hypotension prolongée.

— Je comprends.

— Il faut aussi se poser la question de savoir si la nécessité d'effectuer une splénectomie peut varier, entre un patient qui présente en même temps une lésion cérébrale et celui qui ne souffre que d'une lésion splénique.

Parvenue devant son bureau, elle invita Kane à entrer. Après une brève hésitation, elle laissa la porte entrouverte.

Lorsqu'elle se retourna, il la fixait de ses yeux sombres, et elle en perdit un instant le souffle. Elle se figea dans l'attente d'un commentaire, qui ne vint pas.

Dès qu'elle se fut assise et que Kane eut pris un siège à son tour, elle s'empara de la parole.

— Je pense qu'on devrait tout reprendre à zéro. Hier, on a connu une sorte de...

Son cerveau habituellement vif tarda à lui fournir le mot adéquat.

— Une sorte de choc ? compléta Kane.

— Exactement.

— C'est une bonne idée, dit-il sérieusement. Bonjour, major Brigham, je suis le sergent-major Wheeler.

— Inutile de remonter aussi loin, protesta-t-elle.

Mais elle ne put s'empêcher de rire et sentit une partie de son malaise se dissiper.

— Mais je ne comprends toujours pas comment tu as pu te retrouver dans l'armée, ajouta-t-elle malgré elle.

Voyant qu'il haussait les épaules, elle devina qu'il ne comptait toujours pas lui donner d'explications, et elle eut l'impression étrange d'être rembarrée.

Kane ne l'avait jamais fait auparavant, de toute la durée de leur relation. À part à la fin, évidemment, mais cela n'avait rien de comparable.

Blessée, elle tenta de se protéger en se disant que mieux valait ne plus chercher à savoir.

D'ailleurs, ils avaient un travail à accomplir. La vie de bien des gens, dans le futur, serait suspendue à la qualité de ce travail. En dépit de tout le reste, elle se flattait d'être un bon officier, et Kane était à l'évidence un excellent sous-officier. Pour l'instant, cela devait suffire.

— Très bien. Revoyons les exercices. Les simulations médicales avec le groupe de combat, pour tester la chaîne de santé, constituent la phase principale. Auparavant, nous devons travailler sur nos propres scénarios médicaux pour que les équipes restent bien focalisées et sur le qui-vive dans le domaine médical.

— Parfait. Donc, votre phase principale est clairement juste un épisode médical intégré dans le programme du bataillon de combat. La brigade cherche maintenant à voir comment on pourrait décomposer cet élément de façon à avoir deux chaînes de santé distinctes.

Elle prit son stylo.

— Je t'écoute. Cela implique des scénarios individuels ou de petits scénarios. Vous voulez vérifier comment le support médical fonctionne si on applique de nouvelles tactiques ?

— Voilà. En fonction du résultat, on ajustera les tactiques ou le soutien logistique, et on continuera d'appliquer les scénarios jusqu'à ce que tout soit fluide. Nous souhaitons aussi savoir comment on peut gérer une grande quantité de blessés.

— Dans cet exercice ?

— Pas forcément, mais c'est possible. Tu sais maintenant comment la brigade fonctionne.

— « On se dépêche et on attend », je sais. Ils veulent qu'on élabore quelque chose, juste au cas où. Sinon, ça servira pour les exercices d'un autre groupe de combat ?

— Exactement.

Elle n'aurait su dire comment c'était arrivé, mais Kane et elle discutaient maintenant vraiment comme un officier et un sous-officier, et non pas Kane et Mattie. Leur passé ne constituait plus un problème. Au contraire, leur travail en était facilité parce qu'ils se connaissaient bien mutuellement et qu'ils pouvaient anticiper les pensées de l'autre ou déchiffrer son langage corporel.

Lorsqu'ils firent une pause, elle s'aperçut avec étonnement qu'ils parlaient depuis une heure et demie.

Quand Kane se leva pour se dégourdir les jambes et arpenter la pièce, elle le suivit des yeux tout naturellement.

— Maintenant que nous avons dépassé le… choc initial, nous serons capables de bien travailler ensemble, dit-elle tranquillement.

Il la regarda.

— Je le pense aussi, Mattie. L'armée est dans ton sang, c'est ce que tu es et où tu excelles, n'importe qui peut le constater. Je sais que tu ne comprends pas comment je suis arrivé là, mais je peux te dire que l'armée m'a sauvé. Je ne suis pas là pour servir de bouche-trou à mon commandant, mais parce que je suis bon.

— C'est clair ! s'exclama-t-elle.

Kane lui jeta un regard surpris.

— Tu t'imagines que je ne m'en suis pas aperçue ? continua-t-elle. Tu ne serais pas parvenu à ce grade aussi vite si tu ne l'étais pas. En fait, tu dois être exceptionnel.

— Pas trop mal pour un gamin Wheeler, hein ? fit Kane avec un petit rire méprisant.

Elle ne l'imita pas.

— Tu ne leur as jamais ressemblé, Kane. Tu as toujours eu cette capacité de faire quelque chose de toi-même. Beaucoup de gens avaient l'esprit étroit à Heathdale, mais je n'en ai jamais fait partie.

Il posa de nouveau sur elle ce regard brun dans lequel elle rêvait de se noyer.

— Non, dit-il tranquillement. Tu as toujours cru en moi, n'est-ce pas ?

Elle hocha la tête, la gorge trop serrée pour articuler un mot.

— Je n'ai jamais voulu t'abandonner, Matz, dit-il d'une voix rauque.

— Pourquoi es-tu parti ?

— Il le fallait.

— Sans explications ? Sans un au revoir ?

— Tu as cru que, en partant, je te quittais. Mais ce n'était pas ce que je voulais. Partir était la solution, pas le problème.

— Tu recommences à parler par énigmes.

— Je ne peux pas te dire la vérité, dit-il sur un ton farouche.

— Tu ne peux pas, ou tu ne veux pas ?

Il la fixa comme si les mots mettaient un moment à parvenir jusqu'à son cerveau et qu'il les pesait soigneusement.

— J'ai fait quelque chose de mal avant que nous commencions à sortir ensemble, dit-il enfin. Quand j'avais quinze ans. J'ai commis un crime.

— Toi ?

Elle connaissait la personnalité du père de Kane, celle de ses frères. Mais Kane n'était pas comme eux, et à quinze ans, ça ne pouvait pas être aussi grave !

— C'est quelque chose dont j'ai honte encore aujourd'hui. Mais ce soir-là, celui où je t'ai dit que je t'aimais… Ce que j'avais fait des années auparavant m'a rattrapé. C'est pour cela que je suis parti.

— Tu t'es enfui ?

— Non ! s'exclama Kane. Je ne me suis pas enfui, mais j'ai pris mes responsabilités. Et c'est en le faisant que j'ai pu emprunter une voie inattendue.

L'armée !

Elle le savait, de nombreux jeunes gens s'engagent parce que c'est ça ou le centre de détention pour mineurs, ou encore le choix de la délinquance. Certains amènent leurs problèmes avec eux, mais il y en a beaucoup qui deviennent des soldats extraordinaires. Simplement, elle n'avait jamais imaginé que Kane pourrait figurer parmi eux.

Mais cela impliquait aussi qu'il avait beaucoup plus à perdre qu'elle s'ils franchissaient de nouveau les limites. Une raison de plus pour étouffer cette alchimie et se concentrer sur leur tâche pour que cette opération réussisse.

— Alors, tu mérites vraiment tout ce que tu as gagné, dit-elle simplement. Je suis admirative. Et même ton commandant m'étonne. Je pensais que Percy Copperhead était un snob qui t'avait envoyé pour me saper.

— Soyons clairs, ce type est le pire pompeur d'oxygène que je connaisse. Si ça ne tenait qu'à lui, j'aurais été fichu dehors depuis longtemps, comme d'ailleurs pas mal de gars qui sont pourtant de véritables héros. Il n'a pris ce commandement que depuis deux mois, et c'est mon ancien commandant qui a défendu ses gars.

Pas étonnant.

— Donc il t'a envoyé ici...

— Pour ne plus me voir. Je ne fais pas partie des hommes qu'il apprécie.

— J'imagine ! Si on veut l'énerver, on n'a qu'à faire de ce support médical la meilleure phase de l'exercice.

— Ça ne peut pas faire de mal.

— Et plus de... *ça* entre nous.

De la main, elle fit une sorte d'aller-retour entre eux, espérant que Kane comprendrait sans qu'elle ait à formuler les mots à voix haute.

Alchimie. Passion. Sexe.

Elle ne voulait pas parler d'amour, puisque c'était visiblement exclu en les circonstances.

— Ce sera toujours là, Matz, dit très bas Kane. Nous devons juste passer outre.

Il s'était exprimé avec une tristesse qui alla droit au cœur de Mattie.

— On doit l'ignorer, renchérit-elle.

— Et nous en servir à notre avantage, dit-il en haussant les épaules. Nous nous comprenons d'une façon que personne ne peut imaginer. Nous anticipons mutuellement nos pensées et nos réactions.

— Même maintenant, plus de dix ans après ?

Elle connaissait la réponse, mais elle avait envie de l'entendre.

— Si tu as besoin de le demander, tu n'as qu'à évoquer cette nuit dans la chambre d'hôtel, grommela Kane.

C'était excitant, grisant... Et à l'opposé de ce qu'ils tentaient d'accomplir.

Elle réprima l'envie de passer la langue sur ses lèvres sèches.

— Ce n'est pas exactement « passer outre », remarqua-t-elle.

— Commençons par essayer, dit Kane, avec un regard si sensuel qu'elle mourut d'envie d'aller se blottir contre lui.

Apparemment, plus ils essayaient, plus cela devenait difficile, mais elle s'abstint de le lui faire remarquer.

— Parfait. Demain, nous lançons un scénario impliquant l'équipe médicale d'urgence. Je suis sûre que tu en as déjà vu, mais ça te donnera une idée de ce qu'il se passe quand tes hommes nous amènent des soldats blessés. Nous aurons deux victimes présentant des traumatismes similaires.

— Quel en est le bénéfice ? demanda Kane avec curiosité.

— Le cas légèrement plus grave recevra le traitement classique sur le terrain avant l'arrivée de l'équipe d'urgence médicale. Le blessé plus léger pâtira d'erreurs commises par les médecins militaires.

— D'accord. Si bien que lorsqu'on refera l'exercice avec mes hommes, ton équipe sera déjà prête à envisager toutes les possibilités.

— C'est ça. De cette façon, nous sommes certains que la simulation servira à évaluer tes hommes plutôt que mes médecins. Ce qui est le but de cette première phase... Appelons-la « pré-phase », si tu veux, dit-elle avec un sourire. L'autre phase, celle que nous avons déjà planifiée, est destinée à tester la chaîne de santé au niveau du groupe de combat, plutôt que de tester les connaissances médicales de tes gars ou de mon équipe.

— Il faut juste savoir si on a besoin de nouvelles grilles d'emplacement, répondit Kane. Et la seconde phase, qui peut aussi être modifiée, impliquera un grand nombre de victimes, dans les lieux déjà prévus avec les ingénieurs.

8

Kane n'avait pas eu l'intention de rattraper Mattie, mais il se retrouva en train de courir au coude à coude avec elle.

Au réveil, il avait décidé que le jogging lui ferait du bien, mais, en apercevant Mattie, il avait préféré qu'elle ne remarque pas sa présence, et il l'avait suivie de loin pendant six kilomètres. Malgré tout, la vue de ce joli corps moulé dans une tenue de sport n'avait rien fait pour calmer sa libido.

Il n'avait déjà que trop envie de l'entraîner derrière les arbres pour la prendre contre le tronc argenté d'un bouleau. Au moins, maintenant qu'il courait à son côté, il ne la lorgnait plus comme un adolescent excité.

Les longues jambes de Mattie lui rappelaient la façon dont elle les avait enroulées autour de ses hanches, à l'hôtel. Elle les avait nouées dans son dos et s'en était servie pour l'attirer plus profondément en elle...

Seigneur ! Il recommençait à s'égarer !

Il tenta de se concentrer sur la course, mais son corps refusait de se soumettre, et la respiration haletante de Mattie n'arrangeait rien. Elle était en train de le rendre fou.

Et il n'était même pas sûr qu'elle le savait !

Comme il forçait un peu l'allure, Mattie tourna brusquement la tête vers lui et constata qu'il courait près d'elle. À regret, lui sembla-t-il, elle retira les écouteurs de ses oreilles.

— Je croyais que tu étais dans la salle de sport.

— J'ai toujours préféré la course à pied. Pourquoi ?

— Je ne sais pas... Tu es musclé.

Elle avait rougi en le disant.

À l'idée qu'il lui faisait davantage d'effet qu'elle ne voulait le laisser paraître, il réprima un sourire.

— C'est à cause du travail physique, expliqua-t-il. Je ne passe pas des heures en salle.

Au moins, ils pouvaient parler librement à l'extérieur, et il ne pouvait rien se passer entre eux.

— Je suis toujours invité à observer ton équipe médicale d'urgence ? demanda-t-il. J'aimerais bien voir ça.

— Qu'est-ce qui t'a fait changer d'avis ?

Il n'aurait su dire si elle en était mécontente ou heureuse, ce qui le chagrina.

— Je me suis dit que cela pourrait m'aider à savoir ce que je dois améliorer chez mes gars, si je voyais moi-même comment la façon dont ils s'occupent des blessés impacte ton équipe.

C'était une raison comme une autre. Il ne pouvait pas lui dire qu'il avait surtout envie de passer davantage de temps avec elle. Le seul fait de penser à elle faisait monter sa température, même s'il aurait préféré mettre cet excès de chaleur sur le compte de l'exercice physique.

Laissant échapper un grognement, il enleva son T-shirt et l'enfonça dans la ceinture de son short.

— Tu es vraiment obligé de te déshabiller ?

— Quoi ?

Il se tourna vers elle, présumant qu'elle plaisantait, mais elle avait l'air très sérieux et même légèrement anxieux.

Elle le désirait aussi !

— Absolument, répliqua-t-il nonchalamment.

Si elle voulait qu'il dissimule son torse, elle n'avait qu'à le lui demander. Durant des années, elle lui avait manqué de façon insupportable, c'était au tour de Mattie de rêver à ce qui aurait pu être.

Mais elle ne lui montra rien de ce qu'il aurait voulu savoir, et ils continuèrent de courir tranquillement côte à côte, en parfaite harmonie de rythme et de respiration.

— C'est calme, finit-il par remarquer.

— Oui. Paisible et beau. Comme ces fleurs, là, quelles qu'elles soient.

— Des lupins.

— Pardon ?

— Ces fleurs s'appellent des lupins.

Sachant exactement ce qu'elle allait dire, il ne put s'empêcher de sourire lorsqu'elle se tourna brusquement vers lui.

— Je l'ai lu, dit-il avant qu'elle pose la question.

— Tu l'as lu ?

— Dans un livre sur la région, continua-t-il avec une nonchalance voulue. J'aime me documenter quand je vais dans un endroit que je ne connais pas. Il est bon de se cultiver, tu ne crois pas ?

C'était exactement ce qu'elle lui répétait quand ils étaient adolescents, et l'allusion ne fut visiblement pas perdue pour elle.

— Bien sûr, dit-elle.

— Certaines choses ne changent pas, Matz.

Elle le fixa un instant avant de répondre.

— Mais d'autres, oui. Ce n'est pas toujours facile de savoir lesquelles, et si c'est pour le mieux.

— Parfois, il faut laisser parler ses tripes.

— Et qu'est-ce que tes tripes te disent, Kane ?

Haussant les épaules, il ne répondit pas pendant un moment.

— Je ne sais pas, admit-il enfin. C'est pour ça que je suis sorti courir, pour m'éclaircir les idées.

Mattie lui jeta un regard adouci.

— Je croyais que tu allais dire : « mes tripes me disent que j'ai faim », ou une autre remarque intelligente...

Il n'y avait pas une âme à la ronde, personne pour les voir. L'espace d'un instant, il fut tenté de l'attirer dans ses bras, de l'embrasser et de lui dire que tout irait bien. Seulement ce serait faux, car rien n'avait changé.

— Il arrive de drôles de trucs dans cet endroit, dit-elle, tentant visiblement d'aborder un sujet plus léger. Parfois, il y a tellement de temps morts qu'on croit devenir fou, et parfois la journée est tellement chargée qu'on a l'impression d'être complètement cinglé.

— C'est la vie militaire. Je me rappelle que ton père disait ça aussi. À propos, je suis désolé pour son Alzheimer.

Il était désolé aussi qu'elle ne sache pas que c'était son père qui l'avait aidé à entrer dans l'armée…

Mais elle ne devait pas le savoir, il lui en avait déjà dit plus qu'il n'aurait dû. C'était déjà assez moche qu'il ait impliqué le père de Mattie dans ses problèmes familiaux. En presque trente-cinq ans de vie sur cette terre, il n'avait pas trouvé le moyen de se pardonner l'effet destructeur que sa scandaleuse famille – y compris lui – avait eu sur son entourage.

Mais le pire de tout, c'était que cette nuit-là il avait été responsable de ses actes. Si seulement il avait appelé la police…

Sentant une main se poser sur son bras, il se rendit compte qu'il avait accéléré l'allure.

— Ralentis, lui dit Mattie. On ne fait pas la course.

Il s'arrêta brusquement et lutta pour recouvrer sa respiration, penché en avant, les mains posées sur les genoux.

— Qu'est-ce qu'il t'arrive ? demanda-t-elle.

— Excuse-moi, articula-t-il. Je crois que je vais retourner sur mes pas pour prendre une douche avant d'aller observer cette équipe d'urgence médicale.

— Kane…

Mais il n'attendit pas.

Il ne pouvait pas se le permettre. Ils se trouvaient à quelques kilomètres de l'hôpital, il était seul avec Mattie, et il redoutait de lui dire n'importe quoi.

Il redoutait de *tout* lui dire.

C'était impossible. Elle savait déjà qu'il l'avait trahie, mais elle n'avait pas besoin d'apprendre qu'il avait entraîné son père et finalement Hayden dans le mensonge.

— Tout le monde sait ce qu'il doit faire ? hurla Kane alors que l'hélicoptère s'approchait du site choisi pour l'explosion.

Mattie fixa l'un après l'autre chacun des membres de l'équipe médicale d'urgence.

Elle avait décidé d'oublier le jogging bizarre de la matinée. Il le fallait si elle voulait que l'exercice se passe bien. Mais en réalité elle craignait surtout de perdre Kane à tout jamais si elle insistait pour en savoir davantage.

— Tout le monde connaît son rôle, affirma-t-elle. Un des deux ambulanciers s'occupera des garrots, des pansements et du déplacement des blessés. L'autre posera les cathéters pour les fluides et le sang. L'infirmière surveillera les constantes pour que nous soyons tenus au courant du rythme cardiaque, de la saturation, des différents pouls, radial, fémoral, cubital ou carotidien. Le médecin surveillera les voies respiratoires, la respiration et la circulation. Alors, OK, chacun sait ce qu'il doit faire.

Cette fois, il ne s'agissait que d'une simulation, mais la procédure ne lui était que trop familière. Les dix dernières années, elle avait fait tout cela en zone de combats, tout comme les quatre personnes à qui elle venait de s'adresser. En revanche, elle n'avait encore travaillé avec aucune d'entre elles, ce qui rendait l'exercice important.

La présence de Kane à bord compliquait les choses un peu plus. Bien sûr, elle pouvait gérer la situation, du moins, elle voulait s'en persuader. En réalité, il la stimulait, elle se sentait plus vive, plus alerte.

En tout cas, ce petit exercice pouvait l'aider à penser à autre chose.

— Sergent Cole, cria-t-elle pour surmonter le bruit des hélices, vous serez notre officier de liaison. Je vous accompagnerai sur le terrain, mais en observatrice, alors faites comme si vous étiez seul.

Le sergent acquiesça d'un signe de tête. Ils se turent pendant que l'hélicoptère atterrissait, soulevant des nuages de poussière.

La simulation consistait en l'explosion d'une bombe près d'une zone urbaine. Elle voulait voir comment le sergent allait collaborer avec les médecins et comment ces derniers allaient effectuer les procédures médicales sur le terrain.

— Je vous rappelle que l'équipe médicale d'urgence est censée déménager l'hôpital de campagne auprès du patient. Vous avez les connaissances nécessaires pour soigner, anesthésier et même opérer les blessés pendant le vol.

Elle balaya le groupe du regard, espérant que, malgré le bruit des moteurs, tout le monde l'avait entendue ou avait lu sur ses lèvres.

— Mais pour que l'équipe d'urgence médicale fasse du bon travail, continua-t-elle, les soldats qui se trouvent sur le site doivent avoir effectué correctement les premiers soins. Par exemple, ils auront mis un garrot et l'auront suffisamment serré, ils auront pansé une plaie ou administré de la morphine. Cela veut dire que nous devons avoir réellement identifié le type de blessure, son origine et le traitement donné. C'est notre objectif de la journée. Pas de sauver le gars, mais de voir si les soldats, au cœur du combat, ont fait du mieux qu'ils pouvaient pour leurs camarades dans les pires circonstances.

Quand l'hélicoptère eut atterri, elle suivit le sergent, Kane sur les talons.

— Alors, qu'est-ce qu'on a ?

— Un patient amputé des deux jambes. Origine de la blessure : engin explosif. On n'a donc pas de pouls radial, mais on a pu effectuer une perfusion intra-osseuse pour lui injecter des fluides.

Cela impliquait d'avoir enfoncé manuellement l'aiguille dans la poitrine du soldat blessé, une procédure extrêmement douloureuse.

— Le deuxième patient était à bord d'un véhicule quand l'engin a explosé. Le véhicule s'est retourné, et l'homme a été empalé sur une barre d'armature, que nous avons découpée pour ne pas avoir à la retirer de la plaie. On a stoppé l'hémorragie avec un pansement de fortune. Le troisième patient a pris une balle dans la poitrine. La balle n'est pas ressortie. La plaie a été nettoyée et pansée. Pas de pouls radial et un saignement minime. On a effectué une exsufflation pleurale, si bien que le pouls radial est revenu et le patient respire mieux.

Satisfait, le sergent ordonna aux hommes de transporter les blessés jusqu'à l'hélicoptère, où l'équipe d'urgence médicale était prête à intervenir.

9

Le jour suivant, Mattie partait en reconnaissance avec Kane. Un caporal leur servait de chauffeur, et ils étaient assis face à face à l'arrière, sur les bancs métalliques qui longeaient les parois.

Depuis deux heures, ils examinaient ostensiblement les sites potentiels notés sur la carte et revoyaient une fois de plus les scénarios pour déterminer quel type d'évacuation serait le plus approprié : hélicoptère, véhicule militaire, ambulance ?

Le moteur du 4x4 émettait un ronronnement monotone, presque apaisant, mais la tension ne cessait de grimper entre eux. Cela avait commencé par le premier cahot : elle avait été précipitée contre Kane dès qu'ils avaient quitté les voies nivelées entourant l'hôpital pour s'engager sur un terrain inégal.

Chaque fois que leurs jambes se touchaient, elle sentait ses bonnes résolutions s'évaporer un peu plus. Elle avait tenté de se focaliser sur différents points de l'espace, par exemple les jerricans, ou le brancard qui se trouvait derrière la tête de Kane. Mais aucune tactique n'avait fonctionné. Bien au contraire, l'attitude professionnelle qu'elle souhaitait afficher se dégradait de plus en plus.

Surtout quand Kane retenait son regard et, très, très lentement, déplaçait sa cuisse pour immobiliser la sienne.

Comme s'il manquait de volonté, tout comme elle.

Comme s'il la désirait autant qu'elle le désirait.

Ils avaient tout de deux adolescents brûlant de s'embrasser à l'arrière d'un taxi. Sauf que ce n'était pas un taxi et qu'ils n'étaient pas des adolescents.

Et clairement, qu'ils ne s'embrasseraient pas.

Mais elle en avait une furieuse envie. Et à mesure que les cahots se faisaient de plus en plus prononcés, cette succession de contacts devenait insupportable.

— C'est dur, hein ? dit Kane d'une voix suffisamment basse pour que le chauffeur n'entende pas.

Elle battit des paupières.

Le ton de Kane était innocent, mais la lueur dans ses prunelles sombres suggérait autre chose. Malgré ce qu'ils s'étaient dit dans son bureau, elle fut immédiatement parcourue par un frisson de plaisir.

Posant sans le vouloir les yeux sur la bouche de Kane, elle sut que, malgré tous ses efforts, le désir de l'embrasser, de le goûter, serait toujours là. Elle balaya ensuite du regard la large poitrine... Et soudain elle se surprit en train de fixer la partie de son anatomie qui l'excitait le plus.

De nouveau le véhicule fit une embardée, et de nouveau elle ne put empêcher ses jambes de heurter celles de Kane. Il posa la main sur sa cuisse pour la stabiliser, un contact qui eut tout d'une brûlure au fer rouge.

Par quelle folie souhaitait-elle tellement que les doigts de Kane remontent jusqu'au centre de son intimité ?

C'était bien entendu impossible, mais l'urgence qui battait en elle était incroyable. Presque insupportable.

— Désolé, major, sergent, s'excusa le jeune caporal. Le terrain est beaucoup plus boueux qu'on ne s'y attendait.

— Bien sûr, marmonna Kane. La carte montre beaucoup de choses, mais pas la façon dont les conditions météo transforment le sol. Je suppose qu'il était extrêmement sec il y a un mois.

Mattie appuya ses paumes contre le plafond pour tenter de garder son équilibre.

La prochaine fois, elle risquait de tomber la tête la première sur les genoux de Kane. Il lui serait encore plus difficile d'ignorer cette tension qui existait entre eux.

Pourtant, ils y étaient bien parvenus, ces deux derniers jours…

C'est ça, mens-toi à toi-même si ça peut te réconforter.

La petite voix ironique qui résonnait en elle avait raison : chaque frôlement rallumait les étincelles qu'elle prétendait avoir éteintes.

Un nouveau cahot la projeta contre la poitrine solide de Kane, qui la rattrapa avant qu'elle fasse une chute plus douloureuse.

— Merci, marmonna-t-elle.

Elle aurait voulu bouger, mais elle en était incapable.

C'était trop enivrant ! Elle percevait les battements du cœur de Kane, forts et légèrement trop rapides, en écho aux pulsations qu'elle sentait dans son propre cou.

Ressentait-il la même chose qu'elle ? Était-il aussi proche de ses limites qu'elle l'était ?

La voix du caporal se fraya un chemin jusqu'à son cerveau.

— Tout va bien, major ?

Un moment comme celui-ci mettait en péril tout le travail qu'ils avaient accompli ces deux derniers jours en s'évitant !

Elle tenta de se redresser, mais cette fois sa main se posa sur une cuisse musclée… Et un renflement très symptomatique.

Le rouge aux joues, elle retira vivement sa main.

C'était une chose de savoir que Kane était aussi affecté qu'elle, c'en était une autre d'en sentir sous sa paume une preuve irréfutable et pleine de promesse.

Elle ne pouvait rien faire !

— Désolée, je…

— Tout va bien, trancha-t-il en désignant le chauffeur du menton. Mais je propose que nous stoppions et sortions de ce véhicule.

Elle eut du mal à décoller sa langue de son palais desséché.

— Je suis d'accord. Ça nous permettra de chercher un sol un peu plus élevé. Il suffirait de quelques centimètres pour nous sortir de ce marais.

Et cela leur donnerait l'occasion, à Kane et elle, de se retrouver hors de portée des oreilles du caporal qui devrait rester au volant.

— Je m'arrête, major ?

— Oui, caporal.

Le jeune homme obéit, visiblement pressé lui-même d'échapper à cette torture.

Mattie ouvrit les portières arrière et sauta à bas du 4x4, sachant que Kane la rejoindrait quand il serait remis de ses émotions.

— La zone urbaine devrait être par là, dit-elle un moment plus tard lorsqu'il la rejoignit. De l'autre côté de ce talus.

Les joues de Mattie étaient en feu, mais il était inutile de prolonger cette expédition plus que nécessaire. Plus vite ils termineraient cette mission, mieux ce serait. Car plus ils passaient de temps ensemble, plus leur attirance mutuelle grandissait.

Le pire, c'était qu'elle ne voulait pas que cela s'arrête.

Se forçant à revenir au moment présent, elle se tourna vers Kane.

— Ce n'est pas très prometteur, remarqua-t-elle. Au niveau du terrain, les conditions sont loin d'être idéales.

— Pour vous les médecins, peut-être, répliqua-t-il d'une voix neutre. C'est pourquoi l'infanterie intervient dans ce genre d'endroits. Pour s'entraîner sur tous les types de terrain.

Elle ne put s'empêcher de se moquer de lui.

— Ouais, de vrais durs à cuire, je sais !

De nouveau, elle franchissait la ligne.

Se mordant la langue, elle se concentra sur le sol inégal et parvint en haut du talus.

— Oh !

— C'est décevant, fit la voix de Kane derrière elle. On peut perdre les chars dans ces creux, et les hélicoptères ne pourront jamais atterrir.

Il avait raison. Ces plis n'auraient jamais pu être répertoriés sur une carte. Pire encore, il y avait des amas de pierres là où des bâtiments étaient censés se trouver.

— C'est pire que des ruines, dit-elle. Ils sont quasiment à ras de terre. Il n'y a pas d'abri sous lequel installer un espace de triage. Ça m'est égal de réécrire un scénario pour ce qui concerne les vols, mais on a vraiment besoin de ces abris de fortune.

— Il n'y a rien à tirer de cet endroit, renchérit Kane. On va voir le suivant ? Celui qu'on a identifié sur la carte n'est pas loin, de l'autre côté de ce bois, dit-il en désignant des arbres qui se dressaient à l'horizon. On peut y aller à pied ou retourner sur nos pas et voir combien de temps ça nous prendra en 4x4.

Elle se mordit la lèvre.

Le temps filait, la meilleure option était sans doute la voiture. En revanche, le caporal allait finir par remarquer la tension qui régnait entre Kane et elle à l'arrière du véhicule.

— Tu ne veux pas qu'on continue un peu ? demanda doucement Kane.

Elle hocha la tête, heureuse de ne rien avoir à dire.

— Avec un peu de chance, on va trouver un site approprié à un nouveau scénario, et on sera rentrés au camp ce soir, dit-elle lorsqu'ils rejoignirent le caporal.

Du moins, il fallait l'espérer. Ils avaient emporté de quoi passer la nuit hors du camp, et normalement elle aurait accueilli avec joie cette occasion d'être loin de tout – même de son hôpital bien-aimé – pour une nuit. Mais dormir près de Kane avec un caporal endossant le rôle de chaperon – non que le pauvre gamin en soit conscient –, c'était au-dessus de ses forces.

En montant à l'arrière du 4x4, elle déplaça un sac à dos militaire, et ramena ses jambes dans cet espace pour éviter tout contact avec Kane.

Le véhicule repartit, mais ils n'avaient pas roulé dix minutes qu'il stoppa brusquement.

— Tout va bien, caporal ?

— Il y a deux voies possibles, major, mais sur la carte il n'y en a qu'une.

Kane répondit avant elle.

— Instinctivement, je choisirais la plus haute, mais il n'y a aucun moyen d'être sûr, ajouta-t-il avec un haussement d'épaules.

Étant donné l'état boueux du terrain, elle était du même avis.

— D'accord, dit-elle, mais si nous devons nous arrêter et continuer à pied, il n'y a pas de problème.

— Compris.

Kane se hissa à l'avant et prit la direction des opérations comme l'aurait fait n'importe quel sous-officier. Mais, au bout de quelques minutes, le 4x4 se pencha dangereusement sur le côté. Mattie fut projetée en avant, et sa tête heurta violemment la paroi métallique d'en face. Lorsqu'ils stoppèrent, le véhicule tout-terrain était dans une position inquiétante.

— Vous allez bien, major ? demanda le caporal avec inquiétude. Et vous, sergent ?

Mattie força ses muscles récalcitrants à fonctionner et parvint à se rasseoir.

— Ça va, dit Kane. Et vous ?

— Euh... Je pense que oui.

Kane ouvrit sa portière.

— Très bien, on va voir s'il y a des dégâts.

Réunissant toutes ses forces, Mattie le rejoignit à l'extérieur.

Apparemment, la roue arrière du véhicule était coincée dans une fissure étroite.

— Je suggère que nous unissions nos forces pour la sortir de là, dit Kane. Si ça ne marche pas, on pourra toujours envoyer un message radio.

Si ça n'avait pas été lui, elle aurait douté que la manœuvre puisse réussir, mais c'était Kane ! Des yeux bruns plongèrent dans les siens, et elle sentit son cœur bondir dans sa poitrine.

— Vous êtes certainement le plus fort de nous trois, monsieur Wheeler. Caporal, ouvrez la portière du conducteur. Prenez ce côté-ci et moi celui-là.

— Oui, major.

Le jeune homme obtempéra aussitôt. Après avoir ouvert la portière, il plaça ses mains sous le châssis, et elle en fit autant de son côté.

— Nous sommes prêts, monsieur Wheeler. Dites-nous quand vous l'êtes.

— Très bien. Un, deux, trois...

Ils poussèrent ensemble.

Le 4x4 se balança de façon prometteuse mais ne bougea pas.

— Vous devriez peut-être desserrer le frein à main, caporal, fit Kane sèchement.

— Oui, monsieur. Désolé, monsieur, dit le garçon, très rouge. C'est fait, déclara-t-il après être monté dans la cabine.

— À trois ! lança Mattie.

Elle poussa de toutes ses forces, mais elle ne douta pas que ce soit la contribution de Kane qui fit bouger le véhicule. De très peu, mais suffisamment pour que la quatrième roue se retrouve sur un terrain solide.

— Caporal, dit Kane, voulez-vous sauter derrière le volant et démarrer ? Dirigez-vous vers cette grange en ruine, nous allons vous suivre à pied.

C'était un ordre davantage qu'une requête.

— Je suis d'accord, dit-elle.

Elle se reprocha aussitôt cet empressement à se retrouver seule pendant quelques moments avec Kane.

Le jeune homme obéit, et une minute plus tard, il conduisait prudemment le 4x4, laissant Kane et Mattie derrière lui.

— Ça va, Mattie ?

— Bien sûr ! répliqua-t-elle trop vite.

— Tu t'es durement cognée, tout à l'heure.

— Je t'ai dit que ça va.

C'était vrai, si elle ne tenait pas compte du fait que Kane se glissait constamment sous sa peau.

— Tant mieux ! dit-il sur un ton amusé.

— J'entends un grincement bizarre, major, dit le caporal. Je vais m'arrêter pour jeter un coup d'œil.

Sautant hors du véhicule, il glissa légèrement quand ses pieds touchèrent le sol. Tournant sur lui-même, il tendit le bras pour s'agripper au capot. Le véhicule dont le frein à main n'avait évidemment pas été serré se mit à se balancer.

Comme le caporal s'efforçait de trouver un appui sur l'herbe humide, il pivota de nouveau maladroitement pour éviter la roue. Il y eut un craquement suivi d'un hurlement.

— Il s'est cassé la jambe ! s'exclama Mattie en se mettant à courir, Kane sur les talons.

— N'y va pas avant que j'aie sécurisé la voiture !

Tandis que Kane sautait dans la voiture et tirait sur le frein, elle se précipita vers le blessé.

Elle vit aussitôt l'os qui avait percé le pantalon du jeune homme.

— Va me chercher ma sacoche médicale ! cria-t-elle sans regarder Kane. D'accord, Daryl… C'est bien votre prénom ?

Parmi ses cris de douleur, le garçon émit un son qui ressemblait à une confirmation.

— Bon, Daryl, vous avez une fracture ouverte. Je vais arrêter l'hémorragie et immobiliser votre jambe, ensuite on verra si on peut réduire la douleur. Mais d'abord il faut savoir si vous avez d'autres blessures.

Elle effectua un examen rapide.

Ainsi qu'elle le soupçonnait, seule la jambe gauche était brisée.

— Très bien, Daryl, tout va bien se passer, dit Kane en revenant avec la sacoche. Le doc va vous soigner.

S'agenouillant près du caporal, il lui prit la main et lui parla d'une voix douce et apaisante, puis il se tourna vers elle.

— Que puis-je faire ?

— Est-ce que tu peux prendre les ciseaux et couper le tissu ? Je vais bander sa jambe de façon à endiguer le saignement et protéger la plaie. Ensuite, je la soulèverai.

Kane fouilla dans la sacoche et trouva rapidement la paire de ciseaux et le kit de premiers soins. Pendant qu'il découpait le pantalon, elle ôta les boots du jeune homme et chercha un pouls au niveau du pied. Elle fut soulagée de le trouver, car cela signifiait que la circulation était bonne. Elle avait connu des soldats dont on avait dû amputer le pied parce que la fracture avait entraîné une détérioration neurovasculaire.

Elle posa la compresse sur l'os protubérant et appuya dessus pour arrêter l'hémorragie.

— Sa respiration devient plus rapide, la prévint Kane à voix basse.

Elle hocha la tête.

— Son teint et sa température ne sont pas formidables non plus. Je crains une hypovolémie.

Dans l'idéal, elle aurait administré de l'oxygène à son patient, mais elle n'en avait pas. En revanche, elle pouvait lui injecter une solution saline pour l'hydrater. Mais auparavant elle devait lui mettre une attelle.

— Il faut que je mette sa jambe sous traction, dit-elle à Kane. Est-ce que tu pourrais voir si tu trouves des branches assez longues ? Il m'en faudrait une plus longue que l'autre, qui aille de la poitrine jusqu'à la cheville. Et l'autre partira de l'entrejambe.

— Quel diamètre ?

— Cinq centimètres environ.

— J'y vais.

Si elle voulait manipuler la jambe du caporal, elle allait devoir lui administrer des antalgiques. Il y avait un stylo de morphine. Il fallait aussi préparer quelques bandages qu'elle allait nouer autour de l'attelle de fortune.

Tout en parlant à Daryl, elle fouilla dans la sacoche.

Kane revint plus vite qu'elle ne s'y attendait, rapportant une sélection intéressante de bâtons épais.

— Super, dit-elle en choisissant les deux branches les plus droites. Maintenant, j'ai besoin que tu prennes sa cheville et que tu abaisses sa jambe.

Kane suivit ses instructions, et elle exerça rapidement la traction, vérifiant constamment qu'il n'y avait pas de problème neurovasculaire et ajustant la manœuvre selon ce qu'elle constatait. Quand ce fut fait, Kane prévint la base par radio pendant qu'elle s'occupait à réchauffer et apaiser son patient sans cesser de lui parler.

— Bon, dit Kane, l'hélicoptère sera là dans dix minutes. Mais il va falloir qu'on le transporte ailleurs, parce qu'il ne pourra pas se poser ici.

Elle regarda autour d'elle.

— Je ne veux pas qu'on utilise le 4x4, à cause des cahots. On va devoir le porter.

— Je vais chercher le brancard.

Une fois qu'ils eurent transporté le blessé sur un terrain plus plane, elle perçut le bruit des rotors. Un instant plus tard, l'hélicoptère amorçait sa descente.

Instinctivement, elle se tint au-dessus de son patient pour le protéger du déplacement d'air causé par les pales.

Deux hommes sautèrent de l'appareil, auxquels elle fit son rapport, augmenté de quelques instructions. Le caporal fut rapidement transporté à bord.

— Vous venez avec nous, major ?

Elle sentit le regard de Kane dans son dos.

Sans oser se retourner, elle secoua négativement la tête.

— Non, dit-elle sur un ton à la fois léger et professionnel. Nous avons besoin de déterminer le lieu de la prochaine phase de la simulation. Les deux premiers ne convenaient pas.

— On vous envoie un autre chauffeur ?

Elle se força à sourire.

— Inutile. Je suis certaine que M. Wheeler pourra conduire.

— Bien sûr, major, dit Kane.

Elle ignora la petite voix qui lui répétait qu'elle courait au désastre.

— À la bonne heure ! Bien, je serai de retour à l'hôpital demain.

Quand les hommes furent remontés à bord de l'hélicoptère, elle perçut derrière elle un rire tonitruant.

— « À la bonne heure » ! Je ne crois pas t'avoir jamais entendue utiliser cette expression.

— Laisse tomber, Kane.

— « À la bonne heure » ! continua-t-il.

Elle aurait voulu se fâcher, mais soudain elle se sentit légère et libre.

— Plus vite nous aurons trouvé le site adapté, plus vite nous retournerons à l'hôpital, dit-elle pour ne pas s'attarder sur cette impression.

— Nous savons tous les deux que ce ne sera pas ce soir, répondit Kane.

Elle fut parcourue par un frisson.

Il n'y avait pourtant aucune raison ! Aucune raison du tout !

Sans un mot, elle suivit des yeux l'hélicoptère qui disparaissait à l'horizon, davantage pour se donner le temps de calmer les battements de son cœur que pour autre chose.

— Eh bien, monsieur Wheeler, dit-elle finalement, vous avez sans doute raison. On continue ? Parce que je n'ai aucune envie de rester toute la nuit ici, au milieu de nulle part.

— Bien, major.

Ils revinrent sur leurs pas, puis Kane se mit au volant tandis qu'elle s'installait sur le siège passager.

Lorsqu'elle se tourna vers lui, il lui adressa le sourire de loup qu'elle connaissait bien, et elle imagina aussitôt ces dents blanches contre sa peau nue.

— Kane...

— Major, je pense que vous devriez marcher sur cette voie, devant le 4x4.

— Tu veux que je te guide ?

— Juste que tu t'assures que le terrain peut supporter un tel poids.

Elle plissa les yeux. Cela semblait raisonnable, mais elle ne pouvait pas s'empêcher de penser qu'il se délectait de cet instant.

— À moins que tu ne veuilles conduire, bien sûr, reprit-il.

Ils savaient tous les deux que, en tant qu'officier, elle ne le pouvait pas, cela faisait partie du règlement de l'armée britannique.

Foudroyant Kane du regard, elle sauta à bas du véhicule et claqua la portière derrière elle. Elle entendit le rire de Kane tandis qu'elle martelait le sol de ses pieds. Puis, consciente qu'il ne la quittait pas des yeux, elle chemina sur la voie, s'assurant que le terrain était fiable.

Si elle balançait un peu plus les hanches et fourrait les mains dans ses poches pour que le tissu peu flatteur de sa tenue lui moule davantage les fesses, que se passerait-il ?

Elle le fit, persuadée que Kane ne s'en apercevrait même pas. Ces deux derniers jours, c'était à peine s'il l'avait regardée, alors pourquoi ne s'amuserait-elle pas un peu ?

Après tout, elle ne risquait pas grand-chose.

10

Agrippé au volant, Kane s'efforçait de détourner le regard du ravissant derrière de Mattie.

Concentre-toi sur ce fichu terrain.

Il ne voulait surtout pas commettre la même erreur que le caporal, mais elle ne lui facilitait pas les choses. D'autant que, le crépuscule aidant, il avait dû allumer les phares, si bien que Mattie et son mignon postérieur étaient illuminés comme un sapin de Noël.

Il la désirait comme un fou !

Au début, lorsqu'ils avaient décidé que leur relation serait strictement professionnelle, le feu avait juste couvé sous la braise. D'une certaine façon, il avait apprécié le défi : être près d'elle tout en maîtrisant ses pulsions, se prouver qu'il était capable de supporter cette torture exquise...

Sauf que maintenant la torture était devenue insupportable et n'avait plus rien d'exquis. Leur proximité, à l'arrière du 4x4, ces frôlements de mains ou de jambes à chaque cahot – et il y en avait eu beaucoup – l'avaient tué. Il avait passé le plus clair de la journée en érection. C'était d'un pénible !

Et maintenant, Mattie le rendait fou avec ce balancement de hanches.

Parvenu sur un terrain plus égal, il passa la tête au-dessus de la vitre.

— Monte ! grommela-t-il.

— Il y a un problème ? s'enquit-elle suavement.

Mais elle sauta dans la cabine et s'assit gracieusement.

Cette attitude ne l'abusa pas. Elle *avait su* ce qu'elle faisait. À l'idée qu'elle l'avait délibérément excité, il ne put s'empêcher de sourire.

— Aucun. Et pour toi ?

Elle avait tellement bien joué l'indifférence ces deux derniers jours qu'il avait commencé à croire réellement qu'elle n'avait aucun mal à résister à la tentation.

— Aucun non plus.

Il croisa le regard de Mattie. Ses yeux scintillaient. C'était la Mattie à qui il n'avait jamais rien pu refuser.

Son sourire suscita chez lui une nouvelle bouffée de chaleur.

Il pouvait parfaitement stopper le véhicule. Il n'y avait personne, et la pulsion était presque irrésistible...

Il lutta pour revenir à la réalité.

— Cela dit, il faudrait que j'inspecte le dessous du 4x4 pour vérifier qu'il n'y a pas eu de dégâts au moment de l'accident, mais il commence à faire sombre.

— Tu penses qu'il pourrait y avoir de la casse ? demanda Mattie plus sérieusement.

Entre eux, la tension sexuelle retomba, malheureusement et heureusement à la fois.

— Je n'en sais rien, mais mieux vaut prévenir que guérir.

Ils étaient parvenus en haut du talus. Ensuite, le terrain s'aplanissait.

Mattie scruta le paysage à travers le pare-brise.

— Attends ! Qu'est-ce que c'est ?

Kane stoppa le véhicule pour regarder dans la même direction.

— On dirait un groupe de vieilles fermes.

Il se tourna vers Mattie, qui consultait la carte.

— Il y a une sorte de piste, qui passe au milieu, dit-elle, mais les bâtiments ne sont pas sur la carte. En même temps, ce pays est si grand que tout ne peut pas y être. On va voir ? C'est beaucoup plus près que la localisation que nous projetions de visiter.

Il redémarra et roula prudemment jusqu'à ce qu'ils soient sur la piste. Un peu plus tard, ils cheminèrent en silence parmi les bâtisses, toutes plus ou moins en ruine.

Après les avoir observées pendant plusieurs minutes, Mattie constata :

— L'un de ces bâtiments a un toit relativement intact. On pourrait y installer le triage et un espace de stabilisation des blessés.

— C'est aussi une bonne position pour se défendre contre un tir tactique, dit Kane en retournant au 4x4. Et nous savons déjà qu'il y a derrière le talus un endroit idéal pour identifier les victimes.

— Ce ne sera pas trop loin de la piste, pour l'infanterie ?

Il sortit la carte de sa poche et l'étala sur le capot.

— Il y a moins d'un kilomètre, ce ne sera pas difficile de les transporter là. Tu vois ?

Mattie regarda par-dessus son épaule, si proche qu'il sentit le frôlement d'un sein contre son bras.

Ce contact embrasa sa peau, même à travers la manche de sa veste, et il l'entendit retenir son souffle. Ensuite, son cerveau se fêla, et ce fut le vide.

— Oui, articula-t-elle en évitant de croiser son regard. Je vois.

— Il faudrait refaire le parcours pour être sûr, mais pas à cette heure.

— Donc, on est là pour la nuit, fit remarquer Mattie.

Il chercha à deviner si cette perspective l'inquiétait ou la réjouissait, mais son ton était égal et impossible à décrypter.

Il tenta de replier la carte sans la réduire en pièces, pour finalement la réduire en un amas chiffonné, puis il s'éclaircit la gorge.

— Si on fait entrer le 4x4 dans cette première ruine, le sol est assez plat pour que je puisse regarder en dessous.

— Très bien. Je vais prendre un sac à l'arrière et commencer à établir le campement.

Après avoir retiré sa veste, il se mit au travail.

De l'autre côté du mur, il entendait Mattie s'affairer. C'était presque... convivial. Était-ce une bonne ou une mauvaise chose ? Grâce à sa torche, il travailla vite et bien, après quoi il n'eut plus d'autre choix que de la rejoindre.

— Bon timing, dit Mattie en levant les yeux vers lui.

Son imbécile de cœur se mit à battre la chamade.

Elle avait sorti son sac de couchage et allumé un feu. Il y avait une petite pile de bûches, si bien qu'ils pourraient l'entretenir pendant la nuit. C'était plutôt une bonne idée, car la température pouvait baisser considérablement.

Il ne put s'empêcher de rire en voyant deux rations militaires près du petit réchaud à gaz.

— Tu me prépares à manger ? De la part de la gamine qui avait besoin d'aide pour faire bouillir de l'eau...

— Tu as intérêt à ne pas t'y habituer. Je t'ai laissé sortir ton sac de couchage.

S'approchant de quelques pas, il déposa son sac à dos près du sien.

— Normal.

— Tu sais que tu as une tache d'huile sur ton T-shirt ?

Il baissa les yeux.

— Non, je ne le savais pas.

Au moins, il avait un vêtement de rechange dans son sac.

Mais, quand il l'eut sorti et qu'il commença à se déshabiller, il surprit Mattie en train de le fixer. Et l'atmosphère s'alourdit brusquement.

Il ne put s'empêcher de ralentir ses mouvements, ravi de la façon dont les yeux de Mattie s'assombrissaient. Il vit ses narines palpiter légèrement, comme si elle s'abreuvait de sa vue, de son odeur... Comme s'il était une étendue d'eau fraîche au milieu du désert.

Son sang se mit à bouillonner. Elle seule pouvait avoir cet effet sur lui.

— Matz.

Elle tressaillit et rougit légèrement, ce qui ne fit que l'enflammer davantage.

Est-ce que cette rougeur s'étendait plus bas sous sa chemise, sur ses seins parfaits ? S'il la soulevait dans ses bras, combien de temps mettrait-il à le découvrir ?

Parce que c'était ce qu'il voulait : il voulait caresser son corps de ses mains, puis de sa bouche. Depuis la courbe élégante de sa nuque jusqu'à la peau crémeuse de sa poitrine. De là, il s'aventurerait sur son ventre, puis entre la douceur soyeuse de ses cuisses... Oui, il voulait la goûter de nouveau !

Cette révélation le frappa en pleine poitrine. Et aussi nettement plus bas.

Il se détourna rapidement pour que Mattie ne s'en aperçoive pas.

Se retrouver seul avec Mattie au milieu de nulle part était une mauvaise idée. Personne n'étant là pour les chaperonner, c'était comme si les freins avaient lâché et qu'ils étaient en roue libre. Il ne faudrait pas longtemps pour qu'ils dérapent.

La dernière fois qu'il avait perdu le contrôle de sa vie, c'était quand il avait été assez bête pour laisser ses frères se servir de lui. Et aussi quand il avait été assez bête pour les couvrir après avoir compris ce qu'ils avaient fait. En s'engageant dans l'armée, il avait saisi l'opportunité de se réinventer lui-même, de se construire une nouvelle vie avec ses deux mains. Il s'était juré qu'il ne laisserait plus jamais rien ni personne la compromettre, et ce n'était jamais arrivé en quatorze ans.

Mais, chaque fois qu'il était avec Mathilda Brigham, toutes ses résolutions s'évaporaient en même temps que son bon sens, et la catastrophe devenait inévitable.

Mattie fixait le feu. Elle se sentait nerveuse, troublée, rebelle... Dévergondée.

Kane Wheeler était le seul à pouvoir lui faire cet effet. Depuis toujours. Elle luttait contre cette attirance depuis qu'il était arrivé dans l'hôpital de campagne, mais elle savait qu'elle perdait peu à peu la bataille. Et maintenant, ils se retrouvaient seuls au milieu de nulle part, sans aucun témoin !

L'obscurité les avait enveloppés comme une couverture protectrice. Le ciel bleu foncé, parsemé d'étoiles scintillantes, accentuait l'impression d'intimité. Il n'y avait pas de pollution lumineuse, pas de bruit, seulement le clair de lune qui s'insinuait à travers les tuiles du toit, baignant leur abri de lumière. C'était magique, tout comme l'atmosphère emplie de tout ce qu'ils ne se disaient pas, de tout ce qu'ils ne faisaient pas... Elle avait beau savoir qu'il le fallait, mais elle ne parvenait pas à interrompre cette rêverie.

Pourtant, elle devait résister à Kane. Elle était officier, bon sang !

— Je n'arrive pas à croire que nous ayons été tous les deux dans l'armée pendant plus de dix ans, murmura-t-elle. Nous aurions dû nous croiser dans des zones de guerre, normalement. Pourtant ça n'a pas été le cas.

— Rien d'étonnant à cela. L'infanterie est sur le front, les équipes médicales à l'arrière. Et d'ailleurs, qu'est-ce que ça aurait changé ?

Il y avait quelque chose dans le ton de Kane qu'elle ne s'expliquait pas.

Elle pencha la tête de côté.

— Au moins, le nom de l'autre aurait dû être mentionné devant nous à un moment ou à un autre.

— Je savais déjà que tu étais dans l'armée, tout comme Hayd et ton père.

— Pas mon père. En tout cas, pas depuis un certain temps.

— Sa maladie est si grave que ça ?

Elle sentit un picotement derrière ses paupières.

— Je ne l'ai pas vu aussi souvent que je l'aurais voulu. J'étais toujours trop occupée, mais je sais que c'est une mauvaise excuse. J'ai l'impression de l'avoir abandonné, d'avoir été égoïste.

Elle avait maintenant du mal à contenir ses larmes.

Elle fixa le feu dans le vague espoir que les flammes les sèchent avant qu'elles glissent sur ses joues.

Soudain, elle sentit Kane près d'elle. L'entourant de ses bras, il l'attira contre sa poitrine.

L'espace d'un instant, elle se sentit en sécurité comme lorsqu'elle avait dix-sept ans.

Elle n'aurait su dire combien de temps cela dura.

— Tu es allé dans quelles zones de guerre ? demanda-t-elle.

Il en nomma plusieurs. Au ton de sa voix, elle comprit qu'il s'agissait d'opérations qu'il préférait oublier.

Une sensation qu'elle ne connaissait que trop bien. Parfois, elle se réveillait en pleine nuit, submergée par les souvenirs et ruisselante de sueur froide.

Et puis, il mentionna une expédition, la pire qu'elle avait connue, et elle se raidit contre lui.

— J'y étais aussi. En quelle année ?

Kane hésita un instant avant de le lui dire.

Elle eut alors l'impression qu'une main glacée se refermait sur son cœur.

— C'était l'enfer sur terre, murmura-t-elle. Il y avait eu une embuscade dans un village abandonné. Nos hommes y avaient pénétré pour porter secours aux femmes et aux enfants, mais…

Elle ne put continuer.

Kane émit un grognement mais ne prononça pas un mot.

— J'ai vu quelques soldats, reprit-elle d'une voix tremblante. Je ne pensais pas que vous pourriez vous en sortir.

— On a failli y passer. On était coincés sous le feu des balles, avec quelques blessés sérieux. Personne ne pouvait arriver jusqu'à nous, et nous étions incapables de nous échapper de ce piège. Et puis, tout à coup, cette tempête de sable s'est déclenchée, et on a décidé de tenter le tout pour le tout. On a réussi à franchir la ligne ennemie, mais pas suffisamment loin pour qu'une ambulance se risque à nous secourir. À ce moment-là, un pilote complètement cinglé a fait descendre son hélicoptère avec une équipe médicale d'urgence à bord. Elle était conduite par le plus coriace des médecins militaires que j'aie jamais vu. Ils ont récupéré deux blessés.

Elle battit des paupières.

Il ne pouvait pas parler d'elle… Si ?

— L'équipe médicale venait de transporter nos hommes à bord quand l'ennemi est passé à l'attaque, continua Kane. Mais le doc a attendu que toute son équipe soit en sécurité pour monter à son tour dans l'hélico. On les a couverts assez longtemps pour que l'appareil décolle, mais j'ai vu que le médecin avait été touché à la jambe au moment où il grimpait dans la cabine.

Elle retint son souffle mais ne put s'empêcher de toucher son mollet, là où se trouvait la cicatrice qu'il avait caressée cette nuit-là, à l'hôtel.

Savait-il qu'il parlait d'elle ?

Laisser ces soldats au sol avait été horrible, sachant qu'ils ne pourraient échapper à la mort. Mais elle n'avait pas eu le choix, car l'hélicoptère ne pouvait transporter que son équipe et les blessés.

Elle se sentit brusquement au bord de la nausée.

— C'était un sacré chef d'équipe, reprit doucement Kane. Ils ont tous risqué leur vie pour sauver nos copains. C'est ce qui nous a donné l'énergie nécessaire pour nous jeter de nouveau dans le combat, sachant que si nous tombions au moins deux d'entre nous étaient hors de danger.

— J'ai entendu la fusillade pendant onze heures.

— Oui. Grâce à toi, on était décidés à ne pas abandonner. Et tout à coup, tout a été fini. On avait gagné.

— Je sais. Nous n'arrivions pas à le croire.

— Nous non plus. Mais tu veux savoir ce qui a été la cerise sur le gâteau ?

— Dis-moi.

— Nos deux potes s'en sont sortis. Grâce à toi.

— Grâce à vous, rectifia-t-elle. Vous, les gars qui les avez sortis du guêpier sur deux brancards en pleine tempête de sable.

— Et quelle différence ça aurait fait si l'équipe médicale d'urgence n'était pas venue les chercher ? Personne d'autre n'allait venir, nous en étions conscients. Ce village abandonné au milieu de nulle part allait être notre dernière demeure.

— On est restés en contact avec tes supérieurs. On n'arrivait pas à croire que vous vous en soyez sortis.

Elle se rappelait le choc, quand ceux de son équipe avaient reçu les nouvelles, dans leur hôpital de campagne. D'abord frappés d'inertie, ils avaient connu ensuite une euphorie totale. Ils avaient ressenti la nouvelle comme étant leur miracle personnel, ce qui avait joué un rôle énorme dans leur moral pendant toutes leurs autres missions.

— Mais c'est ce qu'on a fait.

— Oui, vous l'avez fait, dit-elle farouchement.

Échappant à l'étreinte de Kane, elle lui fit face et s'assit sur les talons.

— La vie est précieuse, Kane, murmura-t-elle. Je le sais, et puis je l'oublie. Mais de temps à autre quelque chose me le rappelle, et je mesure que nous devons tirer le meilleur parti du peu de temps que nous avons.

— Et ce que nous avons dit dans ton bureau ? demanda Kane d'une voix rauque.

Sans répondre, elle se pencha jusqu'à ce que leurs visages se frôlent.

— Mattie... J'ai besoin de savoir que tu es sûre. J'ai besoin de l'entendre.

— Tu n'as rien besoin d'entendre, Kane. Ne dit-on pas que les actes valent mieux que les mots ?

11

La braise qui couvait en Kane depuis l'épisode du bureau de Mattie se mua en un incendie infernal.

Il percevait bien une voix étouffée en lui qui lui rappelait que s'il faisait cela il n'y aurait pas de retour en arrière possible. S'il était plus fort, s'il était un homme meilleur, il résisterait certainement pour leur bien à tous les deux, mais il n'était pas cet homme-là, il ne l'avait jamais été. C'était d'ailleurs ce manque de respect pour la loi qui l'avait amené dans l'armée.

S'il avait été quelqu'un de bien, il serait allé voir la police quand il avait pris conscience de ce que faisaient ses frères. C'était sans doute pour cela qu'il avait eu l'impression d'être un imposteur durant toutes ces années, même quand sa carrière avait commencé à prendre son essor.

Surtout quand sa carrière avait pris son essor.

Mais maintenant, alors que les rayons de la lune baignaient Mattie d'une lueur argentée, il la désirait avec trop d'intensité. Cessant de réfléchir, il ne s'autorisa pas une seconde supplémentaire d'hésitation.

Tendant le bras, il suivit du bout des doigts l'ovale parfait du visage de Mattie comme il brûlait de le faire depuis plusieurs jours. Il se délecta du contact de sa peau si douce sous son pouce rugueux.

Il la voulait, il ne pouvait pas se passer d'elle, même s'il savait que c'était potentiellement très nocif pour eux deux. Même s'il savait qu'ils n'auraient aucun avenir commun.

Mais pour l'instant, tant qu'il plongeait dans les yeux bleus de sa Matz, scintillants et plus sombres que d'habitude, tout allait bien. Rien n'avait changé depuis leur première rencontre, et pourtant il avait l'impression que tout irait pour le mieux.

Posant la main sur la nuque de Mattie, il l'attira vers lui.

À son grand plaisir, elle pressa son corps contre le sien avec empressement, lui communiquant sa chaleur à travers toutes leurs couches de vêtements.

Malgré son envie de les arracher, il décida de prendre son temps. Faisant basculer la tête de Mattie en arrière, il s'empara de sa bouche.

Quand leurs langues se caressèrent, leur désir mutuel s'accrut encore. Mattie émit ces petits bruits de gorge qui le ravissaient toujours. Il ne s'en était jamais lassé, et il était certain que cela n'arriverait jamais.

Il embrassa Mattie sans se presser, la goûtant, la tourmentant. Il avait beaucoup d'armes à sa disposition, mais pour l'instant les meilleures de toutes étaient sa bouche, sa langue et ses dents. Il entendait bien utiliser chacune d'entre elles pour réduire Mattie à sa merci.

Cependant, il avait du mal à se maîtriser, et lorsqu'elle noua les bras autour de son cou et se mit à cheval sur ses genoux, il éprouva une tension presque douloureuse dans tout son corps.

— Tu pensais que tu allais mener le jeu, Wheeler ? murmura-t-elle. Tu oublies qui est la chef, ici.

— Vous commandez peut-être l'expédition, major, mais ce soir je me charge de l'entraînement.

Sans lui laisser le temps de répondre, il enfouit le visage dans son cou. Il se mit à l'embrasser, à la mordiller, adorant qu'elle rejette la tête en arrière, une main enfoncée dans ses cheveux et l'autre agrippée à son épaule.

Il entama une lente exploration de sa gorge, luttant pour se maîtriser comme si les petits cris qu'elle poussait ne le rendaient pas fou de désir.

Pas encore.

Lentement, délibérément, comme s'il déballait un cadeau

précieux, il abaissa la fermeture Éclair de sa veste, ce qui produisit un bruit curieusement fort dans le silence de la nuit.

L'air se chargea d'une délicieuse anticipation.

Finalement, il fit glisser le vêtement le long des bras de Mattie, s'arrangeant au passage pour que ses seins se pressent contre sa poitrine. Quand il en arriva au T-shirt, elle leva les bras avec docilité. Et puis, il n'y eut plus que son joli soutien-gorge de dentelle.

Seigneur, elle était parfaite !

Après avoir défait l'agrafe, il ôta le soutien-gorge, puis, du bout de la langue, il dessina des cercles autour d'un mamelon durci. Des cercles de plus en plus rapprochés de la cible, tandis que Mattie – *sa Mattie* – roucoulait de plaisir.

Ce n'est que lorsqu'elle glissa la main dans ses cheveux, comme si elle craignait qu'il ne s'arrête, qu'il prit entre ses lèvres un mamelon et se mit à le sucer.

Cette fois, Mattie émit un gémissement rauque qui se fraya un chemin dans le corps de Kane, jusqu'à son sexe.

L'érection était presque douloureuse.

— N'arrête pas, Kane !

C'était à peine plus qu'un murmure, une plainte dans la nuit. Mais il n'avait aucune intention de s'arrêter. De toute façon, même s'il avait essayé, il en aurait été incapable. Pas quand Mattie l'encourageait en roulant des hanches. Il accorda donc la même attention à l'autre sein, pour obtenir la même réponse.

Comme elle l'avait toujours fait.

Comme si elle avait toujours été à lui.

Dans un brouillard de désir, Mattie prit conscience qu'elle n'était pas loin de l'orgasme. Elle se tortilla sur les genoux de Kane pour se frotter contre son sexe dressé sous le tissu du pantalon. Ils gémirent tous les deux, et elle se rendit compte qu'elle ne maîtrisait rien du tout, contrairement à ce qu'elle avait prétendu.

Posant les mains sur ses hanches, il la souleva. L'espace de quelques secondes, elle ne comprit pas où il voulait en venir, mais il la fit rouler sur le côté et l'étendit sur le dos. Puis, après avoir ôté son propre T-Shirt, il la recouvrit de son corps.

Soupirant d'expectative, elle fit courir sur le dos musclé de Kane ses doigts puis ses ongles. Glissant ensuite ses paumes sous la ceinture de son pantalon, elle les posa sur ses fesses et l'attira contre elle pour que ce qu'il avait de plus dur se presse contre ce qu'elle avait de plus tendre.

Délice.

— Si tu continues, grommela-t-il, je ne vais pas tenir longtemps une fois que je serai en toi.

Elle souhaita instamment qu'il fasse ce qu'il disait.

Elle se souleva pour accentuer la pression, et Kane cessa un instant de respirer. L'idée qu'il était aussi proche de ses limites était trop excitante !

Kane semblait être du même avis, car l'instant d'après il était à genoux près d'elle et tirait sur ses boots.

Comme hypnotisée, elle le regarda lui enlever le reste de ses vêtements tandis que les rayons de lune et les flammes projetaient des lueurs mouvantes sur son torse bronzé.

Kane Wheeler, son premier amour, et l'homme qu'une part d'elle aimerait sans doute toujours.

— Une nuit de plus, murmura-t-elle.

— Une nuit de plus, répliqua-t-il d'une voix rauque.

Avant qu'elle puisse encore parler, il baissa la tête et prit de nouveau un mamelon dans sa bouche, couvrant son autre sein de sa grande main pour en caresser la pointe de son pouce.

Elle sentit instantanément son esprit se vider de toute pensée cohérente. La langue machiavélique de Kane la soumettait à une délicieuse torture. Submergée de sensations exquises, elle geignit, tanguant et ondulant sous lui.

Enfin, il toucha au but.

Les épaules de Kane étaient entre ses cuisses, il écartait de plus en plus ses jambes comme s'il voulait jouir de la vue. Elle sentit son haleine tiède sur son sexe, ce qui ne fit qu'accentuer l'envie qu'elle avait de lui. Ses sens étaient tendus comme des fils fragiles qui pouvaient se briser à tout moment, mais elle tenait bon. Les doigts glissés dans les cheveux de Kane, elle luttait pour ne pas se laisser emporter.

Alors, il introduisit sa langue en elle et la lécha.

Se mordant la lèvre inférieure pour ne pas crier, elle souleva les hanches, mais les mains de Kane l'empêchèrent aussitôt de bouger, lui rappelant gentiment mais fermement qu'il était le maître à bord.

Au bord de l'orgasme, elle voulait plus. Elle avait besoin de plus. Elle entendait sa propre respiration haletante.

De sa langue nonchalante, Kane traçait de mystérieux motifs sur elle avant de plonger de nouveau en elle. Il savait exactement comment la rendre folle.

Au moment où elle sentait qu'elle n'allait pas pouvoir tenir une minute de plus, il écarta sa bouche pour introduire un doigt en elle, puis un autre.

Elle poussa un cri perçant, puis des vagues de plaisir se succédèrent en elle.

Elle n'aurait su dire combien de temps elle mit pour revenir à elle. Plusieurs minutes, peut-être. Mais ce fut pour voir Kane se placer entre ses jambes et la caresser de son sexe dressé.

Immédiatement, le désir renaquit, presque douloureux.

Prenant le visage de Kane entre ses mains, elle rencontra son regard inquisiteur.

On aurait dit qu'il cherchait à sonder son âme.

L'idée était excitante et terrifiante à la fois, mais elle refusa de détourner les yeux.

Il glissa alors lentement en elle, comme s'il lui laissait le temps de se remettre. Elle le sentit tendu et devina qu'il lui en coûtait de maintenir ce rythme lent. D'un seul mouvement de hanches, elle pourrait à son tour le propulser dans le même oubli qu'elle venait de vivre…

Cette idée lui plut, et elle l'attira plus profondément en elle.

Kane émit un gémissement guttural qui la combla d'aise.

— Fais attention, Mattie ! Je vais perdre le contrôle.

— J'y compte bien, souffla-t-elle en nouant les jambes autour de sa taille.

Elle s'agrippa à Kane, incapable d'empêcher ses doigts de s'enfoncer dans les muscles solides de ses bras. Mais, lorsqu'il fut incapable de se retenir plus longtemps et plongea en elle, une bouffée de chaleur l'envahit comme si elle n'avait pas déjà connu un plaisir intense, et elle se sentit partir de nouveau.

Enfin, ils adoptèrent le même rythme, traversés par les mêmes vagues de plaisir, plus fort et plus haut que jamais auparavant. Et cette fois, quand elle hurla le nom de Kane, il la rejoignit dans l'orgasme.

La tête posée sur la poitrine de Kane, enveloppée par deux bras puissants, Mattie connaissait la béatitude. Ils étaient blottis l'un contre l'autre dans les deux sacs de couchage qu'ils avaient réunis.

Elle ne serait plus jamais la même.

Elle aurait voulu que cet instant ne cesse jamais, mais ils n'avaient pas d'avenir commun. Il n'y avait pas de place pour tous les deux dans l'armée...

Comment avait-elle pu croire que quelque chose aurait changé ? Comment s'était-elle imaginé qu'une seule nuit lui suffirait ? Elle aimait Kane, elle l'avait toujours aimé, et elle l'aimerait toujours. Et le pire était qu'elle ne savait même pas s'il éprouvait le même désarroi.

Les deux nuits qu'ils avaient passées ensemble lui suffisaient-elles ? Elle ne pouvait se résoudre à lui poser la question.

Tout en fixant le feu, elle commença à parler sans trop savoir ce qu'elle allait dire.

— Je t'ai dit que j'avais cru te voir, le soir de la répétition de mon dîner de mariage, avant de rompre mes fiançailles.

— En effet. Tu m'as dit que tu avais rompu avec George Blakeney parce que ce mariage t'obligeait à abandonner ta carrière dans l'armée.

— Oui... Mais aussi parce que, à ce moment-là, j'ai compris que je *voulais* t'avoir vu.

Kane retint un instant son souffle.

— Tu peux répéter ?

— Je voulais que ce soit toi. Je voulais que tu sois venu pour moi. Je pense que c'est pour cette raison que Hayden t'a appelé, parce que, au fond de lui, il le savait.

— Qu'est-ce que tu es en train de me dire, Mattie ? Que tu n'as jamais aimé ton fiancé ?

— Si. J'ai vraiment aimé George, d'une certaine façon. Il était bon, bienveillant et gentil. Je savais que nous ne serions pas malheureux ensemble. Mais je n'étais pas amoureuse de lui.

— Pourtant, on aurait dit que tu l'étais. Ce soir-là, je vous ai observés pendant que vous étiez sur l'estrade ensemble.

— J'ai essayé, mais... Pendant quatorze ans, j'ai tout fait pour tourner la page, et je n'y suis pas arrivée. Tu hantais toujours mes pensées.

— Matz, il n'y a jamais eu personne d'autre pour moi non plus !

Kane avait prononcé cette phrase avec une telle violence contenue qu'elle n'aurait su dire si c'était une bonne chose ou non.

— Mais nous ne pouvons pas être ensemble et rester dans l'armée, dit-il dans un soupir.

— Je sais. Mais je ne peux pas démissionner. J'ai failli faire cette erreur une fois, mais j'aurais fini par le reprocher à George, et je ne veux pas risquer de t'en vouloir.

Il y eut un silence pesant. Elle fut presque surprise quand Kane le rompit.

— Tu me demandes de démissionner ?

Était-ce ce qu'elle était en train de faire ?

Elle hésita une fraction de seconde avant de répondre.

— Non, dit-elle fermement. Je t'explique juste pourquoi je ne peux pas le faire.

— Moi non plus, dit-il d'une voix rauque, comme si les mots lui faisaient mal.

D'une certaine façon, elle en fut soulagée.

— C'est bien ce que je pensais.

Se mettant sur le dos, elle le regarda enfin.

L'expression de Kane était si sombre qu'elle sentit sa gorge se serrer. Lui prenant le menton, il plongea dans ses yeux.

— Si je devais démissionner pour quelqu'un, ce serait pour toi, dit-il farouchement. Mais je ne peux pas, et je ne le ferai pas.

— Kane, je n'ai jamais dit…

— C'est ma vie à moi aussi, la coupa-t-il doucement. Ce n'était peut-être pas mon rêve depuis l'enfance comme ça l'était pour toi, mais l'armée a fait de moi l'homme que je suis maintenant.

— Tu as toujours été cet homme pour moi. Si ce n'était pas le cas, tu aurais suivi les pas de tes frères.

Elle sentit qu'il se raidissait, comme si elle avait touché sans le savoir un point douloureux.

— Tu te trompes, malheureusement. Tu as toujours pensé que j'étais différent de mes frères et de mon père, mais la vérité, c'est qu'avant que tu entres dans ma vie je leur ressemblais, je n'étais pas loin d'emprunter la même voie qu'eux.

— Tu fais allusion à cette chose que tu aurais faite quand tu étais gamin ?

Toutes les fibres de son corps le suppliaient de lui faire enfin confiance, mais, comme il ne répondait pas, elle haussa les épaules pour lui faire comprendre que cela n'avait aucune importance en réalité.

— Tu n'es pas obligé d'en parler si tu n'en as pas envie.

Pourtant, elle retint son souffle, et Kane commença enfin à parler.

— La nuit où c'est arrivé, j'étais avec mes frères dans une voiture volée. C'est moi qui conduisais parce qu'ils étaient drogués.

— Tu avais quinze ans ! cria-t-elle.

Elle regretta aussitôt de l'avoir interrompu.

Kane la scruta un instant, les sourcils froncés, mais il reprit son récit.

— Quoi qu'il en soit, on s'est arrêtés devant un débit de boissons. Tu sais, celui qui était ouvert 24 heures sur 24 dans Beech Street. C'était là que mes frères s'approvisionnaient.

Elle se souvenait parfaitement de cet établissement bien connu des alcooliques. Le personnel de nuit vendait aussi de la drogue.

— Seulement, quand on est arrivés, ils n'ont rien acheté. Ils avaient tous les deux des armes, Dieu seul sait où ils se les étaient procurées. J'ai compris alors qu'ils étaient en train de braquer le magasin. Pire encore, j'étais leur chauffeur.

Elle laissa échapper une exclamation.

— Dis-moi que tu as appelé la police, Kane ! Dis-moi que tu as démarré et que tu as appelé le 999.

Kane passa la main dans ses cheveux.

— C'est ce que j'aurais dû faire… Mais je ne pensais pas que la police me croirait.

Elle ouvrit la bouche pour argumenter puis la referma.

Elle ne se rappelait que trop bien l'expérience que Kane avait de la police à cette époque. Le clan des Wheeler était à la fois détesté et redouté. Chaque fois qu'un délit se produisait à Heathdale, que ce soit un cambriolage ou une querelle d'ivrognes, un pavé arraché à la chaussée ou un ornement de cuivre volé sur le toit de l'église, le clan des Wheeler était forcément impliqué. Les gens auraient fait n'importe quoi pour se débarrasser d'eux. Et Kane était un Wheeler.

Pourtant…

— Alors tu les as attendus et tu les as ramenés là où ils voulaient se rendre ?

— Je ne savais pas quoi faire d'autre, Matz. J'avais quinze ans, et j'étais sous le choc. Je savais que c'était mal, mais j'ignorais de quoi ils étaient capables.

— Et ensuite ? Quand tu t'es remis de ce choc ?

Elle détesta le regard morne de Kane.

— Je me suis débarrassé de la voiture et suis rentré à la maison. Je m'attendais à ce que la police se présente d'une minute à l'autre. J'étais prêt à tout avouer et à accepter le châtiment, quel qu'il soit. Mais une heure est passée, puis deux, puis douze. Ensuite un jour, une semaine, un mois. Alors je me suis tu. Mais à partir de là j'ai tout fait pour garder mes distances avec eux. Je leur ai dit de me laisser tranquille, que je ne participerais plus à leurs méfaits ou que je les dénoncerais. Par la suite, je ne me suis plus jamais laissé entraîner par eux.

— Mon Dieu, Kane !

— Quand j'ai acheté une motocyclette, j'ai pensé que les gens ne me relieraient plus à eux en me voyant rouler en ville.

Elle se sentit rougir. Ils n'étaient sortis ensemble que plusieurs années plus tard, mais elle se revoyait encore à l'arrière de cet engin. Tout comme elle se rappelait les choses délicieuses que Kane et elle avaient faites dessus.

— Pourquoi ne m'en as-tu jamais parlé ?

Il secoua la tête.

— Pourquoi aurais-je risqué de te perdre ? Tu étais la première personne à ne pas me traiter avec mépris comme les autres. Tu me disais que je n'étais pas comme eux, que je valais bien mieux que ce que ma vie avait à m'offrir. Je n'aurais pas supporté de voir ton regard quand tu aurais mesuré combien tu t'étais trompée.

— Je n'aurais jamais pensé ça ! Je t'aurais cru et je t'aurais aidé.

— Vraiment ? Tu connaissais la réputation de ma famille. Est-ce que tu aurais été réellement aussi prompte à me croire, à l'encontre des autres, si tu avais été au courant ?

Elle ouvrit la bouche pour discuter, puis elle la ferma de nouveau. Elle devait admettre qu'il avait peut-être raison.

— Tu m'as changé, Matz. *Toi.* Et ta famille m'a montré qu'il existait des voies différentes, meilleures.

Elle était partagée entre l'envie et la crainte de savoir, mais le besoin de comprendre l'emporta.

— Alors, que s'est-il passé ? Pourquoi tu as dû partir, finalement ?

— À la fin, le passé m'a rattrapé, dit Kane avec un sourire amer. Je venais de te quitter et je rentrais à la maison, quand la police est venue chercher mes frères. Ils avaient braqué un autre débit de boissons, et cette fois il y avait une vidéosurveillance.

— La police les avait identifiés ?

— Ils avaient des soupçons, mais pas d'identification claire. J'allais tourner le coin de la rue quand j'ai vu les gyrophares et entendu le bruit. Je suis passé devant chez moi sans m'arrêter, mais j'étais persuadé que, avant peu de temps, la police ferait le rapprochement entre les deux braquages. Je ne savais pas quoi faire, alors je suis retourné tout droit chez toi.

Elle se figea, tentant désespérément de réunir toutes les pièces du puzzle.

— Tu es venu voir mon père ?

— Je suis venu te voir. Pour m'excuser.

— Pourquoi ? murmura-t-elle.

Kane se tut un instant.

— Parce que tu étais la seule à avoir jamais cru en moi et que j'avais trahi ta confiance.

Il en disait trop ou pas assez.

— Tu ne m'as pas trouvée, parvint-elle à dire finalement.

— Non, mais ton père m'a surpris en train d'escalader cette gouttière à l'arrière de ta maison. Il m'a demandé ce que j'étais en train de fabriquer, et je crois bien qu'il a failli me mettre dehors. Mais j'ai fini par tout lui dire.

— Il ne m'en a jamais parlé.

Pas même en quatorze ans. Et si elle ne se trompait pas, c'était son père qui avait demandé à Hayden de prévenir Kane qu'elle allait se marier.

— Il a contacté un haut fonctionnaire de la police qu'il connaissait. Ils se sont mis d'accord sur le fait que, si je témoignais contre mes frères, je ne serais pas poursuivi. Je ne sais pas combien d'heures j'ai passées à répondre à leurs questions. Ensuite, ton père m'a conduit à la caserne, où j'ai signé mon engagement. Il a dit que c'était mon unique chance de repartir de zéro.

— C'est juste...

Elle secoua la tête.

Son univers tout entier basculait.

Pendant plus de dix ans, elle avait cru que Kane l'avait quittée. Elle avait envisagé qu'il ait accepté de l'argent de son père, même si une part d'elle-même ne pouvait les en croire capables ni l'un ni l'autre. Mais jamais elle n'aurait pu imaginer que Kane avait dû faire un tel choix. Ni que son père avait joué un tel rôle dans le départ du garçon qu'elle aimait.

La voix de Kane la ramena au présent.

— C'était la meilleure chose qu'il pouvait faire pour moi, Matz, dit-il comme s'il lisait dans son esprit. J'ai pu me réinventer comme cela n'aurait jamais été possible n'importe où ailleurs.

— Tu aurais pu...

— Non, je n'aurais pas pu. Je dois tout à ton père. J'aime ce que je suis maintenant, ce que l'armée a fait de moi, et c'est pour cette raison que je ne peux pas démissionner. Devenir agent de sécurité pour gagner de l'argent ne serait pas le moyen de rembourser ma dette. Ça ne me rendrait pas fier de moi.

Sans rien dire, elle entoura Kane de ses bras.

Elle aurait voulu lui répondre, mais elle ne savait pas par où commencer. Rien de tout cela n'était ce qu'elle aurait voulu entendre, mais elle comprenait exactement ce que Kane voulait dire. Elle était même fière de lui. Et fière de son père, qui avait été là pour lui quand personne d'autre ne l'aurait aidé.

Mais, d'une certaine façon, c'était ce qui rendait leur situation à tous les deux encore plus dure.

— Donc, on en revient au point de départ, parvint-elle à articuler. On lutte contre notre attirance mutuelle, et on ne sera jamais ensemble.

Elle avait l'impression de perdre Kane une nouvelle fois. Seulement, c'était pire, parce qu'ils choisissaient eux-mêmes leur destin.

— Exactement. Je m'en vais demain matin, Mattie. On a fait notre boulot. On a élaboré de nouveaux scénarios, et il semble que nous ayons trouvé le site parfait. Demain, dès que j'aurai rédigé mon rapport, je le porterai à mon supérieur.

Elle hocha la tête, dévastée.

Kane et elle avaient fait leur choix, si insupportable soit-il. Et ils l'avaient fait pour de bonnes raisons. Ils pourraient être fiers que la logique l'emporte sur l'émotion. Mais elle avait encore un choix à faire : pleurer, ou bien tirer le meilleur parti de ce qu'il leur restait à vivre ensemble.

Les mots franchirent le seuil de ses lèvres avant qu'elle ait eu le temps de réfléchir.

— On a encore le reste de la nuit.

— C'est vrai.

— Ensuite, tu regagneras ton régiment d'infanterie, et nous ne nous verrons plus jamais.

— Exact, grommela Kane.

Elle prit son visage entre ses mains.

— Alors, réunis toutes tes forces, Kane Wheeler, parce que ça va être une nuit sans sommeil !

12

Mattie était assise à son bureau. Elle rédigeait des notes et faisait semblant de ne pas souffrir du départ de Kane, qui avait eu lieu deux heures auparavant.

Elle leva vivement la tête. Sa seconde venait de faire irruption dans la pièce sans même frapper.

— Mattie, est-ce que vous pouvez rejoindre l'équipe médicale d'urgence ?

Qu'est-ce qu'il se passe, Kath ?

— Un soldat d'infanterie a été blessé. Traumatisme thoracique pénétrant nécessitant éventuellement une thoracotomie. Comme Clark est déjà au bloc avec un autre patient, vous êtes le second meilleur choix.

Sans un mot, elle courut dans le corridor jusqu'à la zone d'atterrissage de l'hélicoptère, sachant combien chaque précieuse minute comptait. Les blessures aussi graves pendant l'entraînement n'étaient pas courantes, mais il s'agissait d'un exercice de tir, et il pouvait y avoir des accidents.

En l'occurrence, il ne s'agissait pas d'un des scénarios de simulation. C'était un traumatisme réel, survenu pendant une manœuvre. S'il fallait effectuer une thoracotomie à l'arrière de l'hélicoptère et si Clark n'était pas disponible, elle allait devoir s'en charger.

— Cole, Nilson, Jones, avec moi, ordonna-t-elle.

Le matériel nécessaire pour une thoracotomie se trouvait à

bord de l'hélicoptère, mais elle prit une pince chirurgicale, un scalpel, des ciseaux et une scie.

Son équipe et elle n'eurent que quelques minutes pour mettre leur casque, leur gilet pare-balles, leur protection pelvienne, leurs genouillères, et pour monter dans l'hélicoptère avec tout leur équipement. Elle y était habituée, et un instant plus tard, l'hélicoptère s'élevait dans le ciel. Il atteignit rapidement la zone d'exercice et atterrit.

Au moins, si une chirurgie était nécessaire, elle pourrait effectuer l'intervention sur la terre ferme.

Au cas où le soldat ferait un arrêt cardiaque, elle devrait stabiliser son état pendant le trajet de retour. Mais en ce cas il fallait que l'opération ait lieu au maximum dix minutes plus tard, et elle craignait que le vol ne dure plus longtemps.

Il ne lui restait qu'à combattre la peur horrible que le blessé soit Kane.

Dès que l'hélicoptère atterrit, l'équipe jaillit hors de l'appareil.

Les médecins militaires avaient déjà intubé le patient et le ventilaient.

Ce n'était pas Kane.

En tout cas, pas cette fois.

— On l'allonge sur le côté et on pose un cathéter, ordonna-t-elle.

Il s'agissait d'un pneumothorax sous tension, causé par une déchirure des voies respiratoires pulmonaires. Par voie de conséquence, le cœur était soumis lui aussi à une compression, et le patient risquait un arrêt cardiaque d'un instant à l'autre faute de débit sanguin. Il fallait évacuer immédiatement l'air accumulé dans la cavité pleurale en exerçant une pression sur le poumon.

Si la procédure ne suffisait pas, il faudrait pratiquer une thoracotomie en urgence.

Après avoir repéré le cinquième espace intercostal, elle inséra l'aiguille du cathéter. En perforant la plèvre, elle perçut un sifflement indiquant que l'air sortait, ce qui allait permettre au cœur de reprendre sa place initiale.

Elle enleva l'aiguille mais laissa le cathéter et réévalua l'état de son patient. Retenant son souffle elle attendit…

Enfin, elle perçut à l'auscultation des battements de plus en plus forts, de plus en plus rapides.

— On le transporte jusqu'à l'hôpital de campagne ! L'équipe de Clark prendra le relais, mais je pense que la thoracotomie ne sera pas nécessaire, dit-elle avec soulagement.

Elle prit à cet instant précis une décision : dès que l'opération Strikethrough serait terminée, elle irait voir son père. S'il était dans un bon jour, ce qui était de plus en plus rare maintenant, elle pourrait peut-être l'interroger à propos de Kane.

Parce que, si elle avait appris quelque chose aujourd'hui, c'était que la vie est réellement trop courte.

Mattie suivit son frère dans la cuisine afin de préparer du thé pour son père.

— Il va plus mal que la dernière fois que je suis venue, Hayd.

— Je sais, répondit tristement Hayden. Je regrette de ne pas avoir pu venir plus tôt, mais…

Ils avaient choisi la vie militaire tout comme leur père avant eux. Il leur était impossible à tous les deux de rendre visite à leur père plus souvent en raison de leurs nombreuses missions et des entraînements. C'était pourquoi ils avaient engagé une garde-malade. Celle-ci lui procurait la compagnie et les stimulations dont il avait besoin tout en lui permettant de rester chez lui.

Mais ils ne s'en sentaient pas moins coupables.

— Il croit toujours que je suis maman.

— Et moi, il croit que je suis son copain des Falkland. On ne peut pas lui dire qu'il se trompe, Mattie. Puisque ça lui fait plaisir, autant le laisser faire.

Elle plissa le nez.

— Au moins, il te raconte toutes les histoires secrètes qu'il n'a jamais partagées avec moi.

— Oui. Certaines d'entre elles sont choquantes, même pour moi. Bon sang ! On n'a plus de lait.

— Vera est partie faire les courses, elle en rapportera sûrement.

— Je vais en chercher à l'épicerie du coin, si ça ne t'ennuie pas de rester avec papa.

— Pas de souci.

Arborant un large sourire, Mattie retourna dans la salle de séjour.

— Hayden est parti acheter du lait, papa.

Son père fronça les sourcils.

— Hayd ? Tu sais bien qu'il est à l'université, Mary chérie, comment pourrait-il acheter du lait ?

— C'est Mattie, papa. Ta fille.

Son père l'observa plus attentivement.

— Mathilda ? Excuse-moi, j'étais dans la lune. Comment vas-tu ?

Elle sourit, heureuse qu'il la reconnaisse.

— Je vais bien, papa.

— Tu as eu une autre mission ?

Elle savait qu'il ne se rappellerait rien de ce qu'elle lui dirait, mais tant pis.

— Il y a un projet pour un nouveau bataillon. J'ai commandé la chaîne de santé militaire, et j'ai vérifié si les nouvelles stratégies fonctionneraient.

— Je me rappelle avoir testé un plan d'attaque en 1992, dit son père avec un sourire. Ça s'appelait l'opération Strongarm.

Sentant qu'il plongeait de nouveau dans ses souvenirs, elle se hâta de préciser :

— Et la mienne était l'opération Strikethrough. J'ai vu Kane.

— Kane ?

— Tu te souviens de lui ? Kane Wheeler. J'ignorais qu'il s'était engagé dans l'armée, il y a toutes ces années.

Battant des paupières, son père se tourna vers la fenêtre.

Elle retint son souffle jusqu'à ce qu'il parle de nouveau.

— Qu'est-ce qu'on va dire à Mathilda au sujet du garçon Wheeler, Mary ?

Mattie ouvrit la bouche et la referma.

— Il est parti, Mary, et c'est nous qui devons le lui dire. Cette nouvelle va l'anéantir.

Mattie ne put s'empêcher de poser la question.

— Qu'est-ce que tu as fait ?

Elle avait la version de Kane, mais elle avait encore besoin de comprendre pourquoi son père avait agi de cette façon, tant d'années auparavant. Et pourquoi il ne lui avait jamais dit la vérité.

— Il fallait que je l'aide, Mary, dit fermement son père. Mathilda n'aura pas le même point de vue, évidemment, mais on n'y peut rien. Il n'y avait pas d'autre solution. Le jeune Wheeler ne mérite pas d'être démoli par son abominable famille.

— Où est-il allé ?

Mattie reconnaissait à peine sa propre voix, elle ignorait même comment elle parvenait à s'exprimer sur ce ton calme et mesuré.

— Il vaut mieux que tu ne le saches pas, Mary. Et même que personne ne le sache. Il a donné à la police assez d'informations pour envoyer ses frères sous les verrous pour longtemps. Ils ne doivent pas pouvoir le retrouver, et son père non plus, parce que, sinon, ils le lui feront payer cher.

Mattie eut l'impression que son cœur allait exploser.

On aurait dit que son père avait voulu protéger Kane. Pourtant elle avait toujours pensé que ses parents le détestaient ! Comment avait-elle pu se tromper à ce point ?

— Il aurait quand même pu dire au revoir à... Mathilda.

— Ne sois pas bête, Mary, dit-il gentiment. Tu penses que notre petite Mattie se serait laissé berner ? Elle lui aurait arraché la vérité, et tu sais que le garçon ferait n'importe quoi pour elle. Notre fille a un sacré caractère !

Mattie ne put s'empêcher de sourire avec fierté.

— Elle serait allée tout droit chez les Wheeler, poursuivit son père, et elle leur aurait dit leurs quatre vérités sans se soucier du risque qu'elle prenait face à des hommes qui sont passibles d'une lourde peine de prison. Actuellement, il se trouve qu'ils ignorent totalement où est Kane ou si sa disparition a un quelconque rapport avec moi. De cette façon, notre famille et le garçon sont en sécurité.

Un froid glacial envahit Mattie à l'idée que Kane avait couru un tel danger. Par ailleurs, son père avait eu raison : elle avait une fâcheuse tendance à agir avant de réfléchir. Les frères de Kane avaient à leur actif une longue liste de méfaits et de violences. En allant les voir, elle aurait pu mettre sa famille en péril.

— D'ailleurs, continua son père, il m'a demandé de ne rien lui dire.

— Pourquoi ?

Son père secoua légèrement la tête.

— Il avait honte, je suppose. Il craignait que Mattie ne le regarde plus jamais de la même façon. Il avait toujours été le seul membre de la famille Wheeler à bien se comporter, et il souhaitait qu'elle garde cette image de lui.

Mattie fixa son père, les tempes bourdonnantes.

À l'époque, elle n'aurait sans doute pas compris. En revanche, elle pouvait admettre aujourd'hui que Kane ait voulu lui cacher la vérité. Mais son père ? Pendant toutes ces années, elle avait cru qu'il détestait Kane, alors qu'il avait protégé son secret.

— Il n'y a rien d'autre ? demanda-t-elle.

Mais son père était de nouveau tourné vers la fenêtre, perdu dans le brouillard de ses pensées.

Son frère revint avec le lait et une boîte de chocolats.

Elle se força à rire.

— Ils sont pour qui ? Pour toi ou pour papa ?

— Ce sont les préférés de papa, répondit Hayden, visiblement un peu penaud.

Elle le suivit dans la cuisine, où il déposa les courses.

— Mais tu les aimes bien aussi, non ?

Il leva les mains.

— Je ne passerai pas aux aveux.

Elle s'effondra sur une chaise et joua machinalement avec le couvercle de la boîte pendant qu'il préparait le thé, jusqu'à ce qu'un claquement de doigts tout près de son oreille l'arrache à sa rêverie.

Il était clair qu'elle n'avait pas entendu un mot de ce que son frère venait de lui dire.

— Désolée, dit-elle en se redressant sur sa chaise.

— Qu'est-ce qu'il s'est passé, Mattie ?

— Rien.

— Mattie…

Elle aurait dû savoir que Hayden ne se laisserait pas abuser.

— Papa a encore cru que j'étais maman.

Elle se tut et attendit, mais il ne posa pas d'autres questions.

— Est-ce que tu savais qu'il avait aidé Kane à partir parce que ses frères avaient fait un braquage dans un débit de boissons, en ville ? reprit-elle.

Son frère ne répondit pas tout de suite.

— Papa a aidé Kane parce qu'il a témoigné contre ses frères, dit-il finalement.

— Tu le savais ? C'est pour ça que tu as invité Kane à la répétition de mon dîner de mariage ?

Il y eut un silence. Après avoir mis le couvercle sur la théière, Hayden se tourna vers elle.

— J'ai contacté Kane parce que papa me l'a demandé.

— Qu'est-ce qu'il t'a dit exactement ?

Hayden se croisa les bras sur la poitrine.

— Pas grand-chose. Il commençait déjà à être malade à cette époque.

Dans la tête de Mattie, le bourdonnement s'était mué en martèlement.

— Il doit bien t'avoir dit quelque chose.

Son frère croisa son regard et le retint.

— Je ne m'attendais absolument pas à son appel, quelques semaines avant ton mariage. Il m'a dit que Kane était dans l'armée et que je pouvais contacter un vieux copain à lui. Il fallait que je prévienne Kane que tu allais te marier.

— Rien d'autre ?

— Il m'a raconté ce qu'il s'était passé cette nuit-là pour Kane et ses frères. C'est à peu près tout.

Elle secoua la tête, incrédule.

— Il a dû t'en dire davantage !

— Je n'ai pas besoin de te rappeler à quel point papa pouvait être secret, Mattie.

— Et tu as obéi ? Juste comme ça ? Tu n'as posé aucune question ? Qu'est-ce que tu ne me dis pas, Hayd ?

Son frère ne répondit rien.

— Je t'en prie !

— Je ne sais pas... J'ai eu l'impression que papa voulait faire amende honorable. Et que peut-être il pensait que tu n'aimais pas vraiment George.

— Et il ne t'est pas venu à l'esprit de m'en parler ? demanda-t-elle en haussant la voix.

— J'y ai pensé un million de fois, grommela Hayden. Mais tu allais te marier avec un type qui paraissait parfait pour toi et que tu disais aimer. Je n'avais pas envie d'exhumer le passé alors que tu semblais heureuse. En plus, j'ignorais si ce que disait papa était vrai ou si son Alzheimer lui jouait des tours.

Hayden marquait un point.

— Mais ensuite ?

— Ensuite ?

— Après que Georges et moi avons rompu ? Ou après que Kane est venu, le soir de la répétition de mon dîner de mariage ?

— Comment pouvais-je savoir que tu ne lui avais pas parlé ? Comme tu ne me disais rien, j'ai cru que tu préférais éviter le sujet.

Elle serra les poings, s'efforçant de canaliser le flot de pensées qui bouillonnaient dans sa tête.

Pourtant, certaines choses commençaient à se mettre en place très lentement.

— Je ne lui ai pas parlé, je n'étais même pas certaine qu'il était là. Je pensais avoir réussi à le chasser de mon esprit jusqu'à ce qu'on se rencontre au sujet de l'opération Strikethrough. C'est seulement à cette occasion que j'ai su qu'il était venu.

— Tu l'as vu ? Pendant un exercice ?

— Oui. Il est le sergent-major de la compagnie de Percy Copperhead.

— Ah !

— Ah quoi ? Qu'est-ce que tu veux dire ?

— Je comprends maintenant pourquoi tu es d'humeur si bizarre depuis ton retour.

Elle ouvrit la bouche pour rétorquer, puis elle la referma. C'était son frère, inutile de lui mentir.

— Tu aurais quand même dû m'en parler, le soir de cette répétition du dîner de mariage, insista-t-elle.

— Peut-être, mais quelle différence cela aurait-il fait ? Est-ce que tu serais avec Kane, si je te l'avais dit ?

— Tu n'en sais rien.

— D'accord, alors réponds à ma question : maintenant que tu l'as rencontré, qu'est-ce qui a changé ? Il est clair que vous ne pouvez pas être ensemble, à moins que tu n'abandonnes ta carrière ou Kane la sienne.

— Est-ce que tu es en train de suggérer que je devrais le faire ? C'est bien toi qui m'as dit que j'étais folle de démissionner pour George ! Tu penses que ce serait plus légitime pour Kane ?

— Je n'ai pas dit ça. Je me suis toujours dit qu'il est absurde d'abandonner quelque chose qu'on aime pour quelqu'un d'autre que soi-même.

— Tu t'es toujours dit ça ? demanda-t-elle en fronçant les sourcils. Ça ne te ressemble absolument pas.

— Pour l'instant il ne s'agit pas de moi, mais de toi. Selon moi, tu peux toujours nous reprocher, à papa et à moi, de ne pas t'avoir dit la vérité à l'époque. Mais maintenant tu as la possibilité de rectifier les choses, si c'est vraiment ce que tu veux. Si vous privilégiez tous les deux vos carrières, ce sera votre décision et celle de personne d'autre.

Tournant les talons, Hayden lui tendit une tasse de thé, qu'elle prit dans ses deux mains. Jetant un regard à son frère, elle changea de sujet, comme si cela pouvait calmer le tumulte qui régnait en elle.

— Qu'est-ce que tu vas faire, maintenant ?

— Je suis censé diriger un entraînement sur Salisbury Plain.

— Censé ?

Encore une remarque bizarre, venant de son frère...

Mais les paroles qu'il lui avait adressées auparavant lui résonnaient encore dans la tête.

Il avait marqué un point : si elle le voulait vraiment, elle *pouvait* encore changer le cours du destin.

13

Mattie salua l'adjudant après s'être assurée qu'il était seul.

— Bonjour, William.

— Salut, Mattie, dit-il en se levant de son bureau. Comment ça va ? À propos, toutes mes félicitations pour votre promotion. J'ai entendu dire qu'elle allait être annoncée d'un jour à l'autre. Surtout après le succès de l'opération Strikethrough. Vous avez fait du bon travail, le sergent-major Wheeler et vous.

Elle plaqua un grand sourire sur son visage.

— Merci.

Évidemment, William ne pouvait pas savoir qu'elle allait donner sa démission. En fait, quand l'adjudant lui avait fait dire que le colonel voulait la voir, elle avait pensé qu'elle ne trouverait pas de meilleure occasion.

Depuis sa conversation avec son frère, elle n'avait cessé de tourner et de retourner la situation dans sa tête. Deux semaines de tergiversations à écouter alternativement son cœur et sa raison. C'était à peine si elle avait dormi ou mangé. Seul le travail lui procurait un peu de soulagement.

Lorsqu'elle avait failli démissionner pour George, c'était pour faire ce qu'on attendait d'elle en tant que Lady Blakeney. Elle avait volontairement ignoré ses doutes.

Mais était-il fou d'abandonner sa carrière pour Kane ?

Son cœur lui disait le contraire, lui rappelant qu'elle pouvait être un excellent médecin civil. Et d'ailleurs, comment rester dans l'armée si elle voulait avoir des enfants ? Elle avait beau adorer son père, elle se rappelait combien ses nombreuses absences avaient affecté leur enfance, à Hayden et elle.

D'un autre côté, Kane ne lui avait pas demandé de quitter l'armée. Ils n'avaient pas discuté d'un avenir commun parce que cela semblait totalement impossible. En même temps, elle savait que, en quatorze ans, elle n'avait jamais tourné la page parce qu'elle avait toujours été amoureuse de Kane.

Donc, si elle ne faisait pas ce grand pas, nul doute qu'elle le regretterait toute sa vie. Et si Kane la repoussait, elle pourrait enfin faire son deuil de leur histoire.

La voix du colonel l'arracha à ses pensées.

— Mathilda.

— Colonel.

Il lui fit signe d'entrer dans son bureau.

— Mon emploi du temps a été un peu chargé aujourd'hui, lui dit-il, et l'appel du major Copperhead m'a pris au dépourvu.

Percy Copperhead, le supérieur de Kane ? Qu'est-ce qu'il voulait ?

— Avant que vous commenciez, monsieur, je me demandais si je pouvais dire quelque chose.

— Un instant, Mathilda, dit le colonel. William, fermez la porte, je vous prie.

Il s'assit pendant que son adjudant fermait les portes entre les deux bureaux, puis il fit signe à Mattie de prendre un siège.

— Tout le travail que le sergent-major Wheeler et vous avez effectué pour réaliser l'opération Strikethrough est remarquable. Mon homologue de l'infanterie m'a dit que l'équipe médicale s'était magnifiquement comportée, ce qui a vraiment aidé à tester jusqu'au bout la nouvelle tactique de combat. C'est vraiment excellent !

— Tant mieux.

Elle aurait voulu se sentir soulagée.

— J'en viens à un point plus délicat... Est-ce que vous connaissez bien le sergent-major Wheeler ?

Elle ne s'attendait pas à cela. Quelqu'un avait-il eu connaissance de ce qu'il se passait entre eux ? Ce n'était pas ainsi qu'elle avait envisagé sa démission, mais au moins ce serait pour la bonne personne.

— Vous désirez savoir si je connais bien le sergent-major Wheeler ?

— C'est tout à fait confidentiel, major Brigham, mais la division envisage de promouvoir le sergent-major Wheeler au grade d'officier. Cette promotion a été demandée par son précédent commandant.

— Oh !

La nouvelle la bouleversait sans l'étonner. Cette possibilité était offerte à un nombre restreint de sous-officiers. Kane serait promu au grade de capitaine ! Plus important encore, ils pourraient tous les deux rester dans l'armée, et plus rien ne s'opposerait à leur relation !

— Cela ne me surprend pas trop. Il m'a été très facile de travailler avec le sergent-major Wheeler. Il est extrêmement compétent et efficace, à mon avis.

— Au mien aussi. Cependant, il semblerait que le major Copperhead ne soit pas d'accord. Il a essayé de contrecarrer cette recommandation.

Au prix d'un énorme effort, elle parvint à s'exprimer sur un ton neutre.

— Je pense que c'est une erreur.

— Je partage votre opinion. Percy n'est pas très content, bien sûr, mais la décision ne lui appartient pas.

Le colonel la foudroya du regard comme si elle allait protester.

— On m'a demandé si je voudrais soutenir cette recommandation, ce que je compte faire. J'espérais que votre récente expérience avec le sergent-major m'y aiderait.

L'espace d'une minute, elle fut incapable de répondre.

Kane était exactement le genre d'officier dont l'armée avait besoin, bien plus que n'importe quel Percy Copperhead. Il incarnait l'exemple idéal pour les soldats et son expérience ferait de lui un chef éclairé.

Elle éprouva un bonheur mêlé de fierté.

— Oui, monsieur, je peux le faire, bien sûr.

— Parfait. J'aimerais avoir un rapport sur mon bureau cet après-midi. Vous avez bien compris que c'est confidentiel, Mathilda ?

— Bien entendu.

Elle aurait donné n'importe quoi pour dire à son père que la bienveillance qu'il avait témoignée à Kane avait porté ses fruits. Il aurait été tellement fier !

Elle déplorait seulement de ne pas l'avoir su plus tôt.

Tête nue ainsi que l'exigeait le règlement, Kane franchit les portes du quartier général de son bataillon. Il grimpa l'escalier menant au bureau de son adjudant pour obtenir un rendez-vous avec son officier supérieur.

Nul doute que Percy Copperhead sauterait de joie en apprenant sa décision, mais il s'en moquait. Il avait passé trop de semaines loin de Mattie, et c'était devenu insupportable.

Il serait venu voir ce type plus tôt, s'il ne l'avait pas envoyé diriger encore un autre de ces entraînements inutiles. Du moins, cela lui avait donné l'occasion de réfléchir à la gravité du choix qu'il s'apprêtait à faire : abandonner sa carrière pour la femme qu'il aimait, en courant le risque qu'elle ne veuille pas de lui.

Comme Mattie le lui avait dit, il pouvait largement gagner sa vie dans le civil et subvenir aux besoins de sa famille…

Mais il ne s'attendait certainement pas à la voir sortir du bureau de Copperhead !

En une fraction de seconde, il oublia l'armée. Il n'y avait plus qu'elle et lui. Il la regarda s'éloigner dans le couloir, l'incarnation même de la grâce et de la colère contenue.

— Mat… major, grommela-t-il.

Elle s'arrêta brusquement pour se tourner vers lui, et il se retint de se précipiter vers elle pour la prendre dans ses bras.

Pour l'instant, il était toujours un sous-officier.

— Bonjour, major, quel bon vent vous amène ici ?

— Monsieur Wheeler, dit-elle en inclinant poliment la tête. Je suis là pour une dernière mise au point concernant l'opération Strikethrough.

Elle mentait. Il ne parvenait pas à décrypter l'expression de son joli visage, mais il sentait qu'il se passait quelque chose.

— Je suis contente de vous voir, reprit-elle. Vous avez cinq minutes ?

Il la connaissait suffisamment pour percevoir dans sa voix un tremblement d'anticipation. Il fut lui-même parcouru par un frisson de plaisir à l'idée de se retrouver seul avec elle. Il aurait préféré parler d'abord à Copperhead, mais il ne pouvait rien refuser à Mattie.

— Certainement, dit-il. Veuillez me suivre.

Il la guida en silence jusqu'à une salle d'entraînement. Après lui avoir ouvert la porte, il la suivit à l'intérieur.

— Alors, Matz, qu'est-ce que tu fais ici ? Et ne me raconte pas que cela concerne l'opération Strikethrough.

— Je ne peux pas te le dire. Et toi, pourquoi es-tu ici ?

— Moi ? Pour donner ma démission.

— Tu quittes l'armée ? murmura-t-elle.

— C'est l'idée.

Il remarqua qu'elle s'appuyait au mur comme si elle en avait besoin pour tenir debout.

— Pourquoi ?

— À ton avis ? C'est le seul moyen pour que nous puissions vivre ensemble.

Elle secoua vivement la tête.

— Non !

— Pourquoi, non ? C'est ce que je veux : être avec toi. J'aurais dû le comprendre plus tôt, mais désormais c'est fait.

— Non, Kane, tu ne peux pas faire ça.

Cette fois, elle s'était exprimée sans la moindre hésitation.

Le cœur battant la chamade, il feignit de n'avoir pas entendu.

— Ce n'est pas tout à fait la réaction que j'espérais, Matz.

— Je ne veux pas que tu démissionnes.

— Et moi, oui.

— Pour moi ?

— Pour *nous*.

Il serra les dents en la voyant secouer de nouveau la tête.

— Je ne veux pas jouer à ce jeu, Matz. Nous nous aimons, nous l'avons dit tous les deux. Mais nous n'étions prêts ni l'un ni l'autre à renoncer à notre carrière. Il se trouve que maintenant je le suis. Parce que, après tout ce qu'il s'est passé entre nous, je mesure que cette carrière ne veut plus rien dire pour moi si je ne suis pas avec toi.

Il fit un pas vers elle, et aussitôt, son doux parfum citronné parvint à ses narines et lui enivra les sens, ranimant le feu qui couvait en lui.

— Je veux être avec toi, Mattie. Je pensais que l'armée était ce qu'il y avait de plus important pour moi, et c'était peut-être vrai. Mais c'était uniquement parce qu'elle comblait le vide qui s'était creusé en moi quand je t'avais perdue.

— Tu es en train de dire que tu sacrifierais la carrière que tu aimes pour moi ?

— Absolument, et c'est ce que je vais faire. Mais tu ne dois pas te sentir coupable parce que tu n'as pas pris cette décision.

— Ça n'arrivera pas, répliqua-t-elle vivement.

Cette fois, il avait perçu une note moqueuse dans la voix de Mattie.

— Est-ce que j'ai raté quelque chose ? demanda-t-il.

— C'est bien possible...

Il n'y avait plus de doute, elle se moquait bel et bien de lui.

Il scruta son visage avec attention.

— Qu'est-ce qui se passe, Mattie ?

Elle brûlait visiblement de le lui dire. Il le sentait au raidissement de son corps exquis, et de nouveau, il dut se retenir de la prendre dans ses bras.

— J'ai déjà donné ma démission pour être avec toi, dit-elle.

— Tu peux répéter ?

— J'ai pris la même décision que toi. Je ne voulais pas sacrifier notre relation alors que je pouvais exercer la médecine dans le civil.

— Mais tu aimes ton métier de médecin militaire !

— Oui. Tout comme tu aimes faire partie de l'infanterie.

— Pas autant que je t'aime.

Il la vit vaciller. Elle faillit visiblement se précipiter dans ses bras, mais elle se contint.

Cela valait mieux, car il n'était pas certain de pouvoir se maîtriser.

— Alors... Tu démissionnes vraiment ? demanda-t-il. Tu ne peux pas ! Je ne veux pas que tu m'en veuilles un jour à cause de cela.

— Ça n'arrivera pas.

— Je ne peux pas accepter.

— Nous en discuterons un autre jour parce que... je n'ai pas démissionné, finalement.

Pour la seconde fois en l'espace de quelques minutes, Il fut complètement perdu. Donc, elle l'avait aimé suffisamment pour quitter l'armée, puis elle avait changé d'avis ?

— Tu ne sais pas pourquoi ton commandant t'a convoqué aujourd'hui ? demanda-t-elle avec un petit rire.

— Je m'en fous !

— Tu as tort. Je ne devrais pas te le dire, mais je ne veux pas que tu gâches tout en annonçant ta démission. Percy sauterait sur l'occasion, et ensuite, tout ce que quelqu'un d'autre a fait serait anéanti.

— Qu'est-ce que tu veux dire par : « tout ce que quelqu'un d'autre a fait » ?

— Je veux dire que ton commandant précédent recommande que tu sois promu au grade de capitaine. Et mon colonel, considérant le rapport que j'ai fait de notre collaboration pendant l'opération Strikethrough, a appuyé cette recommandation. Bien sûr, il n'y a aucune garantie, d'autant que Percy fait tout pour nous contrecarrer. Mais il n'est pas fréquent que deux officiers supérieurs fassent ce genre de démarche, et ils l'ont faite pour toi.

Il ne répondit pas, incapable de penser et encore moins de parler.

— On peut tout avoir, Kane ! Poursuivre nos carrières militaires tout en étant ensemble !

— Ça m'est égal, tu sais. Je ne regrette pas ma décision de démissionner.

— Moi non plus, et peut-être le ferons-nous un jour. Mais

pour l'instant nous n'y sommes pas obligés. Alors, pourquoi ne pas saisir l'opportunité qui nous est offerte ?

Elle tremblait. Jamais il n'avait autant souhaité la prendre dans ses bras et la serrer très fort.

— Ça veut dire qu'on va devoir attendre, Matz. Nous ne pouvons toujours pas être ensemble tant que je ne suis pas officier.

— Nous avons attendu quatorze ans, Kane, murmura-t-elle. Je pense que nous pouvons attendre encore un peu.

— Je ne sais pas comment, grommela-t-il, s'efforçant de se maîtriser.

— Moi non plus, avoua Mattie. Mais on va y arriver.

14

Le silence se fit dans le mess des officiers quand Kane fit son entrée, introduit par son ancien commandant.

Les yeux humides, Mattie le vit traverser la salle et actionner la cloche, ce qui signifiait que chaque officier pouvait commander une boisson au bar aux frais de Kane.

Elle attendit patiemment pendant que tous les officiers qui avaient travaillé avec Kane au cours des années se pressaient autour de lui pour le féliciter. Lorsque ceux-ci finirent enfin par se disperser pour former des groupes, elle fit face à Kane, qui se trouvait de l'autre côté du mess.

Elle n'aurait su dire lequel des deux se déplaça le premier, mais ils se retrouvèrent presque nez à nez.

Pour la première fois, elle pouvait l'appeler par son prénom en public sans que personne y voie le moindre mal, mais elle allait faire durer le suspense.

— Toutes mes félicitations, capitaine Wheeler ! dit-elle avec un sourire. Heureusement que ce n'était pas un dîner officiel, parce que vous auriez dû sabrer le champagne avec une épée de cérémonie.

— Dans ce cas, je suis ravi de n'avoir eu que la cloche à actionner.

— Vous le serez moins au moment de payer la note, dit-elle en riant. Je vous le dis maintenant, parce que ça va être un choc.

— On m'avait prévenu. Puis-je vous offrir un autre verre ?

Elle fut parcourue par un frisson d'excitation.

— J'allais m'en aller, dit-elle, assez fort pour que tout le monde puisse l'entendre. Mais vous pouvez m'accompagner si vous allez de ce côté.

— Avec plaisir.

Ils sortirent du mess ensemble.

C'était encore plus excitant qu'elle ne l'aurait imaginé.

— J'ai réservé un taxi, murmura-t-elle lorsqu'ils furent hors de portée des oreilles indiscrètes.

— Et j'ai réservé une chambre d'hôtel, répondit Kane alors qu'ils se dirigeaient vers le portail principal.

Quelques minutes plus tard, ils étaient assis à l'arrière du taxi, en route vers l'endroit où tout avait commencé seulement quelques mois plus tôt.

— J'ai l'impression d'avoir de nouveau seize ans, dit-elle en laissant échapper un petit rire.

Leurs cuisses étaient pressées l'une contre l'autre, et Kane avait passé un bras autour de ses épaules. Il se pencha pour lui murmurer à l'oreille :

— Si nous étions des adolescents, nous ferions l'amour sur la banquette arrière.

C'était très tentant ! De longs mois s'étaient écoulés à attendre que la promotion de Kane soit officielle.

La main de Mattie se posa sur la cuisse musclée de Kane et la caressa lentement sans oser monter trop haut. Il laissa échapper un long soupir dont elle se délecta. Il fit alors glisser son bras le long du dos de Mattie et se mit à dessiner sur sa hanche et sur ses reins de lentes spirales.

— Ce n'est pas de jeu, protesta-t-elle.

— À l'avenir, je te suggère de ne pas commencer quelque chose que tu ne veux pas terminer.

Enfin, ils arrivèrent à l'hôtel. Kane paya le chauffeur, lui disant de garder la monnaie.

— Tu es pressé ? plaisanta-t-elle.

Kane lui lança un regard aiguisé.

— Tu préfères que je prenne mon temps ?

Dans l'ascenseur, ils eurent du mal à garder leurs mains pour eux, se réjouissant que le couloir soit désert tandis qu'ils gagnaient leur chambre. Lorsqu'ils franchirent la porte, elle s'arrêta net à la vue des fleurs qui parsemaient le lit. De jolis lupins comme ceux qu'elle avait admirés lors de l'opération Strikethrough. Et parmi eux, une petite boîte carrée.

Elle cessa de respirer.

— Kane, qu'est-ce que c'est ?

— Ouvre-la, et tu verras bien, répondit-il d'une voix rauque.

Elle prit l'écrin entre ses doigts tremblants. Elle ne s'y attendait pas, mais elle ne pouvait s'empêcher d'imaginer... D'espérer.

Lorsqu'elle eut soulevé le couvercle, elle crut que ses jambes allaient la lâcher.

Ce n'était pas la bague contemporaine que Kane aurait achetée dans une bijouterie. C'était la bague de sa mère.

— Mais comment... ?

— J'ai demandé ta main à Hayden à la place de ton père. Il est monté au premier étage, et il est redescendu avec ce bijou. À mon avis, ça veut dire qu'il est d'accord.

Sur ces mots, Kane s'agenouilla devant elle.

— Mathilda Brigham, après plus de dix ans d'attente à essayer de vivre des vies qui ne seraient jamais complètes l'un sans l'autre, me feras-tu l'honneur de m'épouser ?

Elle entendit un son incohérent, et il lui fallut un moment pour comprendre qu'il venait d'elle. Sa poitrine était serrée dans un étau, elle avait mal, mais cette fois ce n'était pas parce que son cœur se brisait. Au contraire, chaque petite pièce s'unissait aux autres pour former un tout.

Elle pensa exploser de bonheur.

— Je n'arrive pas à y croire, souffla-t-elle.

Kane se releva et prit son visage au creux de ses paumes avant de déposer un baiser sur son front.

— Il faut y croire, Matz.

Elle tenta de déglutir pour faire disparaître la boule d'émotion qui obstruait sa gorge. Ne parvenant pas à parler, elle posa les mains sur les joues de Kane, en miroir. Et lorsqu'il l'attira à lui, elle s'émerveilla de la façon dont leurs deux corps s'accordaient parfaitement l'un à l'autre.

Épilogue

Kane et Mattie se marièrent l'année suivante à Londres, dans la Royal Military Chapel.

Un huissier en uniforme annonça l'entrée de Mattie.

Vêtue d'une robe en dentelle de couleur crème, elle fut conduite à l'autel par un Hayden rayonnant de fierté, et elle en repartit au bras de Kane, resplendissant dans son nouvel uniforme d'officier. Une garde d'honneur forma une voûte d'acier au-dessus d'eux à la sortie de l'église.

— Je n'arrive toujours pas à croire que nous avons eu notre *happy end*, dit-elle, assise à l'arrière d'une vieille voiture de collection.

Se glissant à son côté, son tout nouvel époux la prit dans ses bras.

— Il a fallu du temps, dit-il, mais nous y sommes enfin, et nous allons en profiter.

Il frôla ses lèvres des siennes, et aussitôt elle sentit son corps s'embraser. Elle regretta qu'ils doivent se hâter d'aller à l'hôtel pour la réception de mariage.

— Tu crois que les invités arriveront avant nous ? demanda-t-elle sur un ton innocent. On pourrait peut-être leur accorder un peu plus de temps, à ton avis ?

— Colonel Brigham, murmura Kane contre sa bouche. Êtes-vous en train de suggérer que vous ne pouvez pas attendre ?

— Je suggère que nous avons passé des années à attendre, et je ne veux pas perdre une minute de plus.

— Moi non plus.

Pour la première fois, ils eurent le sentiment d'avoir enfin tout ce qu'ils avaient jamais désiré.

Et c'était tout simplement parfait.

CHARLOTTE HAWKES

La tentation de Bridget

INTÉGRALE
LE DEVOIR D'AIMER

Traduction française de
MICHELLE LECOEUR

SAGAS
HARLEQUIN

Titre original :
REAWAKENED BY HER ARMY MAJOR

Ce roman a déjà été publié en 2021.

1

À l'approche de la boîte de nuit, on distinguait déjà le son assourdi et rythmé d'une guitare basse.

Bridget Gardiner lissa la robe courte au tissu chatoyant que son amie lui avait prêtée.

Surtout ne pas ressembler à une biche égarée, ce qui détonnerait à côté de la magnifique Mattie Brigham, toujours si sûre d'elle !

— Détends-toi, Britt. Tu es superbe.

— Tu trouves ? dit-elle en affectant un air décontracté.

— Absolument. Il est temps de sortir de ta coquille et de tenter quelque chose d'un peu fou.

— Euh, justement, je...

— Ah, non ! Pas question de reculer maintenant. C'est bien toi qui as dit que, ce soir, on allait s'amuser ?

— O-oui, mais...

Mais entre vouloir quelque chose et le faire...

— N'as-tu pas dit également que nous étions toujours très sérieuses dans notre travail ? poursuivit Mattie, impitoyable. Trop sérieuses, peut-être. Ce soir, il s'agit de se changer un peu les idées.

— Je sais...

— Crois-moi, la vie est trop courte pour ne pas saisir les occasions d'en profiter.

Bridget observa un moment son amie.

Elle n'aurait pas su dire pourquoi, mais celle-ci semblait différente ce soir. Peut-être un peu agitée ? Elle ne reconnaissait pas le médecin serein, officier de l'armée britannique, dont elle avait l'habitude.

— Tout va bien, Mattie ?

Mattie hésita, et Bridget crut un instant qu'elle allait parler. Mais son amie se redressa et prit un air détaché.

— Des fantômes du passé, répondit-elle en haussant les épaules. Il n'y a qu'à les laisser se dissiper. Je devrais aussi essayer de faire quelque chose de fou, pour que tu ne sois pas toute seule.

— Bonne idée ! En fait, je suis ravie de cette soirée, ajouta Bridget, affichant un sourire un peu crispé.

— Menteuse ! railla Mattie.

Elle poussa la porte, et le bruit de la musique se déversa dans la rue.

— Je sais bien que tu serais dix fois plus sûre de toi dans un poste d'assistance au beau milieu d'une région sinistrée. Tu es capable de gérer des rebelles et des guérilleros dans un camp de réfugiés à des milliers de kilomètres de chez toi.

Bridget fit la grimace.

— Je crois que tu me vois beaucoup plus cool que je ne le suis réellement…

— Tu *es* cool, Britt ! Ce qui n'est pas très cool, c'est de trembler à l'idée de rencontrer quelques-uns de mes copains de l'armée – sans parler de mon horripilant grand frère. C'est même carrément idiot.

— Je sais, admit Bridget.

En fait c'était la rencontre avec Hayden qui l'inquiétait le plus. Mattie avait beau maugréer contre son frère – lui-même officier –, il était clair qu'elle l'aimait sans réserve. Combien de fois ne l'avait-elle pas entendue se plaindre que leurs carrières militaires respectives les empêchaient de se voir suffisamment – et de voir leur père, général de brigade à la retraite ?

Le doute, une sensation familière et douloureuse, recommença à s'insinuer en elle.

Et si elle ne plaisait pas à Hayden ? Et qu'il trouvait qu'elle n'était pas assez bien pour être l'amie de sa sœur ?

Stop. Elle n'avait plus quatorze ans. Elle n'était plus cette enfant que tous les autres gamins montraient du doigt parce que son père était un fraudeur et un escroc.

— Parfait. Alors, amusons-nous, dit Mattie d'une voix ferme, ignorant ce qu'il se passait dans son esprit agité. Demain il sera bien temps de revenir aux choses sérieuses. D'accord ?

— D'accord. Je suis prête.

— Encore un mensonge, mais tu es déjà plus convaincante, dit Mattie avec un sourire. Fais-moi confiance, c'est une bande sympa, et tu vas leur plaire.

Sur ces mots, elle entra dans la discothèque, et il ne resta plus à Bridget qu'à la suivre.

Une vague de chaleur et un brouhaha assourdissant la frappèrent, si brusquement qu'elle en resta pétrifiée durant un instant.

Mattie prit les deux mini-cocktails de bienvenue que leur tendait la fille de l'accueil et lui en mit un dans la main.

— Avale en une seule gorgée, ordonna-t-elle en joignant le geste à la parole. Bon sang, ils sont forts !

Fermant les yeux, Bridget fit une prière silencieuse avant de s'exécuter.

Le liquide étonnamment doux et sucré qui coula dans sa gorge lui donna comme un coup de fouet.

La prenant par la main, Mattie l'entraîna vers la foule qui ondulait en cadence sur la piste.

Elle ne sut si c'était la musique ou le cocktail, mais elle sentit la chaleur gagner tout son corps, et son cerveau lâcha prise imperceptiblement. On la bousculait de tous les côtés, et elle avait parfois l'impression que ses pieds ne touchaient plus terre.

Mattie s'arrêta devant un petit groupe joyeux d'où fusèrent des cris et des rires de bienvenue quand on la reconnut. Puis Mattie la présenta, les visages se tournèrent vers elle et on l'accueillit amicalement, sans trop en faire.

Mattie avait raison, ses amis étaient sympas, et c'était super…

Jusqu'au moment où Mattie poussa une exclamation avant de se précipiter vers quelqu'un qui arrivait derrière elle.

— Hayd ! Tu es ici…

Amusée, Bridget se retourna.

Elle ressentit alors un choc, comme si une onde électrique la parcourait. On aurait dit que son corps ne lui appartenait plus, qu'elle n'en avait plus le contrôle. Elle restait plantée là, figée comme dans ses cauchemars d'adolescente, focalisée sur ce qu'elle voyait.

C'était donc là le frère de Mattie, le tristement célèbre commandant Hayden Brigham !

Sa sœur le lui avait décrit comme un beau gosse et un très beau parti, qui ne le savait que trop et qui en profitait, ce qui, forcément, n'était pas du tout son type…

Mais Hayden Brigham n'était pas du tout comme elle l'avait imaginé. Si elle s'était crue préparée à le rencontrer en personne, eh bien, elle s'était trompée. Aucune femme n'aurait pu être prête à faire sa connaissance.

Il n'était pas seulement beau – une telle description était trop succincte pour un homme comme celui-là. Il était saisissant de beauté. S'il devait exister un parfait spécimen de la beauté masculine, ce serait lui. Tout en étant indiscutablement viril.

Aussitôt, elle se sentit déstabilisée et irritée contre elle-même.

Ce n'était pas son genre de ressentir du désir pour un homme de rencontre, quel qu'il soit. Et certainement pas pour quelqu'un qui était également le frère de la meilleure amie qu'elle ait eue depuis son enfance – d'autant plus que, dans les trois prochains mois, elle allait devoir travailler auprès de cet homme sur le continent africain, au milieu de nulle part.

Aussi – et malgré les réactions insensées de son propre corps – il n'était pas question qu'il lui plaise. Elle s'y refusait.

Mais que pouvait-elle y faire, alors que tout chez lui la séduisait – ses cheveux blond foncé très courts et délicieusement ébouriffés, sa mâchoire carrée, son regard d'un bleu insondable qui semblait voir au plus profond de son âme et lui mettait le visage en feu…

Incapable de faire un mouvement, elle pouvait à peine respirer.

Sans savoir comment, elle réussit à s'arracher à cette fascination, et son regard balaya ses larges épaules que sa chemise sombre moulait parfaitement, son torse ferme et ses hanches terriblement sexy. Elle n'osa pas regarder plus bas et resta bloquée sur la boucle de sa ceinture...

Elle se sentit devenir encore plus rouge si c'était possible.

Il fallait qu'elle se ressaisisse, qu'elle puise dans cette force qu'elle avait toujours trouvée en elle quand elle se trouvait au milieu d'un camp de réfugiés, dans un pays éloigné... La meilleure solution, c'était la fuite vers les toilettes des dames, où elle pourrait s'asperger d'eau froide.

Naturellement, ce fut ce moment que son amie choisit pour faire les présentations.

— Britt, voici mon frère Hayden. Hayd, voici mon amie Bridget Gardiner, dont je t'ai parlé. Je te rappelle qu'elle est intouchable, n'est-ce pas ?

Elle avait la bouche trop sèche pour parler, mais heureusement Hayden répondait déjà, d'une voix profonde aux accents empreints d'ironie qui lui faisait des choses à l'intérieur.

— Merci, Mattie, de me faire passer pour quelqu'un qui saute sur toutes les amies que tu me présentes, disait la voix chaude, qui lui faisait prendre de plus en plus conscience de son propre corps. Bridget, c'est un plaisir de faire ta connaissance.

Hayden lui tendit la main, et elle croisa son regard bleu où brillait une lueur amusée. Quand elle lui serra la main, elle eut l'impression qu'il lisait en elle.

Jamais personne ne lui avait fait un tel effet. Elle avait pensé que cela n'arrivait qu'au cinéma, ou dans les livres. Hayden dégageait une force et une autorité naturelles qui provoquaient chez elle une sensation enivrante.

Elle pouvait lui résister, elle le pouvait... , se répéta-t-elle comme un mantra.

Comme si Hayden Brigham allait prendre la peine d'attarder son regard sur une femme aussi réservée qu'elle !

Mais comment aurait-elle pu se comporter autrement alors que, après avoir passé les treize premières années de sa vie à évoluer dans les cercles les plus brillants et les plus aisés, elle avait vu tout cet univers s'écrouler de la manière la plus honteuse lorsque son père avait été accusé d'escroquerie ? Du coup, elle avait passé les treize années suivantes à se rendre aussi insignifiante et invisible que possible, pour éviter d'être associée à cette infamie.

Pourtant à cet instant, sous le regard intense de Hayden, elle ne se sentait ni insignifiante ni invisible. Plutôt flageolante et comme nue devant lui.

— Bonsoir Hayden, répondit-elle faiblement en lui serrant la main.

Elle ne s'était pas attendue à ressentir la sorte de décharge électrique qui la parcourut depuis le bout des doigts jusqu'à la partie la plus intime d'elle-même.

— Appelle-moi Hayd, comme tout le monde.

« Hayd ».

Ce prénom se mit à chanter dans sa tête sans qu'elle puisse l'empêcher.

— Je ne crois pas que tu sautes sur chaque amie que je te présente, intervint Mattie d'un ton ironique. Seulement sur celles à qui tu trouves quelque chose de spécial.

— Je suppose que ma sœur fait toujours des remarques aussi flatteuses à mon sujet ? dit « Hayd » en se tournant vers Bridget avec un petit sourire magnétique.

Elle se secoua mentalement.

— « Grand frère protecteur », « excellent commandant », « play-boy incorrigible », résuma-t-elle avec une fausse décontraction en comptant sur ses doigts.

— « Playboy » ? répéta-t-il en fronçant les sourcils.

— Si j'ai bien compris, les femmes se jettent toutes à tes pieds. J'en déduis que tu n'es pas tout à fait un moine.

— Il n'est *absolument pas* un moine, assura Mattie avec une moue désabusée. Je peux te laisser seule une minute, Britt ? Il y a quelqu'un que je voudrais saluer.

— Bien sûr, répondit Bridget avec un sourire forcé.

Comment pouvait-elle à la fois avoir envie de saisir son amie par le bras pour la faire rester, et souhaiter qu'elle ne se presse surtout pas de revenir ?

— Je prendrai soin d'elle, dit Hayden d'un ton qui lui donna la chair de poule.

— D'accord, mais pas trop, répliqua Mattie en le regardant de travers avant de s'éloigner.

Restée seule avec le frère de son amie, Bridget eut l'impression que son corps s'enflammait.

Hayden Brigham était infiniment craquant et, à en croire Mattie, toute femme qui se respecte devait demeurer à bonne distance de cet homme, à moins, bien sûr, d'être capable de résister à son charme naturel.

Mais que lui arrivait-il, à la fin ? Elle aurait pourtant juré qu'elle appartenait à cette catégorie. Mais au bout de moins de trois minutes en compagnie de cet homme, voilà qu'elle perdait déjà le contrôle de ses pensées et que les réactions de son corps lui devenaient étrangères ! Qu'est-ce que ce serait si elle devait travailler pendant trois mois avec lui ?

L'amour, le désir, le sexe, quel que soit le nom qu'on lui donne, elle n'y croyait pas, après avoir appris à ses dépens à quel point cela pouvait être destructeur. Elle avait vu son père se servir de la crédulité de son épouse et de l'amour inconditionnel qu'elle lui portait, au point de l'amener à mentir pour le défendre parce qu'elle se refusait à croire ce qui se trouvait juste sous ses yeux. Il avait eu une telle emprise sur la mère de Bridget que celle-ci l'avait poussée pendant des années – alors qu'elle était trop jeune pour comprendre quoi que ce soit – à mentir aussi pour lui.

En grandissant, elle avait découvert par elle-même quel beau parleur était son père, et elle s'était demandé comment elle avait pu être aussi naïve, mais le mal était fait, et elle en porterait toujours une part de culpabilité.

Certes Hayden Brigham ne ressemblait en rien à son père, mais elle s'était rendu compte très tôt à quel point il est facile de succomber au physique ravageur et au charisme de quelqu'un.

— Le fait est que j'ai beaucoup entendu parler de toi, dit-elle en s'efforçant de prendre un air impassible.

— À en juger par les commentaires de ma sœur, je doute que ce soit en bien…

Toujours ce sourire ensorcelant.

— Mais je peux t'assurer que si ce que je fais pendant mes

périodes de repos me regarde, je suis strictement professionnel quand il s'agit d'opérations et d'exercices militaires.

— Je n'en doute pas, marmonna-t-elle, presque déçue.

— Tu peux donc te détendre, tu n'as aucune raison d'être nerveuse.

— Je ne suis pas nerveuse, Hayden, protesta-t-elle en se raidissant.

— Tu trembles comme une feuille ! Mais, encore une fois, s'il te plaît, appelle-moi Hayd. Seul mon père m'appelle Hayden, et c'est en général quand il n'est pas content de moi… Ce qui n'est heureusement pas trop souvent le cas, ajouta-t-il avec un petit sourire qui déclencha en elle une nouvelle vague de chaleur.

Elle ne comprenait vraiment pas ce qu'il lui arrivait.

— Est-ce que ce n'est pas un peu… prétentieux ?

— Non. Ce sont juste les faits. Cela dépend du sujet, mais la plupart du temps je préfère dire les choses telles qu'elles sont. C'est mieux que d'exprimer ce qu'on ne pense pas vraiment, tu ne crois pas ?

— Je suis pareille, répondit-elle.

— Oui. C'est sans doute une des raisons pour lesquelles ma sœur s'est prise d'amitié pour toi.

— Mattie t'a parlé de moi ? s'étonna-t-elle.

Il étudia son visage quelques secondes, et elle eut l'impression qu'il y lisait bien plus de choses qu'il n'aurait dû. Elle s'efforça de prendre l'air impassible, mais elle le vit sourire de plus belle.

— Elle m'a dit que tu travaillais pour des associations caritatives depuis des années. Au Tchad et au Sud-Soudan, dans des cliniques s'occupant de personnes défavorisées, et aussi dans des hôpitaux étrangers de proximité.

— Nous avons fait connaissance après les tremblements de terre au Népal, expliqua-t-elle. J'étais infirmière au sein d'une ONG, et l'unité médicale de Mattie était venue en renfort en raison de l'étendue du désastre.

— Oui, elle m'a raconté que tu faisais partie de l'organisation humanitaire déjà sur place. Toutes les deux, vous avez traîné tous les patients dans la rue après le séisme qui a ravagé le bâtiment de l'hôpital…

— En effet, répondit-elle, surprise qu'il soit au courant.

Même maintenant, elle se rappelait ces moments avec une grande netteté. Le choc avait ébranlé les bâtiments qui leur servaient d'installations provisoires. Des plafonds s'étaient effondrés, et certains murs avaient commencé à s'écrouler. En fermant les yeux, elle pouvait encore entendre les cris dans les rues.

Estimant que les patients ne se trouvaient plus en sécurité à l'intérieur, elle était partie préparer les patients les plus gravement atteints tandis que Mattie prenait la direction des opérations, donnant rapidement et calmement des instructions non seulement aux auxiliaires médicaux de l'armée, mais à *tout* le personnel. Elle avait ordonné que les personnes alitées soient transportées dehors sur des brancards et avait envoyé une patrouille de reconnaissance pour trouver un endroit sûr, où des tentes seraient montées pour abriter les lits de camp.

Depuis ce jour, elle avait considéré Mattie Brigham comme son mentor – une femme qui n'avait que quelques années de plus qu'elle mais qui était beaucoup plus avancée dans sa carrière, et qui savait être à la fois un bon officier et un médecin plein d'empathie. Exactement le genre de médecin que Bridget aurait souhaité devenir, si les circonstances avaient été différentes…

Si le suicide de son père après son arrestation n'avait pas fait une loque de sa mère, déjà fragile psychologiquement. Après cela, Bridget avait dû s'occuper d'elle, et elle avait manqué de temps et de moyens pour suivre des études de médecine.

Malgré tout, rien de ce qu'elle avait fait pour sa mère n'avait été assez bon, jusqu'à ce que celle-ci rencontre un autre homme, qui avait comblé le vide qui persistait dans sa vie. Cela avait permis à Bridget de commencer à vivre pour elle-même – d'abord comme infirmière, puis en devenant bénévole dans des associations d'aide humanitaire étrangères, avec l'espoir que l'une d'elles la parrainerait un jour pour qu'elle puisse réaliser enfin son rêve de devenir médecin.

Si seulement sa vie avait été différente !

Elle s'arma mentalement de courage, comme elle l'avait si souvent fait lorsque certains souvenirs du passé menaçaient d'envahir son présent.

À quoi bon repenser à ces choses qu'elle ne pourrait jamais changer ?

— Alors maintenant, dit-elle avec un petit rire forcé, il paraît que je vais travailler avec un autre membre de la famille Brigham. Tu es commandant dans le Génie Royal, c'est bien cela ?

— En effet.

Hayden sourit, et elle sentit ses jambes flageoler de nouveau.

— Comment est-ce que cela fonctionne ?

— Ton association humanitaire travaille dans un camp et fournit une aide médicale, n'est-ce pas ?

— Oui, le camp Jukrem. Le pays a subi la guerre civile pendant des décennies, et à présent que c'est terminé, il a besoin qu'on l'aide à se remettre sur pied. On leur apporte aussi de l'eau, un système sanitaire et des provisions. Mais la paix est récente... et fragile.

— C'est justement pourquoi le nouveau gouvernement a décidé de louer une partie de ses terres à l'armée britannique en guise de terrain d'entraînement. Environ mille kilomètres carrés.

Elle émit un sifflement.

— C'est assez considérable.

— Nous avons un accord sur vingt-cinq ans, ce qui assure au nouveau gouvernement une rentrée d'argent suffisante pour entamer le processus de reconstruction. De plus, notre présence devrait éviter les troubles. Tout en utilisant les terres, nous allons installer des infrastructures : des routes, des ponts, des bâtiments...

— Tu as donc choisi de venir à Jukrem ?

— D'après ce que je sais, votre association a des camps dans toute la région, mais ils se sont installés à Jukrem quand on leur a dit que les travaux commenceraient par là. Ils ont demandé que nous travaillions conjointement avec eux.

— Oui, c'est tout à fait compréhensible, expliqua-t-elle. Jukrem est l'endroit le plus au sud où nous soyons jamais allés. Il y a souvent de fortes pluies dans la région, et les routes et les pistes d'atterrissage se retrouvent presque constamment sous l'eau. Si l'armée britannique est là et construit des ponts, nous pourrons atteindre des réfugiés qui n'auraient jamais été capables de rejoindre nos camps dans le Nord.

— Quel était le dernier projet sur lequel vous avez travaillé ? demanda Hayden.

— Des installations pour traiter la tuberculose. Une partie était réservée à la tuberculose normale, mais il y avait aussi un village dont les patients souffraient de la maladie à cause d'une souche résistante aux médicaments.

Il fronça les sourcils.

— Je croyais qu'on pouvait guérir de la tuberculose grâce aux antibiotiques. Comment une souche devient-elle résistante aux médicaments ?

Il avait touché là un point sensible.

Elle haussa les épaules.

— C'est un vaste sujet, et nous sommes censés être ici pour fêter la promotion de Mattie...

Hayden laissa échapper un petit rire.

— Peut-être, mais on sent que le sujet te passionne. Et, pour le coup, cela m'intéresse vraiment. Ce sont des cas comme ceux-là qu'on est appelés à rencontrer, là où nous allons ? insista-t-il.

Elle hocha la tête, ravie d'enfourcher son cheval de bataille même si la situation ne s'y prêtait pas spécialement.

En dépit de sa maladresse habituelle en société, elle était intarissable quand il s'agissait de son travail. Ce n'était pas seulement un métier, c'était une passion. Elle adorait se trouver là-bas et aider ces gens démunis de tout, dont l'association humanitaire à laquelle elle appartenait était la seule planche de salut. Étrangement, elle se sentait une personne différente dès lors qu'elle embarquait dans un avion qui l'emmenait vers un pays étranger : elle était prête pour sa prochaine mission médicale, plus libre et surtout davantage sûre d'elle-même qu'elle ne l'était jamais sur le sol de l'Angleterre.

— La tuberculose se répand dans une communauté de gens qui vivent très proches les uns des autres et dont le système immunitaire est déjà très affaibli, expliqua-t-elle en forçant sa voix pour surmonter le niveau sonore ambiant. Nous allons dans une région où il y a des réfugiés et des personnes déplacées sans aucun logement. Elles n'ont pas accès à l'eau et souffrent de malnutrition. Sans parler du problème sanitaire…

Hayden se pencha en avant, et quelque chose remua délicieusement en elle, malgré tous ses efforts pour se convaincre qu'il ne s'approchait d'elle que pour pouvoir se faire mieux entendre.

— Pendant plus de la moitié de ma vie, j'ai été officier dans l'armée, et j'ai accompli de nombreuses missions dans des zones de guerre en parallèle avec des organisations humanitaires. Mais c'est la première fois que je participe à une mission de ce genre. Je suis curieux de savoir ce qui m'attend, et tu es exactement la personne dont j'ai besoin pour m'informer.

— Je ne voudrais pas t'ennuyer…

Il y avait une partie d'elle qui aurait souhaité être le genre de femme sexy et sûre d'elle capable d'attirer l'attention d'un homme sans avoir recours à des conversations « intéressantes ».

Hayden sourit comme s'il lisait en elle.

— Tu sais, je ne suis pas vraiment quelqu'un qui aime sortir faire la fête. Je ne serais même pas venu s'il ne s'était pas agi de la seule soirée qui réunira tout notre groupe. Tu pourrais peut-être m'apprendre des choses pour que je n'aie pas l'impression d'être venu pour rien ?

De toute évidence il la taquinait, mais en même temps il lui donnait l'impression qu'elle pouvait réellement lui apprendre des choses. Et ça, c'était merveilleusement rassurant.

— Très bien, dit-elle. Si tu veux tout savoir sur la tuberculose avec ou sans souche résistante aux médicaments, accroche-toi.

— Je suis prêt, répondit-il, le regard brillant d'amusement.

2

— Cela fait des années que nous traitons la tuberculose dans des camps comme celui de Jukrem, reprit Bridget. Le problème, c'est que pour en venir à bout il faut six mois dans des conditions normales, avec des médicaments et des injections quotidiennes.

Elle fit la grimace.

— Des injections douloureuses. Tu n'imagines pas le nombre de fois, pendant ma première mission, où j'ai pensé que les locaux étaient particulièrement sujets à des problèmes osseux aux hanches et aux jambes, pour me rendre compte finalement qu'ils souffraient des injections qu'ils avaient eues dans les fesses.

— Oh.

Hayden hocha la tête avec empathie, et elle apprécia sa réaction.

— Ils sont confinés dans de minuscules salles ou des cases faites de boue, sans pouvoir réellement se mélanger aux autres. Souvent, ils ont été séparés de leur famille. Et il arrive trop fréquemment qu'ils partent avant que le traitement soit achevé.

— Je commence à comprendre, dit-il en haussant les sourcils. S'ils s'en vont trop tôt, ils ne sont pas complètement guéris, mais leur corps a été exposé aux médicaments et il commence à développer une résistance.

C'était probablement la conversation la moins sexy de tous les temps, et pourtant elle eut envie de l'embrasser pour l'intérêt qu'il portait à ce sujet. Et probablement aussi pour d'autres raisons.

— Exactement, répondit-elle. Si bien qu'on se retrouve plus tard avec un patient qui revient nous voir en ayant développé une forme de tuberculose résistante aux médicaments. Nous avons aussi des patients rétablis qui rentrent chez eux et sont réinfectés par un membre de la famille qui n'a pas été traité. Le pire avec cette forme de tuberculose, c'est qu'elle peut se répandre de la même façon plusieurs fois. Et au bout de peu de temps, on se retrouve avec des villages entiers atteints par la souche résistante, et on ne peut pas y faire grand-chose.

— Cela te touche vraiment, n'est-ce pas ? dit Hayden en fixant sur elle son regard bleu intense.

— C'est un peu ridicule, hein ? hasarda-t-elle d'une voix mal assurée.

— Pas le moins du monde. Cela montre que tu te préoccupes des autres et que tu fais de ton mieux pour eux. Et aussi que tu adores ton métier, ce que je peux parfaitement comprendre.

Elle ne répondit pas, se contentant de hocher la tête, fascinée par son regard.

Comme s'ils étaient en train de tisser une sorte de lien. Ici. Au milieu d'une boîte de nuit.

Et soudain, il devint très important pour elle que Hayden Brigham la voie non pas comme une fille empruntée et peu à l'aise en société, mais comme la femme compétente et sûre d'elle avec qui il allait travailler durant les prochains mois.

— C'est parfois difficile, reconnut-elle. Par exemple quand on doit faire comprendre à un couple qu'il faut qu'ils dorment séparément parce que l'un des deux entre dans une phase intensive du traitement, alors qu'ils vivent dans une case ou un abri d'une seule pièce.

— Alors qu'est-ce que tu fais ?

— Je leur parle. J'essaie de leur expliquer...

Elle haussa légèrement les épaules.

— Mais parfois, la meilleure chose que je puisse faire est de trouver une chambre d'hôpital où il y aura deux lits à l'opposé l'un de l'autre mais où ils pourront continuer à se voir.

— C'est un bon compromis.

Hayden lui décocha un sourire compréhensif, et elle eut un pincement au cœur.

— En effet...

Cette fois, ils semblaient être arrivés à la fin de leur conversation.

Elle se prépara mentalement à le voir lui tourner le dos pour aller discuter avec quelqu'un de moins sérieux et de plus... charmant.

Mais il ne bougea pas d'un pouce.

— Alors, comme ça, tu t'appelles Bridget, mais tu préfères être appelée Britt ?

Elle eut un petit rire.

— En fait, pas vraiment. Je n'ai jamais aimé que l'on m'appelle Britt, mais je n'ai pas osé le dire à Mattie, avoua-t-elle.

— Je vois. Qu'est-ce que tu penses de... Birdie ?

Pendant quelques secondes, elle resta le souffle coupé. Elle sentait le regard de Hayden peser sur elle, mais elle n'eut pas le courage de le regarder.

— Non ? Juste Bridget, donc ?

— Birdie... C'était ainsi que l'on m'appelait quand j'étais enfant.

— Et tu aimais bien ça, ou pas du tout ?

— J'adorais, répondit-elle franchement.

Son père l'appelait comme ça, avant le drame. Mais plus personne ne l'avait appelée ainsi depuis le jour où il s'était donné la mort.

— Alors, ce sera Birdie, dit Hayden avec son sourire ensorcelant.

Sentant revenir une confiance en elle perdue depuis longtemps, elle tourna les yeux vers lui, relevant le menton comme la Bridget qu'elle était autrefois : heureuse et pleine d'entrain, audacieuse et aimant s'amuser – ces sensations qu'elle n'éprouvait plus que quand elle se trouvait à des milliers de kilomètres de chez elle.

Pourtant, grâce à ce presque étranger – le séducteur de frère de son amie et mentor – elle ressentait à cet instant la même hardiesse. Il lui semblait que son corps se réveillait d'un long sommeil. Mieux encore, sous son regard, elle se sentait plus vivante qu'elle ne l'avait jamais été.

Comment cela était-il possible ?

Si elle ne contrôlait pas rapidement ces émotions anarchiques, elle allait sans doute se ridiculiser auprès de cet homme avant même d'être arrivée au camp de Jukrem. Et ensuite, comment pourraient-ils travailler ensemble ?

À quoi était-il donc en train de jouer ? se demanda Hayden. Flirter avec Bridget Gardiner était une très mauvaise idée, et pas seulement parce que sa sœur allait lui passer un savon.

D'après ce que Mattie lui avait dit de son amie, il s'était attendu à ce que Bridget soit une personne discrète, douce et timide. Quelqu'un de bien trop innocent et angélique pour son goût. Et pourtant, ce qui l'avait frappé quand les présentations avaient été faites, c'était qu'il n'y avait rien d'innocent ou d'angélique chez elle.

Et rien de discret : Bridget Gardiner ressemblait à une bombe sexuelle surgie des années soixante !

Sa libido avait d'ailleurs réagi aussitôt à sa vue : une silhouette de rêve moulée dans une robe qui semblait faite pour elle, une poitrine généreuse qui donnait des fourmis dans les doigts, une taille fine qu'il rêvait d'encercler de ses mains, et des hanches ondulantes qui le mettaient en feu tout entier.

C'était parfaitement ridicule, une réaction d'adolescent. Jamais il ne s'était aussi peu maîtrisé.

Il essaya de se concentrer sur son visage, ce qui ne l'aida pas du tout. Était-ce à cause de ses grands yeux noirs à l'expression légèrement étonnée, de la jolie figure ovale encadrée par une masse de cheveux noirs brillants, ou de la moue sensuelle que formait sa bouche pulpeuse, ce dont elle n'avait sans doute même pas conscience ? Et puis, il y avait ce délicieux petit espace entre ses dents de devant, qui donnait envie de se pencher sur elle et de goûter ses lèvres…

Faisant un pas en arrière, il croisa les bras sur la poitrine pour tenter de résister à l'attrait inattendu que cette femme exerçait sur lui. Malheureusement, le fait qu'elle soit aussi passionnée par son métier l'attirait encore plus.

Il ne fallait pas, c'était une erreur ! Il allait passer trois mois à ses côtés au milieu de nulle part, à des milliers de kilomètres d'ici. Avoir une aventure avec elle serait carrément catastrophique !

Même s'il trouvait exagérée la rumeur le concernant, il admettait volontiers qu'il n'était pas un moine. Mais il avait pour règle stricte de ne pas mélanger vie professionnelle et vie privée.

Cependant, à cet instant, il avait la tête vide, et son corps était prêt à enfreindre sur-le-champ la règle qu'il s'était imposée. S'il ne retrouvait pas le contrôle de lui-même au plus vite, il risquait de perdre complètement pied… Et alors, il devrait passer trois mois au bout du monde avec une femme qui attendrait trop de lui et qui serait blessée quand elle comprendrait qu'il ne pouvait lui donner davantage.

Sans parler de sa sœur, qui lui arracherait les yeux pour avoir fait souffrir son amie !

Non, malgré toutes les tentations qui s'offraient à lui, cela n'en valait vraiment pas la peine.

— Votre champagne, monsieur, dit le barman en apportant un plateau couvert de flûtes et de deux seaux à glace remplis de bouteilles.

Il lui fallut quelques secondes pour se rappeler qu'ils étaient tous là pour fêter la promotion de sa sœur.

— Vous buvez toujours du champagne quand vous sortez en boîte ? demanda Bridget.

— Pas vraiment, répondit-il tandis qu'ils rejoignaient la table réservée pour leur groupe. Mais cette promotion est très importante pour Mattie. Et il est très rare que nous nous retrouvions tous en même temps.

Bridget ne répondit pas. Il se retourna et la vit fixer les bouteilles, l'air angoissé.

— Birdie ?

Elle ne réagit pas.

Instinctivement, il lui prit le menton pour qu'elle tourne la tête vers lui. Ce simple geste déclencha comme une vague d'étincelles en lui, mais il décida de ne pas y prêter attention.

Le regard de Bridget s'anima de nouveau.

— Ce n'est rien, marmonna-t-elle avant de s'asseoir.

C'était à l'évidence un mensonge, et il dut se retenir d'insister. Qu'est-ce que cela pouvait lui faire qu'elle dise la vérité ou non ?

Il se détourna et se mit à ouvrir les bouteilles et à remplir les flûtes. Lorsqu'il se pencha derrière Bridget pour remplir la sienne, il sentit la chaleur de son corps, et un léger parfum de vanille lui emplit les narines.

Il continua sa tâche comme si de rien n'était, mais le mal était fait : il était plus intrigué que jamais – en tout cas, son corps l'était. Il avait envie d'elle. Terriblement envie.

S'il en était ainsi après quelques minutes passées en sa compagnie, qu'adviendrait-il au bout de quelques heures, ou encore s'il dansait avec elle ?

L'attitude la plus raisonnable consistait à s'abstenir. Il allait rester juste le temps de boire à la santé de Mattie, puis, pendant que celle-ci offrirait la tournée comme le voulait la tradition, il partirait.

C'était le choix le plus sensé, avant qu'il soit trop tenté de faire avec la délicieuse Bridget quelque chose qu'il regretterait ensuite.

3

Bridget tremblait encore lorsque Hayden s'éloigna pour porter un toast à sa sœur.

Jamais, de toute sa vie, quelqu'un ne l'avait affectée à ce point. Il n'avait fait que la frôler, et pourtant elle le sentait *partout*. Jusqu'à l'endroit le plus chaud et le plus doux en elle. Là où elle avait le plus envie que ce quasi-étranger la touche.

Elle avait dû faire appel à toute sa volonté pour ne pas se laisser aller contre son torse. Cela la terrifiait. Elle n'avait jamais désiré quelque chose aussi fort.

Il lui semblait brusquement que son corps savait des choses que son cerveau inexpérimenté n'avait pas encore captées. La seule certitude, c'était qu'elle devait se tenir loin de ce fatras d'émotions qui la submergeait.

Elle devait se tenir à bonne distance de Hayden Brigham.

Après avoir pris une flûte de champagne, elle se recroquevilla sur sa chaise pour se faire le plus petite possible, consciente de son regard sur elle.

Puis il se tourna vers le groupe, le sourire aux lèvres, et elle se sentit curieusement désemparée de ne plus être l'objet de son attention.

— À ma petite sœur, le commandant Mathilda Brigham, qui deviendra bientôt le lieutenant-colonel Mathilda Brigham, dit-il en levant son verre, d'une voix forte qui couvrit les bruits de la discothèque. À Mattie.

— À Mattie ! répéta en chœur le groupe d'amis.

Puis tous se remirent à parler de choses et d'autres.

Bridget, incapable de détourner les yeux du profil de Hayden, l'observa discrètement tandis qu'il bavardait gaiement avec sa sœur.

Qu'est-ce qui la captivait à ce point chez lui ? S'agissait-il seulement de son physique, où étaient-ce aussi son allure et son langage corporel ? Elle n'aurait su le dire.

Une ombre passa devant elle, l'empêchant de le voir davantage.

— Bridget, c'est ça ? Je m'appelle Ellis.

Elle se ressaisit rapidement et réussit même à esquisser un sourire à l'intention de l'homme qui se tenait près d'elle – le sourire qu'elle avait mis au point ces dernières années pour convaincre les gens que tout allait bien.

— Bonsoir, dit-elle en serrant la main qu'il lui tendait.

— Vous aussi, vous êtes dans l'armée comme Mattie, ou bien vous êtes médecin civil ?

— J'ai couvert plusieurs missions avec elle ces dernières années. Mais je suis infirmière, corrigea-t-elle en souriant de nouveau pour mieux masquer son regret de n'avoir pu étudier la médecine.

Quand elle avait annoncé à sa mère qu'elle allait quitter la maison pour poursuivre ses études, celle-ci avait fait une autre dépression nerveuse, et le sujet n'avait plus jamais été abordé.

Ellis parut surpris.

— Oh ! j'avais cru que... En tout cas, Mattie vous tient en haute estime.

Cette fois, son sourire fut sincère.

— C'est réciproque, assura-t-elle.

— Est-ce que cela vous dit de danser ?

— Vous voulez danser ? Avec moi ?

D'abord Hayden, et maintenant ce type ! Ce devait être à cause de la robe de Mattie. Cela ne pouvait pas être pour elle.

— En général, c'est ce qu'on fait dans une discothèque, plaisanta Ellis. Et ce soir est une occasion assez exceptionnelle.

— C'est ce que me disait Hayden tout à l'heure, dit-elle sans réfléchir.

— Est-ce que… Il y a quelque chose entre vous deux ?

— Non, répondit-elle un peu trop vite. Je fais partie de l'organisation humanitaire qui va travailler avec son unité.

— L'opération Ironplate ?

— Je suppose.

— Alors, vous n'êtes pas militaire comme la plupart d'entre nous ? En tout cas, je peux vous assurer que Hayd est un excellent commandant. Vous et votre équipe, vous êtes en de bonnes mains.

Elle hocha la tête, souriant de plus belle.

— C'est bon de le revoir en activité, ajouta Ellis.

— Il avait dû s'arrêter ? s'alarma-t-elle malgré elle.

— Seulement récemment. Nous avons tous eu la chance de revenir intacts de nos missions – du moins physiquement –, mais il y a environ six mois, Hayd a sauté en parachute derrière un jeune qui effectuait son premier saut et qui s'est évanoui. Hayd a dû couper son propre parachute pour pouvoir plonger plus vite et rattraper le jeune dans les airs. Ce n'est pas aussi facile que certains films le montrent. Il a eu juste le temps d'ouvrir son parachute de secours avant de heurter le sol, mais il a sauvé le gamin.

— Eh bien, c'est… C'est super, bredouilla-t-elle, au bord de la nausée. Je l'ignorais.

— Et ce n'est pas lui qui risque de vous en parler. Mais j'ai remis plus d'une fois ma vie entre ses mains.

Bridget sourit de nouveau.

Tout cela ne devait pas l'empêcher de s'en tenir à sa résolution de garder ses distances avec Hayden.

— Alors, on danse ?

— Je… Je suis désolée, s'excusa-t-elle. En fait, je ne danse pas.

— Peut-être que vous devriez ?

— Je regrette, dit-elle en secouant la tête.

Ellis eut l'air déçu, mais il n'insista pas et se dirigea seul vers la piste de danse.

Elle aurait aimé avoir assez de courage pour le suivre.

À cet instant, Mattie la rejoignit, et elle se détendit un peu.

— Ça va, Britt ? J'ai demandé à Hayd s'il s'était occupé de toi.

Surprise, elle ne put s'empêcher de rougir.

— Oui, mais tu n'aurais pas dû insister pour que ton frère joue les baby-sitters.

Mattie eut une moue désolée.

— Nous étions censés travailler ensemble au camp Jukrem, avant que je sois appelée pour une nouvelle mission. J'aurais aimé pouvoir te mettre au courant du fonctionnement, là-bas.

— Ça ne fait rien, il faut que je m'enhardisse un peu, assura-t-elle avec un sourire forcé. Que je devienne plus forte.

Et qu'elle se décide enfin à se débarrasser du poids de son passé pour commencer à vivre la vie qu'elle voulait. Par exemple pouvoir accepter une invitation à danser d'un charmant garçon comme Ellis, ou résister à la folle attraction qu'exerçait sur elle le frère de Mattie…

— Tu *es* plus forte que tu ne le crois, Britt. De toute façon mon frère sera là pour te conseiller et te soutenir. Ne crains pas de l'utiliser.

Certainement pas.

Soudain des images défilèrent dans sa tête – et dans son corps – sur la façon dont elle pourrait « utiliser » Hayden Brigham.

Elle rougit violemment et s'empressa de chasser ces idées loufoques.

— Est-ce que je peux t'offrir un verre pour te féliciter ?

— En fait, c'est à moi de vous inviter puisqu'il s'agit de ma promotion, répondit Mattie en riant.

Elle se leva et s'adressa aux membres du groupe qui restaient autour de la table.

— Une autre tournée ? demanda-t-elle, avant de s'éloigner avec les commandes.

Bridget s'efforça de discuter avec les autres convives, tout en étant parfaitement consciente de l'endroit où se trouvait Hayden.

Elle devait s'avouer qu'elle aurait été tentée, pour une fois dans sa vie, de ne pas se conduire raisonnablement mais de faire tout le contraire.

Pour que sa toute première fois avec un homme se passe

avec quelqu'un qui saurait exactement comment rendre son corps vivant.

— Qui est ce type ? Et pourquoi lui as-tu lancé ce regard furieux ?

La voix de Bridget tira Hayden de ses pensées alors qu'il avait tout fait pour l'éviter durant les deux dernières heures.

Il avait espéré que l'attirance inconvenante qu'il ressentait pour elle disparaîtrait d'elle-même. Après tout, s'il réagissait de manière aussi inattendue, c'était probablement parce qu'elle était pour lui une étrangère – assez énigmatique de surcroît !

Mais en fait, plus la soirée avançait, plus il en apprenait sur elle en l'observant de loin, et plus elle l'attirait. Il s'était résolu à partir, mais sans y parvenir. Pour finir, il avait erré autour du box, et elle avait fini par le rejoindre.

La musique était encore plus forte maintenant. Ils étaient obligés de se tenir très près l'un de l'autre pour se parler, et il ne pouvait s'empêcher d'y prendre plaisir.

Il dut faire un effort pour se concentrer sur sa réponse.

— Il s'appelle Kane. Et je ne suis pas « furieux » contre lui.

— Hum. Je t'ai entendu parler avec Mattie tout à l'heure. Elle te demandait si, d'après toi, c'était une mauvaise idée de le fréquenter, et tu lui as répondu que c'était son affaire. Et maintenant, je constate que tu n'as pas l'air content qu'ils continuent de discuter.

Elle marquait un point.

— Kane et Mattie se connaissent depuis l'enfance, expliqua-t-il. Ils sont sortis ensemble quand ils avaient seize ou dix-sept ans, et il lui a fait du mal.

— C'était donc il y a environ quatorze ans, calcula Bridget. Ils semblent très proches, maintenant.

— Ne m'en parle pas, grogna-t-il. Aussi proches qu'ils l'étaient alors. Mais c'est la vie de Mattie. Et son choix.

— Cependant, tu ne l'approuves pas ?

— Honnêtement, je ne sais pas. Elle a été anéantie lorsque Kane l'a quittée, et elle est ma petite sœur. Quelque part, j'ai toujours envie de la protéger. Mais elle est aussi adulte, médecin et officier. Elle n'a pas besoin que je joue les grands frères auprès d'elle.

Il vit Bridget hocher la tête tout en observant le couple du coin de l'œil.

— C'est bien de te soucier d'elle, dit-elle d'un air mélancolique. Moi, je n'ai pas de frère.

Sans savoir pourquoi, il eut l'impression que cette remarque apparemment anodine révélait un malaise plus profond, et quelque chose remua en lui.

Mais déjà elle secouait la tête, le sourire aux lèvres.

— Qu'est-ce que tu allais faire ?

Elle préférait changer de sujet. Pourtant il aurait aimé connaître le fond de sa pensée.

— En fait, je voulais m'en aller.

— Déjà ? dit-elle d'un air déçu.

— On va partir en opération dans quelques jours, je ferais mieux de m'y préparer.

— Dès ce soir ? Incroyable. Pas étonnant que tu sois un aussi bon officier !

Serait-elle en train de flirter avec lui ?

Raison de plus pour s'en aller. Sinon, il risquait de ne pas tenir la promesse faite à sa sœur de veiller sur Bridget en son absence. Même s'il n'était pas certain qu'elle en ait besoin, après l'avoir vue repousser les avances d'Ellis.

— Oui, dès ce soir, persista-t-il. On a fêté la promotion, et tout le monde commence à se disperser, c'est le bon moment pour s'en aller.

Bridget fronça les sourcils, et il eut une envie soudaine de lisser son front du bout des lèvres. Il se força à reculer d'un pas, mais elle se rapprocha de lui et lui posa la main sur le bras.

Il eut l'impression que son corps tout entier réagissait à ce contact.

— Emmène-moi avec toi.

Il se figea.

— Pardon ? demanda-t-il d'une voix rauque.

Elle devint écarlate.

— À vrai dire, je... je suis juste venue pour la promotion de Mattie, et maintenant qu'elle est occupée, je... je ne connais personne d'autre.

— Ellis semblait prêt à remédier à ce problème, non ?

Il regretta aussitôt ses paroles. Bon sang ! On aurait dit un ado jaloux.

Bridget secoua la tête d'un air de doute.

— Je pense qu'il voulait juste se montrer poli.

Elle n'était pas sérieuse ?

— Il ne s'agissait pas juste de politesse, Birdie, dit-il en la fixant un instant du regard avant de détourner les yeux. Tu n'as vraiment pas conscience de l'attrait que tu exerces sur les hommes ?

Visiblement embarrassée, elle recula contre le mur comme pour chercher refuge dans un coin sombre, à l'abri des regards. Mais elle le fixait toujours, le confortant dans l'idée qu'elle flirtait avec lui, à sa manière maladroite.

Cette fois, il était certain qu'elle aussi était consciente de ce truc étrange qui se passait entre eux.

Bon sang, que faire ?

Mattie lui avait demandé de veiller sur son amie parce que, selon ses propres termes, Bridget n'était « pas tout à fait de ce monde ». Mais il commençait à soupçonner qu'il n'y avait pas que cela. Il savait qu'elle était plus jeune que Mattie de quelques années. Elle devait donc avoir vingt-six ou vingt-sept ans. Qu'y avait-il donc derrière son « inexpérience » ?

— N'as-tu pas déjà eu des petits amis qui t'ont fait des compliments ? demanda-t-il d'un ton volontairement détaché.

— Hum ? dit-elle en penchant la tête. Si, bien sûr.

Elle releva le menton mais détourna les yeux, ce qui indiquait selon lui qu'elle mentait.

Sur le fait d'avoir eu des petits amis, ou sur le fait qu'on l'ait complimentée ?

— S'ils n'étaient pas vraiment des petits amis, il y en a bien qui auraient aimé le devenir ?

— Des petits amis ? dit-elle en lui lançant un coup d'œil de défi. Ou ceux qui flattent une fille pour pouvoir accéder à ses dessous ?

Il fut frappé par son ton exagérément blasé. On aurait dit qu'elle voulait paraître plus expérimentée qu'elle ne l'était. Comme si…

Mais non, ce n'était pas possible !

De nouveau, il la prit par le menton et la regarda droit dans les yeux.

— Combien d'hommes ont eu accès à tes dessous, Birdie ? Quelques-uns ? Deux ? Un seul ?

Il avait du mal à reconnaître sa propre voix.

Il sentit son souffle chaud s'accélérer dans sa main.

Il aurait voulu s'arrêter, mais il en était incapable tant elle le fascinait. Au lieu de cela, il lui frôla l'oreille de sa bouche.

— Aucun… ? ajouta-t-il.

— Ce ne sont pas tes affaires, lâcha-t-elle avant de poser ses mains tremblantes sur son torse comme pour le repousser.

Sauf qu'elle n'en fit rien.

Ce geste agit sur lui comme un détonateur. Incapable de résister plus longtemps, il appuya le bras sur le mur derrière sa tête, attiré comme un aimant par ses lèvres entrouvertes et par le rythme de plus en plus rapide auquel sa poitrine s'élevait et s'abaissait.

Puis il pencha la tête, et il ne vit plus rien d'autre que sa bouche qui s'unissait à la sienne.

Enfin, il faisait ce à quoi il avait pensé toute la soirée. Jamais encore il n'avait ressenti quelque chose d'aussi charnel, qui semblait venir du plus profond de lui-même.

Il n'eut pas le temps de s'en préoccuper, car Birdie entoura son visage de ses mains tout en se pressant maladroitement contre lui. Il cessa de réfléchir, se contentant de vivre cet instant. Les lèvres toujours entrouvertes, elle mêla sa langue à la sienne, et il goûta sa bouche, sentant l'ivresse le gagner.

Comment un simple baiser pouvait-il le chambouler à ce point ?

Submergé par le désir, il glissa les doigts dans ses épais cheveux brillants. De subtiles notes de noix de coco lui chatouillèrent les narines, et il se surprit à imaginer Bridget nue, alanguie, étendue sur une plage tropicale inondée de soleil.

Tandis que sa bouche explorait sa nuque parfumée, ses mains descendirent le long de son dos. Elles suivirent les contours de ses fesses avant de s'arrêter sur l'arrière de ses cuisses, sur sa peau nue douce et chaude, ce qui attisa encore son désir.

Il aurait dû s'arrêter, mais Bridget s'arqua contre lui, et il perdit pied.

Il pressa plus fort son corps contre le sien, sentant sa chaleur contre son membre durci. Puis, ouvrant les doigts en éventail, il osa les glisser sous le pli des fesses, en haut des cuisses.

Elle laissa échapper un gémissement qui faillit lui faire perdre la tête.

Jamais, de toute sa vie, il n'avait éprouvé de telles sensations. Il n'aurait pas cru cela possible. Il lui semblait qu'il allait se consumer sur place s'il n'en découvrait pas davantage, ici et maintenant.

Avant même qu'il s'en rende compte, ses mains écartaient ses cuisses, et il la caressa entre les jambes. Juste une fois.

Elle gémit de nouveau. À l'évidence, elle était prête à le recevoir.

— Tu m'as demandé... combien d'hommes j'avais connus... avant, murmura-t-elle, le souffle court. Et si je te disais qu'il n'y en a eu aucun ? Est-ce que cela changerait quelque chose pour toi ?

Bon sang, elle était vierge ! Et elle s'offrait à lui pour qu'il soit le premier !

Il devait s'en aller, mais ses jambes refusèrent de le porter.

Il n'avait pas pour habitude de déflorer les jeunes femmes. Il préférait les partenaires expérimentées, capables d'apprécier un rapport sexuel autant que lui. Il savait ce qu'elles voulaient et ce qu'elles étaient prêtes à donner en retour.

Mais cette fois, c'était différent. Bridget était différente, ce qui mettait son cerveau en alerte.

Elle aurait pu perdre sa virginité avec de nombreux soupirants depuis des années. Pourquoi avait-elle choisi de lui faire ce précieux cadeau ? Et qu'y avait-il en elle qui remuait si intensément ce qu'il y avait de plus primitif en lui ?

Il devait partir.

D'un seul coup, il redevint conscient des bruits de la boîte de nuit, et il recouvra ses esprits.

Comment avait-il pu oublier où ils se trouvaient, et qui elle était ? Il ne s'était pas contenté de l'embrasser en public, il avait agi de manière indécente. Jamais il n'avait perdu son sang-froid de cette façon.

Il devrait avoir honte.

Et pourtant, il n'avait qu'une envie : la prendre dans ce coin sombre, se perdre en elle...

C'était de la folie.

— Prends le temps d'arranger ta robe, dit-il entre ses dents avant de se retourner, soulagé de constater que personne ne les avait vus.

— Je ne peux pas croire..., balbutia Bridget d'une voix tremblante. Je n'ai vraiment pas l'habitude de...

— Moi non plus, je t'assure.

— Pouvons-nous juste... oublier ce qui vient de se passer et nous en aller ?

Il hocha la tête sombrement.

— Oui, je pense que c'est la solution la plus sensée.

Dans la mesure où ils ne partiraient pas tous les deux ensemble, évidemment.

4

— Il s'appelle Tommy, il a neuf ans. Vers 10 heures ce matin, il a fait une crise d'asthme. Le temps qu'on arrive, il était en arrêt respiratoire, et la ventilation se détériorait. Il y avait des vomissures dans les voies respiratoires.

Bridget écoutait en silence le médecin de l'hélicoptère faire son rapport à l'équipe.

C'était son dernier cas à ce poste avant qu'elle reçoive ses dernières instructions pour sa prochaine mission d'aide à l'étranger, dans trois jours.

Dans moins d'une semaine, elle serait dans le camp Jukrem. Et quelques jours plus tard, Hayden Brigham et son régiment de l'Ingénierie royale arriveraient à leur tour.

Elle avait souvent pensé à lui depuis cette soirée en discothèque. Trop souvent.

Irritée contre elle-même, elle revint à la réalité et au cas évoqué par l'urgentiste.

— Il faut le stabiliser pour pouvoir lui faire passer un scanner et vérifier s'il y a du liquide dans les voies respiratoires, poursuivit le médecin.

Chacun s'activa pour installer les moniteurs et administrer l'anesthésique et les médicaments. Heure après heure. Tout en intercalant d'autres patients quand il y avait un moment de répit suffisamment long.

Puis ce fut la fin de sa période de travail, et elle repartit vers l'appartement exigu qui lui tenait lieu de logement.

Bientôt elle n'aurait plus à traiter de cas d'asthme, de diabète ou d'emphysème, et quelques autres qui constituaient la base de son travail au Royaume-Uni. À la place, elle devrait faire face à la malaria, la tuberculose, la rougeole, et à ce qui était presque toujours sous-jacent : la malnutrition.

Et cette fois, il y aurait une nouvelle complication avec l'arrivée de Hayden.

Elle avait beau essayer de chasser le souvenir de l'autre soir, rien n'y faisait. Elle ne parvenait pas à ignorer ce qu'il s'était passé, pas plus qu'elle ne pourrait éviter de voir Hayden jour après jour. La seule solution, c'était de trouver le moyen de vivre avec.

Perdue dans ses pensées, elle ne se rendit pas compte qu'elle avait dépassé son arrêt de bus une fois sortie de l'hôpital.

Elle aurait pu faire demi-tour, mais il avait cessé de pleuvoir, et elle avait envie de marcher. Cela l'aiderait peut-être à s'éclaircir les idées...

Hayden était à plus de la moitié de sa course à pied de douze kilomètres, quand il aperçut Bridget qui marchait sur le trottoir devant lui.

Il en eut presque le souffle coupé.

Il aurait pu passer près d'elle en courant et l'éviter facilement, car elle avançait la tête baissée, manifestement indifférente à ce qui l'entourait.

Il n'était pas censé la revoir avant ce camp au milieu du désert. Pourtant, il devait bien admettre qu'il en avait envie, car il n'avait pas réussi à chasser le souvenir de la soirée en discothèque. Sinon, pourquoi aurait-il choisi un parcours qui passait si près de l'hôpital dans lequel elle travaillait ?

— Hello, Birdie.

Elle releva brusquement la tête, l'air choqué.

— Hayden...

— Hayd, corrigea-t-il suavement, comme si cela avait la moindre importance.

— Hayd, répéta-t-elle avec application.

Aussitôt il se sentit redevenir le collégien excité de la dernière fois, attiré par ses lèvres entrouvertes.

Décidément, quelque chose n'allait pas chez lui !

— Qu'est-ce que tu fais ici ? demanda-t-elle, rompant le silence.

— Je cours.

Elle parcourut du regard son T-shirt et son short de sport.

— Oh. Désolée, j'aurais pu m'en douter.

C'était curieux, cette façon qu'elle semblait avoir de toujours se déprécier.

— Et toi ?

— Je rentre chez moi, je viens juste de finir de travailler.

— Pas de voiture ?

Elle haussa les épaules.

— C'est toujours difficile de se garer, ici.

Il y avait une gêne évidente entre eux, au point qu'il se demanda comment allaient se passer les prochains mois, quand ils se retrouveraient au camp.

— On devrait peut-être... se parler, commença-t-il.

Mais Bridget secoua vigoureusement la tête.

— Il ne vaudrait mieux pas.

— Nous allons bientôt nous retrouver dans un environnement inconnu où nous devrons travailler à proximité l'un de l'autre pendant trois mois. Ce ne sera déjà pas facile, mais si nous ne réglons pas ce qu'il y a entre nous, ce sera carrément l'enfer.

Elle se mordit la lèvre.

— Il me semble que tu as été suffisamment clair quand je me suis en quelque sorte offerte à toi, et que tu m'as rejetée.

— Attends. Je ne t'ai pas rejetée...

— Bien sûr que si. Je ne t'en blâme pas, mais je n'ai vraiment pas envie d'en reparler avec toi. Surtout au beau milieu d'un trottoir et dans une rue très passante.

— Alors rentre chez toi. Je vais retourner à mon hôtel pour me doucher et me changer, et je passerai te prendre dans une heure. On pourrait aller manger un morceau ?

Elle parut horrifiée.

— Pour parler de ça dans un restaurant plein de monde tout

en essayant de manger ? Ah non, merci. J'ai été suffisamment humiliée.

— Il nous faut résoudre ce problème, Birdie, dit-il doucement. Avant que nous nous trouvions dans un environnement où notre difficulté à être ensemble risquerait de se répercuter sur notre travail.

À cet instant, l'estomac de Bridget se mit à gargouiller bruyamment.

— Tu vois, dit-il en souriant. Tu as faim, après tout.

Elle bredouilla quelques mots avant de lui jeter un regard noir, mais peu lui importait. Cela ne l'empêchait pas d'avoir toujours cette sensation d'excitation dans le ventre.

— Bon, lâcha-t-elle enfin. Dans une heure.

— Je passerai te prendre.

— Je préfère qu'on se retrouve en ville. Où penses-tu aller ?

— Je connais un restaurant italien, si cela te tente.

— Parfait, répondit-elle un peu sèchement quand il lui eut donné l'adresse.

Puis elle lui tourna le dos et se remit à marcher, cette fois avec la tête bien droite.

Il resta un moment à la regarder s'éloigner avant de se décider à se remettre à courir dans l'autre sens.

Soudain, il entendit un rugissement de moteur suivi d'un hurlement, et se retourna juste à temps pour voir une fourgonnette remplie de jeunes gens hilares filer à toute vitesse.

Bridget se tenait debout sur le trottoir, trempée de la tête aux pieds, à côté d'une immense flaque d'eau qui recouvrait le macadam.

Il courut la rejoindre et l'entraîna un peu plus loin avant qu'un autre véhicule recommence.

Son visage, ses vêtements… Elle n'avait plus rien de sec.

— Pourquoi ont-ils fait ça ? se lamenta-t-elle, de l'eau dégoulinant de ses cheveux, manifestement indignée et sous le choc. Ils l'ont fait exprès, juste pour s'amuser.

— Le plus important, c'est que tu te changes et que tu te sèches. Ton appartement est loin d'ici ?

— Trop loin. L'hôpital est plus près.

Mais il se trouvait au moins à un kilomètre et demi.

— Mon hôtel est à côté. En traversant le parc, on peut y être dans cinq minutes.

Bridget fronça les sourcils.

— Ton hôtel ? Je croyais que vous étiez logés dans une caserne ?

— Habituellement, oui. Mais parfois, j'ai envie d'avoir un peu de tranquillité, à l'écart des autres. C'était aussi ce que faisait mon père quand il ne pouvait pas rentrer à la maison et qu'il ne supportait plus la promiscuité de la caserne.

Elle hocha la tête sans répondre.

Sans attendre il prit son sac à dos et sa veste.

— Est-ce que tu peux courir ? Cela maintiendra ta température corporelle, et on arrivera plus vite.

— Que se passera-t-il quand on arrivera ? demanda-t-elle en le regardant d'un air méfiant.

— Si tu crains de te retrouver dans la même pièce que moi, je peux très bien me doucher dans la salle de gym de l'hôtel et te laisser ma salle de bains. Et je pourrai te donner des vêtements secs.

— C'est inutile. J'ai une tenue de rechange dans mon sac à dos.

— Bien. Plus on tardera, plus tu risques de te refroidir et de tomber malade. Alors, si tu n'y vois pas d'objection, on pourrait peut-être y aller ?

Après un bref hochement de tête, elle commença à courir.

D'abord un peu raide, sa foulée se fit plus souple, et quand ils arrivèrent devant l'hôtel, elle semblait avoir recouvré son calme.

Il la vit se raidir de nouveau quand ils se retrouvèrent devant la porte de sa chambre et qu'il glissa sa carte dans le lecteur avant de la suivre à l'intérieur.

— Je croyais que tu n'entrais pas ? dit-elle d'une voix tendue.

Il leva les mains en l'air d'un air moqueur.

— Je vais juste chercher des vêtements, et je disparais de ta vue.

Joignant le geste à la parole, il ouvrit sa penderie, effectua une rapide sélection et se dirigea vers la porte.

— Prends tout le temps que tu voudras, dit-il en refermant derrière lui.

Une fois dans le couloir, il se demanda ce qu'il était en train de faire. Car, loin de clarifier la situation, il semblait qu'il n'avait fait que la compliquer davantage.

5

Le regard de Bridget resta un instant fixé sur la porte fermée, tandis qu'elle se demandait quelle était cette sensation dans sa poitrine.

Pourquoi y avait-il une partie d'elle qui voulait que Hayden revienne dans la chambre et qu'ils reprennent ce qu'ils avaient commencé dans la boîte de nuit ?

Mais elle n'était probablement pas son genre de femme – pas assez jolie ni assez sexy pour plaire à un homme comme lui.

Bref, elle n'était pas assez bien.

Elle avait cessé d'être assez bien le soir où son père avait été arrêté. Du jour au lendemain, d'élève populaire, elle était devenue un paria. Plus personne ne voulait être vu en train de parler avec elle. Aucune fille ne voulait plus la fréquenter, quant aux garçons, ils ne voulaient surtout pas être surpris en train de la draguer. Nombreux étaient pourtant ceux qui lui avaient proposé d'avoir une rapide relation sexuelle à l'arrière d'une voiture, dans une grange abandonnée ou dans n'importe quel autre endroit – du moment qu'on ne les voyait pas en sa compagnie.

Elle s'enorgueillissait de n'avoir jamais été désespérée au point de céder. Elle était donc devenue une exclue et avait vécu son adolescence dans l'ombre de la disgrâce de son père, prenant soin de sa mère fragile. Son estime de soi ne s'en était jamais totalement remise. Préserver sa virginité était devenu une source d'embarras davantage que de fierté. Comment expliquer à un amant potentiel qu'elle était encore vierge à plus de vingt ans, alors que toutes les filles qu'elle connaissait ne l'étaient plus depuis longtemps ?

Quelque part, cela aurait été commode qu'elle perde ce précieux fardeau avec Hayden, un homme expérimenté qui avait eu tant de partenaires qu'il l'aurait vite oubliée. Mais en réalité, elle n'y avait plus du tout pensé quand il l'avait embrassée dans la discothèque. Elle s'était sentie prise de vertige, comme grisée, tous les sens en éveil au point de laisser cet homme qu'elle voyait pour la première fois la toucher intimement dans un coin sombre d'un lieu public.

Comme si lui-même s'était laissé emporter à cet instant...

Jusqu'à ce qu'il la rejette.

Enfin, elle allait finir par s'en remettre ! Il ne voulait pas d'elle, point. Pas de quoi en faire une histoire.

Hayden était seulement ici parce qu'il avait promis à Mattie de veiller sur elle. La meilleure chose à faire à présent, c'était de prendre sa douche et de se préparer, puis de le libérer de cette charge inutile en sortant d'ici.

Oh ! non ! N'étaient-ils pas censés aller manger quelque part pour discuter de cette fameuse soirée afin de détendre l'atmosphère avant de se retrouver en mission conjointe à Jukrem ?

Le jet était fort et très chaud. Bien mieux que la douche qu'elle avait dans son propre appartement, et nettement préférable aux douches solaires qui seraient son lot durant les prochains mois. Les cinq minutes prévues s'allongèrent, et elle prit tout son temps pour se laver les cheveux et le corps.

Ce n'était pas seulement l'eau boueuse de la flaque qu'elle nettoyait, mais aussi les mauvais souvenirs enfouis et son manque d'adaptation sociale que Hayden Brigham avait découvert par inadvertance. Elle se frotta longuement, jusqu'à ce que tout soit parti et qu'elle se sente fraîche et comme neuve, plus *entière* qu'elle ne l'avait été depuis longtemps.

Après s'être rapidement séché les cheveux et avoir revêtu un pantalon de yoga souple et un T-shirt, il lui sembla qu'elle était plus maîtresse d'elle-même.

Puis on frappa doucement à la porte, et son cœur s'emballa dans sa poitrine.

Pas si maîtresse d'elle que ça, finalement.

Elle prit une profonde inspiration et ouvrit la porte.

Hayden entra et emplit l'espace par sa simple présence, et elle ressentit dans la poitrine quelque chose d'inconnu qu'elle fut incapable d'identifier.

Elle avait du mal à l'admettre mais, à vingt-six ans, elle n'avait encore jamais rien éprouvé de pareil. Certes, elle en avait entendu parler. Elle avait même lu quelques-uns de ces romans que l'on s'échange dans les camps médicaux, qui racontent des histoires à la fin desquelles les héros s'unissent et vivent heureux pour toujours. Cela lui changeait les idées, au moins le temps de la lecture. Mais elle n'avait jamais vécu *ça*. Elle n'avait même pas cru que cela existait.

Puis sa rencontre avec Hayden avait bouleversé toutes ses certitudes.

— J'emballe mes affaires, et je te laisse la place, dit-elle aussitôt.

— Tu n'as pas besoin de te sentir gênée, dit-il doucement.

— Évidemment que je me sens gênée, rétorqua-t-elle d'un ton sec pour tenter de déguiser le tremblement de sa voix. Je me suis laissé emporter dans cette discothèque, j'ai fait des choses que je n'avais encore jamais faites avec personne... Et ensuite tu m'as rejetée.

Une lueur brilla dans les yeux bleu clair. Hayden ne répondit pas, se contentant de croiser les bras sur sa poitrine.

— Laisse tomber, lâcha-t-elle en ramassant ses affaires, les mains tremblantes. Il faut que j'y aille.

— Attends !

C'était plus un ordre qu'une prière, et elle se figea sur place.

— Que les choses soient bien claires : je ne t'ai pas rejetée.

— Allons donc. Tu t'es empressé de t'enfuir.

Elle le vit hésiter, puis son expression s'adoucit.

— Tu te trompes, Birdie. Si je me suis enfui, c'est parce que j'étais sur le point de perdre la tête. J'avais oublié où on était, et j'ai failli te prendre là, contre le mur. Tu te rappelles ?

Si elle se rappelait… C'était un miracle qu'ils ne se soient pas fait surprendre. De son côté, elle ne pensait pas qu'elle aurait pu s'arrêter s'il ne l'avait pas fait.

— Si nous le voulions tous les deux, pourquoi n'avons-nous pas continué ?

— Tu veux dire… À part le fait qu'on se trouvait dans un lieu public et que tu es vierge ?

— C'est ça qui te dérange le plus ? Ma virginité ?

— Bien sûr que non. Mais tu t'es préservée tout ce temps pour un partenaire qui te méritera. Je ne suis pas quelqu'un de sérieux, Birdie. Ma sœur t'a assez avertie. Je ne pourrais que te faire du mal.

— Tu ne comprends pas, répondit-elle. Il ne s'agit pas de me mériter ni de me blesser ou pas. Il est question que je choisisse qui je veux.

Elle se gratta la gorge.

— Et je te veux, toi, ajouta-t-elle d'une voix qu'elle ne reconnut pas elle-même.

Hayden secoua la tête.

— Mais non, protesta-t-il d'un ton étrangement rauque. Tu ne me connais pas.

— C'est toi que je veux. Une nuit, et c'est tout.

— Tu n'es pas le genre de fille à faire ça juste une nuit.

— Peut-être que si, je n'ai jamais essayé.

Il s'étrangla à moitié. Elle le touchait plus qu'elle ne l'aurait cru.

— Je suis sûr que non, assura-t-il faiblement. Tu es une fille qui a besoin d'autre chose. Tu mérites davantage.

— Et toi, tu n'en sais pas autant que tu le crois.

— Je sais que je ne suis pas quelqu'un de bien, Birdie.

Mais elle vit son regard bleu briller, et sa voix la fit frissonner.

— Peut-être que je n'ai pas envie de quelqu'un de bien, et qu'un homme pas sérieux est exactement ce qu'il me faut ?

— Birdie…

Cette fois, elle en était sûre, Hayden éprouvait la même

sensation que celle qui envahissait tout son corps. Oui, Hayden Brigham la désirait. Très fort.

C'était le sentiment le plus grisant qu'elle ait jamais connu. Elle s'était mise à trembler. Et cette fois, ce n'était pas de peur ou d'incertitude, mais d'impatience.

Elle devait s'enhardir maintenant, sinon elle le regretterait toute sa vie.

D'un seul mouvement, elle passa son T-shirt par-dessus sa tête et le jeta par terre.

— Qu'est-ce que tu fais ? demanda Hayden d'une voix éraillée.

Elle l'ignora. Glissant les pouces sous la taille élastique de son pantalon de yoga, elle le rabattit. Il se retrouva autour de ses pieds nus, et elle l'enjamba aussitôt.

Cette fois elle ne portait plus rien d'autre sur elle que son plus joli slip, et elle défia Hayden du regard.

— Birdie, grommela-t-il.

Il n'ajouta rien, ne fit pas un mouvement. Elle hésita quelques secondes, mais elle pouvait difficilement s'arrêter maintenant, alors elle avança vers lui.

Hayden secoua faiblement la tête.

— Tu ferais mieux d'être certaine de ce que tu veux, Birdie… Si tu te rapproches trop, je ne réponds plus de rien.

Elle fit un pas en avant.

— Comme ça ?

Puis un autre.

— Comme ça ?

Elle était tout près de lui. Tendant la main, elle la posa sur le devant de son pantalon et tressaillit quand il poussa un grognement.

Il était en érection. Et c'était *elle* qui avait déclenché ça !

— Birdie, murmura-t-il en la prenant par le poignet. Tu as attendu toutes ces années pour me faire ce cadeau… Es-tu sûre de toi ?

— Je me tiens nue devant toi, répondit-elle avec une sérénité qu'elle ne se connaissait pas. Comment pourrais-je en être plus sûre, Hayd ?

Il ne résista plus. Passant la main sur sa nuque, il l'attira à lui et écrasa sa bouche contre la sienne.

Comme elle en avait rêvé depuis le soir de leur rencontre, il goûta ses lèvres puis glissa sa langue entre elles pour explorer sa bouche encore et encore, comme s'il ne pouvait pas s'en lasser. En même temps, il laissait courir ses mains sur elle, suivant les courbes de son corps comme s'il essayait d'en mémoriser chaque contour.

Elle frémissait sous son contact, c'était comme si elle brûlait. Mais ce n'était pas encore assez.

Elle batailla avec les boutons de sa chemise.

— Rien ne presse, dit-il.

— Je veux te sentir. Nu. Contre moi, répondit-elle, étonnée par son audace.

— Ah.

En deux temps trois mouvements, il retira sa chemise et passa son T-shirt par-dessus sa tête avant de les lancer à travers la pièce.

Elle put enfin se remplir les yeux du spectacle de son torse ferme et musclé.

Lentement, ses mains partirent en exploration sur ses épaules et ses bras, mais elle n'osa pas y mettre la bouche, n'étant pas sûre de son effet sur Hayden. Quand il planta sur sa nuque des petits baisers dévastateurs, elle poussa un gémissement de volupté.

— Hayd...

Il pencha encore la tête, butinant son cou et sa poitrine. Puis il saisit la pointe d'un sein dans sa bouche, et elle sentit la fièvre la gagner.

La prenant dans ses bras, il la porta jusqu'au grand lit où il la déposa, et elle se débarrassa vivement de son slip, s'offrant tout entière à son regard, tandis qu'il arrachait avec un grognement ses propres vêtements.

Bon sang, qu'il était beau et viril !

Soulevant une de ses jambes, il commença à lui embrasser la cheville, et elle le regarda, fascinée, remonter peu à peu jusqu'au genou. Il progressa à l'intérieur de la cuisse, ses baisers devenant plus brûlants là où la peau était de plus en plus sensible.

Puis il arriva… *là*.

Levant les yeux, il croisa son regard, lui sourit, et enfouit soudain la tête entre ses jambes.

L'agrippant par les épaules, elle se mit à haleter et à pousser de petits gémissements incontrôlables, ne reconnaissant plus sa voix. Elle en avait entendu parler, elle avait lu des articles là-dessus, mais rien n'aurait pu la préparer à cette sensation.

— S'il te plaît, Hayd !

— Oui ?

— S'il te plaît…

Elle ne savait même pas ce qu'elle voulait.

Il la caressa avec un doigt, puis deux, jusqu'à ce qu'elle halète son prénom puis pousse un grand cri.

Il lui fallut un long moment pour recouvrer ses esprits.

Hayden était allongé près d'elle, une expression indéchiffrable sur le visage.

— C'était…, commença-t-elle d'une voix hésitante.

— Ce n'était que le début, assura-t-il avec un sourire. Es-tu prête pour la suite ?

L'était-elle vraiment ? Mais elle n'allait sûrement pas dire non.

Déjà, Hayden était penché sur le tiroir de la table de nuit et en sortait un petit sachet.

Lui, au moins, il pensait à les protéger.

Puis il glissa de nouveau son corps magnifique à côté d'elle, et quand il la prit dans ses bras, elle lui ouvrit ses jambes. Il poussa un grognement, et elle se demanda si elle n'avait pas un peu plus de pouvoir qu'elle ne le pensait.

Elle bougea un peu pour le sentir contre elle.

— Doucement, Birdie, grommela-t-il. Sinon je ne te promets pas de pouvoir me retenir.

Il se mit à jouer avec elle, alternant des caresses brèves et d'autres plus appuyées, et elle ne tarda pas à haleter de nouveau.

— Cette fois, nous allons le faire ensemble, murmura-t-il.

— Je ne sais pas si je saurai, gémit-elle, se rappelant soudain à quel point elle était inexpérimentée.

— Oh ! Birdie… Je vais te prouver le contraire.

Il commença à bouger, d'abord lentement, puis ses mouvements se firent plus fermes. Elle sentit une douleur pendant un bref instant, puis cela disparut.

Elle se rendit compte qu'il la pénétrait et se contracta instinctivement tandis que son membre dressé se glissait en elle.

— Relax, murmura-t-il. Je te promets d'aller doucement.

— Ça... tire.

— Attendons un peu, dit-il, appuyant son front sur le sien comme s'il devait faire un effort pour se contrôler.

Elle lut le désir dans son regard et, se sentant en confiance, elle eut soudain envie de bouger les hanches et commença lentement.

— Ça va mieux ? demanda-t-il d'une voix rauque.

— On peut dire ça, répondit-elle en souriant.

— Bien.

Il se mit à bouger de son côté, et le rythme s'accéléra peu à peu tandis qu'elle sentait le plaisir monter. Elle posa les mains sur le bas de son dos pour l'accompagner dans son mouvement.

— Je ne sais pas ce que tu me fais, mais tu me tues, Birdie, grogna-t-il.

— Je ne sais pas ce que je fais non plus, avoua-t-elle. Je sais seulement que je te veux en moi.

— J'essaie d'aller doucement.

— Oui, mais je ne suis pas certaine d'avoir envie que tu sois doux avec moi.

Levant les jambes, elle les noua autour de ses hanches pour qu'il pénètre plus profondément en elle. Il grogna de nouveau et bougea plus rapidement. Chaque fois qu'elle soulevait les hanches pour aller à sa rencontre, il s'enfonçait plus profondément et plus vite en elle, jusqu'à ce que leurs souffles de plus en précipités se confondent. À chaque mouvement, son torse se frottait à ses seins, et elle s'ouvrait de plus en plus à lui.

Mais cette fois, quand elle atteignit le sommet du plaisir, ils crièrent tous les deux.

Il faisait nuit noire lorsque Hayden se réveilla, Bridget toujours lovée dans ses bras.

Le subtil parfum de noix de coco exhalé par ses magnifiques cheveux titilla ses narines, lui donnant envie d'inspirer plus profondément pour capturer sa véritable essence.

Ils avaient encore fait l'amour – ou plutôt eu un rapport sexuel – à deux reprises après la première fois. D'abord sous la douche, puis de retour au lit. Et son corps devenait dur à nouveau, tant il avait encore envie d'elle.

Il ne pouvait pas s'en lasser.

Et il ne parvenait pas à se débarrasser de cette étrange sensation qui remuait en lui : comme si cette femme était différente de toutes celles qu'il avait connues, et qu'il ne serait jamais rassasié d'elle.

Parfaitement ridicule.

Néanmoins, il n'avait pas envie de bouger, pour ne pas risquer de rompre le contact avec elle.

Mais peut-être Bridget avait-elle senti qu'il était réveillé, car elle remua dans ses bras et s'étira voluptueusement avant d'ouvrir les yeux et de le regarder.

Spontanément, il sourit, se sentant captivé par elle, avant de se répéter silencieusement qu'il ne fallait pas. Il dut froncer les sourcils, car le visage de Bridget se ferma.

— Il est peut-être temps que je parte ? dit-elle d'un ton hésitant, se redressant déjà.

— Non.

Il avait répondu sans réfléchir, alors qu'il aurait sûrement mieux valu qu'elle s'en aille.

— Reste encore un peu.

Tendant le bras, il l'attira de nouveau contre lui.

Avec elle il se sentait bien, le cœur léger.

Son corps sublime de pin-up des années soixante s'offrait à son regard. Ses cheveux noirs et brillants tombaient en cascade sur ses épaules, recouvrant un sein.

D'une main, il les repoussa sur le côté, tandis que son corps se tendait de plus en plus. Quand il lui effleura la pointe du sein, elle poussa un long soupir.

— Ne sommes-nous pas en train de compliquer encore plus les choses ? demanda-t-elle, manifestement sans grande conviction.

Tous deux savaient parfaitement que ce qu'ils faisaient était déraisonnable, mais ni l'un ni l'autre ne semblaient pouvoir s'en empêcher.

— Dans moins d'une semaine nous serons à l'étranger, dit-il. Tu t'occuperas de tes patients et moi de ta clinique, en veillant à ce que le drainage soit correct, qu'il y ait de l'eau potable et que l'électricité fonctionne.

— Je sais.

Elle pinça les lèvres.

— Alors, ce que nous faisons ici est sûrement inapproprié.

— C'est une complication, peut-être. Mais ce n'est pas inapproprié. Il y a une ligne bien définie entre les deux : ici, et là-bas.

Il n'ajouta pas que ça ne serait sans doute pas si facile, surtout s'il était question de Bridget Gardiner et de sa propre libido.

— Du genre « ce qu'il se passe à Vegas reste à Vegas » ? demanda-t-elle.

— Exactement, répondit-il, luttant contre l'envie de poser les mains sur ses hanches.

Elle lui jeta un coup d'œil dubitatif.

— Et ça va marcher ?

— Pourquoi pas ?

À vrai dire, il n'avait jamais eu à se préoccuper de ce genre de problème auparavant puisqu'il n'avait encore jamais été tenté de franchir les limites qu'il s'était lui-même imposées.

— Ou bien, on peut arrêter, se força-t-il à ajouter, tout en s'en sachant incapable.

Il vit Bridget rougir, et elle laissa ses mains courir sur son torse.

— Je ne crois pas que je pourrais, murmura-t-elle.

— Alors, on ne s'arrêtera pas.

Il l'attira plus près.

Cette fois, elle bougea de façon que son corps se trouve au-dessus de lui. Rejetant la tête en arrière, elle l'introduisit en elle, et il eut l'impression de rentrer chez lui.

6

La porte de la salle de soins intensifs s'ouvrit brusquement, et une infirmière entra précipitamment, portant un jeune enfant très pâle et souffrant visiblement de malnutrition.

Bridget se hâta de la rejoindre, oubliant que c'était la fin de sa garde et qu'elle s'apprêtait à partir.

— Il a été amené au centre pédiatrique, mais il ne respire plus, et son pouls est lent, annonça Lisa en allongeant l'enfant sur le lit.

Bridget saisit le masque respiratoire et le relia à l'oxygène avant de préparer l'adrénaline. Une autre infirmière annonça l'heure, et Lisa commença les compressions de la poitrine.

La perte de poids pouvait être un symptôme de la malaria, de la tuberculose, de la rougeole, ou d'autres maladies que l'on trouve sur le continent africain. Mais tant que l'enfant ne serait pas réanimé et son état stabilisé, on ne pourrait même pas émettre un début de diagnostic.

Bridget n'aurait pas su dire combien de temps elles s'évertuèrent sous une température de quarante-deux degrés, la sueur leur coulant le long du dos.

Enfin, le petit garçon se remit à respirer, assisté par un masque à oxygène, et son pouls redevint normal.

Elle poussa un soupir de soulagement, heureuse que leurs efforts soient couronnés de succès, contrairement à la veille où une petite fille était morte malgré toutes leurs tentatives pour la ranimer.

Aujourd'hui au moins, sa période de travail se terminait positivement.

— C'est plutôt calme ce soir, observa-t-elle, en faisant le tour de la pièce du regard.

— Il n'y a pas eu de nouvelles admissions, et les consultations se sont achevées plus tôt, confirma Lisa. L'équipe de nuit est réduite au strict minimum. Toi, en tout cas, tu as fini. Tu peux rentrer te détendre, on se voit demain.

En sortant de la tente, Bridget resta un instant debout dans la chaleur et tourna son visage vers le soleil.

Elle ne se rappelait pas avoir jamais été aussi fatiguée. Elle n'avait rejoint le camp médical que depuis quatre jours, et il lui semblait déjà que cela faisait une éternité.

C'était un job dur, épuisant, et en même temps – quand ils arrivaient à sauver une vie – le plus gratifiant du monde. Car ici, même les médicaments et les équipements de base n'étaient pas toujours faciles d'accès pour les habitants.

Encore maintenant, elle se rappelait le tout premier cas de sa toute première mission, des années auparavant...

Un très jeune enfant. Elle avait écouté son mentor lui expliquer qu'elle aurait simplement à suivre de près l'évolution de son cas en lui soulevant la paupière à la recherche d'un léger tremblement, ou en contrôlant la rigidité de son bras afin de vérifier s'il y avait toujours des manifestations de crise d'épilepsie. Ensuite, il fallait se baser sur les fonctions vitales pour déterminer quel traitement administrer et la quantité de diazepam nécessaire.

— Comment savoir combien je dois utiliser ? avait-elle demandé, se sentant envahie par un sentiment d'impuissance.

Elle revoyait encore l'expression de son mentor, mi-souriante, mi-grimaçante.

— Base-toi sur les fonctions vitales, avait-elle répété. Si on n'en donne pas assez, la crise continuera. Si on en donne trop, cela peut entraîner un problème respiratoire. On fait du mieux que l'on peut.

Elle avait regagné son logement complètement terrifiée.

Pourtant, au bout d'à peine quelques jours, elle avait pris ses marques.

Et maintenant, bien des années et des missions plus tard, elle trouvait cela terriblement normal.

Tous les jours, elle voyait des cas de rougeole, de malaria, de méningite, et elle avait déjà mis au monde plus de bébés en quatre jours qu'en quatre mois au Royaume-Uni. Mais elle n'était toujours pas habituée aux décès. Et elle espérait qu'elle ne le serait jamais.

Le principal problème de l'endroit où ils se trouvaient, c'était qu'il était situé si loin dans le bush qu'il n'y avait aucune ville ni marché, et encore moins d'hôpital. Les gens des environs n'étaient pas habitués à bénéficier d'une aide médicale, à moins de marcher durant deux jours ou plus pour accéder à la ville la plus proche et à son hôpital sous-équipé et en sous-effectifs. Souvent, ils n'arrivaient à la petite clinique humanitaire qu'une fois qu'il était trop tard pour que ses collègues et elle puissent vraiment leur venir en aide.

En arrivant au petit *tukul* qu'elle partageait avec une autre infirmière, elle s'arrêta net en la voyant se recouvrir les ongles des pieds d'une laque d'un rouge brillant.

— Mauvaise journée ?

Sara sourit, toujours absorbée par sa tâche.

— Heureusement, non. J'ai juste envie de me sentir un peu plus féminine… Autant que faire se peut, bien sûr, quand on est habillée en pantalon de treillis, T-shirt et sandales poussiéreuses à longueur de journée.

Elle se poussa un peu pour la laisser entrer dans leur case de boue d'une seule pièce, meublée de deux lits équipés chacun d'une moustiquaire et de deux espèces de petites commodes.

Il était prévu de faire construire d'autres *tukuls* de sorte que chaque membre du personnel ait son havre de paix, si minuscule soit-il. Mais le toit d'un des vieux bâtiments du village abandonné où la plupart des gens devaient être logés s'était affaissé. En attendant qu'il soit réparé, tout le monde devait se serrer un peu.

Sara agita son flacon rouge vif.

— Tu en veux ? Ce sera notre façon de marquer le coup à la soirée.

Bridget fronça les sourcils.

— Il y a une fête ?

— En quelque sorte, répondit Sara en riant. L'unité de l'armée est arrivée cet après-midi, et nous allons leur souhaiter la bienvenue. Puisque nous allons travailler en étroite collaboration dans les mois qui viennent, cela permettra de briser la glace et de faire connaissance plus rapidement. Voilà pourquoi la clinique a fermé plus tôt ce soir. À moins d'une urgence, on va toutes se rendre à la fête organisée pour leur arrivée.

Bridget se laissa tomber sur sa couchette, plus nerveuse qu'elle ne l'aurait souhaité.

Cela faisait près d'une semaine qu'elle avait quitté l'Angleterre, et Hayden Brigham ne lui était toujours pas sorti de la tête. Des images de lui n'avaient pas cessé de surgir pendant les briefings et les séminaires, et tout le long du vol. Même durant le bref trajet de la capitale au camp de Jukrem, au lieu d'admirer le paysage recouvert d'une végétation luxuriante après les pluies, elle s'était repassé mentalement les moments qu'elle avait vécus avec lui. À tel point qu'elle avait été soulagée d'être convoquée à peine arrivée au camp pour que l'infirmière qu'elle remplaçait puisse lui passer directement le relais : l'agitation qui régnait dans la clinique était exactement ce dont elle avait eu besoin pour se changer les idées.

Et à présent, Hayd était ici ! Le régiment de l'Ingénierie royale était finalement arrivé, et elle allait le voir tous les jours. Soudain elle n'était plus aussi sûre de pouvoir se retrouver face à lui sans se rappeler en détail tout ce qu'il lui avait fait avec la bouche, les doigts et le reste…

Elle réprima un frisson d'excitation rétrospective.

Ce qu'il s'était passé cette nuit-là était terminé, cela *n'arriverait plus*. Plus tôt elle l'aurait enregistré, mieux cela vaudrait pour tout le monde. Elle n'était pas ici pour poursuivre une aventure avec le commandant Hayden Brigham ni avec qui que ce soit d'autre, mais parce qu'elle avait un travail à assurer. Un travail qu'elle avait toujours parfaitement assuré jusque-là.

— Alors, mon vernis à ongles, il t'intéresse ou pas ? insista Sara.

Elle hésita.

Au fil des années, elle avait souvent vu dans les camps des collègues utiliser des trucs de ce genre – du vernis à ongles, du mascara. Il y en avait même une qui portait un bracelet en faux diamants. Elle avait été tentée de les imiter, mais elle n'était pas allée jusque-là. Elle n'allait pas s'y mettre maintenant parce que Hayden Brigham était arrivé au camp, tout de même ?

Il ne signifiait rien pour elle, se rappela-t-elle. Ils avaient tracé une nette frontière entre le Royaume-Uni et ici. Même là-bas, il n'était que l'homme qui l'avait aidée à perdre sa virginité. Rien de plus.

Et il n'avait rien à voir avec sa décision de tendre finalement la main pour prendre le flacon de vernis.

Hayden saisit sa bouteille de bière et s'appuya contre le pilier.

Il n'était pas très attentif à la conversation qui se déroulait entre le commandant en second et la coordinatrice de la mission humanitaire. Il observait le reste des participants à la réception en se persuadant qu'il n'était pas en train de chercher la femme qui avait hanté ses pensées durant la semaine écoulée.

En dépit de ce qu'il avait dit à Bridget cette nuit-là à l'hôtel, il avait beaucoup pensé à elle durant ces derniers jours. Combien de fois ne s'était-il pas réveillé en érection après avoir rêvé d'elle ?

Comme s'il ne pouvait pas s'en lasser.

Il était donc soulagé que le camp de l'armée soit séparé du complexe médical. Son unité, ainsi que l'unité logistique et d'autres troupes de soutien, se trouvait à quelques centaines de mètres, sur la rive opposée d'un cours d'eau tari. Ainsi, ils ne seraient pas obligés de se croiser tous les jours.

Car, malgré toutes ses résolutions, une seule nuit avec Bridget, c'était loin d'être suffisant. Il y avait toujours ce désir qui couvait au fond de lui, et il n'était pas du tout certain qu'il soit destiné à s'éteindre. Peu importe combien de fois il se répéterait qu'il ne fallait pas mélanger le travail et le plaisir. Ou que les vierges, ce n'était pas son truc. Ou encore que, même si ses parents s'étaient bien entendus, cela avait beaucoup affecté sa mère d'être mariée à un militaire qui se trouvait plus souvent absent qu'à la maison.

Il s'était promis depuis longtemps qu'il ne ferait jamais vivre à une femme la même situation…

À vrai dire, s'il n'avait eu jusqu'à présent aucun mal à tenir sa promesse, c'était peut-être parce qu'il n'avait pas encore trouvé la femme qu'il lui fallait.

— Qu'est-ce que tu en penses, Hayd ?

— Pardon ?

— J'expliquais à Mandy que les reconnaissances que nous avons menées toute la semaine devaient d'abord déterminer si les enseignements fournis au Royaume-Uni correspondaient bien à la situation sur le terrain, avant de décider quelles infrastructures seraient notre priorité.

Mandy, la coordinatrice de la mission humanitaire, hocha la tête.

— Tout à fait. Je voulais juste que vous compreniez que ce que vous voyez maintenant est très différent des conditions auxquelles nous avons été confrontés à notre arrivée il y a deux mois.

Hayden se força à se concentrer.

— Pendant la saison des pluies ? demanda-t-il.

— Oui. Cette partie du pays devient boueuse, marécageuse. La rivière que vous voyez maintenant tarie a failli sortir de son lit. Les locaux construisent des routes chaque année, mais elles sont à chaque fois emportées par les flots. Cela fait longtemps que je travaille ici, le plus souvent dans l'hôpital principal qui se trouve à quelques heures de voiture d'ici. Il est important pour moi – et pour l'organisation que je représente – que nous tirions le meilleur parti de votre présence. Que nous mettions en place ce qui sera le plus bénéfique sur le long terme pour les villages des environs.

Elle était très directe, et il aimait ça. C'était bien mieux que de devoir essayer de deviner ce que votre interlocuteur ne vous disait pas.

— Aussi, je tiendrai volontiers compte de tous les conseils que vous nous donnerez, répondit-il, sincère. Non seulement je tiens à faire mon possible pour aider les gens de cette région, mais c'est aussi dans l'intérêt de l'armée. Alors, si vous voulez bien m'accompagner demain pour une tournée de reconnaissance, je vous mettrai au courant de ce que nous envisageons de faire pour l'instant, et je serais heureux de connaître vos impressions.

— Super, dit Mandy avec un sourire ravi. Je crois que ce sera un plaisir de travailler à vos côtés, même si ce n'est pas sur une base régulière. Excusez-moi, mais à présent je dois faire la tournée des nouveaux arrivants et les présenter au reste de la troupe.

Son commandant en second proposa de l'accompagner, et il les regarda s'éloigner.

— Bienvenue à Jukrem, Hayd.

Il se retourna un peu trop vivement pour quelqu'un qui n'était pas censé être intéressé.

— Bonjour, Birdie. Je commençais à croire que tu étais de garde cette nuit.

— En fait, je me faisais les ongles des pieds.

Machinalement, il abaissa son regard sur les sandales grossières habituellement portées dans les missions, et il sourit malgré lui.

— Très sophistiqué, commenta-t-il.

— Tu te moques de moi ?

— Pas du tout, je plaisante avec toi, rectifia-t-il. C'est très joli.

— Tu vas sans doute trouver ça ridicule, mais c'est étonnant comme ce genre de petit détail peut vous aider à retrouver un peu de féminité, surtout dans un endroit comme celui-ci.

Il n'avait pas besoin qu'on lui rappelle la féminité de Bridget, mais il s'abstint de le lui rappeler.

— Certainement. As-tu lu le journal du lieutenant-colonel Mervin Willett Gonin ?

— Qui est-ce ? demanda-t-elle en fronçant les sourcils.

— Il commandait une brigade d'ambulances au camp de concentration de Belsen, en 1945.

— Oh.

— Dans son carnet, il raconte que ses hommes et lui réclamaient du matériel et des aliments pour lutter contre la diphtérie, la dysenterie et la malnutrition. Les conditions dans lesquelles ils vivaient étaient inhumaines. Puis la Croix-Rouge est arrivée, et peu après une boîte de rouges à lèvres est apparue.

Bridget l'écoutait attentivement.

— Ce n'était pas du tout ce que ses hommes voulaient, pensant que ça ne les aiderait pas à soigner ces gens, pourtant cela s'est révélé être un trait de génie. Après avoir été traitées pendant des années pis que des animaux et avoir eu un numéro tatoué sur le bras, les femmes ont retrouvé brusquement un semblant d'humanité grâce à un petit tube de rouge à lèvres. C'était comme si elles revenaient à la vie. Alors tu vois, je comprends que le simple fait de te mettre du vernis à ongles puisse te faire du bien.

Bridget resta un long moment sans répondre.

— J'aimerais tant que des produits de beauté puissent aider tout le monde, dit-elle enfin.

Sentant qu'elle baissait sa garde, il attendit la suite, focalisé sur son visage expressif.

Elle poussa un long soupir.

— Ce matin j'ai eu une patiente, une jeune fille d'une quinzaine d'années qui a été transpercée d'un coup de lance au bas-ventre. Les hommes du village étaient partis chasser, et elle s'est trouvée au mauvais endroit au mauvais moment.

Il hocha la tête en silence, compréhensif.

— La blessure était sérieuse. Ils l'avaient soignée du mieux qu'ils ont pu en utilisant les médicaments qu'ils avaient. Mais il fallait l'opérer. Elle avait de la fièvre, des hallucinations, et elle présentait des signes évidents de septicémie. Ici à Jukrem, nous n'avons pas l'équipement chirurgical nécessaire. Par chance, nous avons reçu la visite d'un chirurgien de l'hôpital principal qui est resté quelques jours, et il a pu pratiquer une hystérectomie et lui sauver la vie. Mais dans une petite communauté comme celle-ci, on attache une grande importance à la fertilité. Sans la possibilité de faire des enfants, très peu de perspectives s'offrent à cette jeune fille.

Il hocha la tête.

— C'est une situation inextricable, dit-il en mesurant ses mots. D'un côté on lui sauve la vie, mais de l'autre on la condamne. Parfois, tu dois te sentir démunie. Impuissante.

Bridget lui jeta un coup d'œil surpris.

— Oui… C'est précisément ce que je ressens à chaque fois que je vois quelque chose de terrible arriver à quelqu'un d'innocent.

— Je ne suis pas certain que ce sentiment disparaîtra un jour, Birdie, dit-il avec douceur.

— Moi non plus. Mais je fais avec en essayant d'agir au mieux.

— Dis-moi, Birdie, demanda-t-il à brûle-pourpoint, que t'est-il arrivé dans le passé pour que tu t'enfuies ainsi et que tu ailles aider les gens dans des pays lointains comme le Sud-Soudan, le Népal ou Haïti ?

7

C'était comme si Bridget avait senti une pointe métallique lui pénétrer dans la poitrine.

Courageusement, elle tenta de se remettre du choc.

Les rumeurs de la petite fête s'étaient dissipées dans la nuit, et il n'y avait plus que le silence. Assourdissant.

Le pire, c'était la sollicitude avec laquelle Hayden lui avait posé cette question – comme s'il se souciait vraiment d'elle.

Tous deux s'étaient pourtant mis d'accord pour qu'il ne se passe plus rien entre eux !

— Qui a dit que je fuyais quoi que ce soit ? articula-t-elle enfin.

— Je suis commandant dans l'armée, répondit simplement Hayden. J'ai rencontré au cours des années de nombreux soldats et civils qui fuyaient quelque chose. Je sais reconnaître les signes.

— Tu te trompes, dit-elle, sentant la panique la gagner.

— Non.

Soudain il y eut comme de l'électricité entre eux.

Une partie d'elle voulait lui parler. Elle avait passé plus d'une décennie à enfouir le passé, et une seule question suffisait à lui donner envie de tout lui raconter ! Mais elle en était incapable. Elle ne trouvait pas les mots, et le silence s'étira entre eux.

— Tu ne pourras pas toujours t'enfuir, Birdie, murmura-t-il d'un ton compatissant qui la toucha au cœur. Si tu ne veux pas me parler, au moins trouve quelqu'un d'autre. On ne peut pas se cacher de soi-même éternellement. À un moment ou à un autre, crois-moi, tu devras faire face si tu veux connaître la paix.

— Je n'ai pas besoin de faire face, grommela-t-elle. Ici, j'ai la paix.

— Ici, tu as un but. Ce n'est pas la même chose.

— Alors, d'après toi, tout le monde fuit son passé ?

— Pas tout le monde. Mais toi, oui.

— Tu ne sais pas de quoi tu parles, s'irrita-t-elle, tout en sachant qu'il y avait du vrai dans ce qu'il disait.

Comment se faisait-il que Hayden puisse lire cette vérité en elle, alors que personne d'autre ne l'avait fait pendant toutes ces années ?

— Je sais que, ici, tu es quelqu'un de différent. Même si Mattie ne m'en avait pas parlé, de même que d'autres personnes ici aujourd'hui, je l'aurais remarqué à la façon dont tu t'animes chaque fois que tu parles de ton travail, comme tu l'as fait quand tu m'en as parlé à la discothèque.

Il avait parlé d'elle avec d'autres ? Toute la journée ?

— J'ai juste une passion pour mon métier. C'est ton cas à toi aussi, d'après l'opinion générale.

— Mais ici, tu es une autre personne. Plus libre, plus heureuse. Comme si tu avais subi une complète métamorphose.

« Plus libre ». N'était-ce pas le mot qui lui était venu à l'esprit à elle-même ?

— Je n'ai pas envie de parler de ça maintenant, dit-elle au bout d'un moment, tendue.

Elle n'avait pas dit jamais.

Hayden la regarda un instant, puis il hocha la tête.

— Alors, on n'en parlera pas.

— Non ? dit-elle faiblement.

C'était donc si simple ?

— Nous parlerons de ce que je ferai dans les semaines à venir autour de la clinique, poursuivit-il tranquillement. De sujets concernant le travail et qui ne te mettront pas mal à l'aise.

— Tu vas travailler autour de la clinique ? s'étonna-t-elle. Je croyais que vous projetiez d'agir à l'échelle du vaste terrain qui a été offert à l'armée. Tu m'as dit que vous projetiez de construire en contrepartie des infrastructures routières et des pistes d'atterrissage pour que la région ne soit pas isolée en période de pluie, quand le sol devient un vrai bourbier.

— C'est exact, mais notre mission a été étendue. Elle inclut des travaux de vérification de l'eau et du système sanitaire. Et on nous a demandé de construire des ouvrages pour protéger la clinique des inondations.

Elle se gratta la gorge.

— Je vois.

Ce qu'elle voyait surtout, c'est qu'elle s'était préparée psychologiquement à ce que le camp de l'armée se trouve à plusieurs centaines de mètres de là. Savoir qu'elle pouvait se cogner à lui à n'importe quel moment était complètement différent, et elle risquait d'avoir plus de mal à ne pas franchir la limite qu'ils s'étaient fixée.

— Birdie... ?

Si elle ne se contrôlait pas rapidement, elle allait vivre la pire mission médicale de toute sa carrière pendant ces trois mois.

— Désolée. Qu'est-ce que tu disais ?

— Je te demandais comment se sont passés tes premiers jours, répondit Hayden, affichant un air désinvolte. Est-ce différent des autres projets sur lesquels tu as travaillé ?

En revanche il ne lui demanderait pas si elle avait pensé à lui autant qu'il avait pensé à elle. D'ailleurs il ne comprenait toujours pas ce qui le fascinait tant chez cette femme.

Pourquoi elle ? Certes il appréciait d'avoir une aventure de temps en temps, mais il n'avait jamais eu de véritable relation. Jusqu'à présent il ne l'avait même pas envisagé. Alors pourquoi tenait-il tant à faire tomber les défenses de Bridget Gardiner et à comprendre comment elle fonctionnait ?

C'était pourtant bien lui qui avait parlé de limites à ne pas franchir. Il avait insisté pour qu'ils laissent au Royaume-Uni la nuit d'intimité qu'ils avaient connue et qu'ils se focalisent uniquement sur leur relation professionnelle – ce qu'il n'aurait eu aucune difficulté à faire avec n'importe quelle autre femme.

Et voilà que c'était lui qui était prêt à franchir ces limites.

— La semaine dernière a été mouvementée, répondit Bridget. Plus dure, plus épuisante et plus triste que je ne m'y attendais. Dans tous les camps précédents, il y avait une petite salle d'opération et au moins un chirurgien, mais cette fois nous n'avons même pas ça. Je n'ose pas penser au nombre de vies supplémentaires que l'on pourrait sauver, avec juste une autre tente et un professionnel de plus. Et pourtant...

— Pourtant ?

— C'est une telle satisfaction quand on réussit ! Le fait de perdre trois ou quatre personnes devient plus supportable quand on arrive à en sauver ne serait-ce qu'une seule.

— Je comprends, dit-il, se retenant de lui toucher la joue. Et sur quoi travailles-tu maintenant ?

Il vit ses yeux se rétrécir.

— Pourquoi fais-tu ça ?

— Tu veux dire, pourquoi je montre de l'intérêt pour ce que tu fais dans un projet humanitaire et militaire commun ?

En réalité, il n'aurait pas été aussi intéressé s'il s'était agi de quelqu'un d'autre. Mais il avait sincèrement envie qu'elle lui parle de son travail au sein de la mission et qu'elle lui dise comment elle s'y sentait.

Il secoua la tête.

— Même si nous devons faire une distinction entre notre vie personnelle et notre vie professionnelle, cela ne m'empêche pas de te demander comment tu te sens dans ton travail.

— Tu as vraiment envie de savoir comment s'est passée ma journée ? demanda-t-elle, l'air sceptique.

— Vraiment.

— Entendu, dit-elle lentement. Les principaux problèmes que nous rencontrons ici sont les complications qui surviennent pendant l'accouchement et les maladies en rapport avec l'eau, mais une des plus graves maladies que l'on a à affronter est le *kala-azar*. Ce n'est pas quelque chose que l'on étudie chez nous, mais ici c'est un problème majeur. Je me suis un peu renseignée, cependant je n'imaginais pas qu'autant de nos patients en seraient touchés.

— Je n'en ai jamais entendu parler, admit-il avec curiosité, sentant la passion et l'empathie qui animaient Bridget.

— Un de ses autres noms est la leishmaniose viscérale. Comme la malaria, le kala-azar est une maladie parasitaire transmise par la piqûre d'un phlébotome. Ce genre de moustique est si petit qu'il peut même passer à travers une moustiquaire classique.

Pourquoi avait-il soudain ce besoin inexplicable de la prendre dans ses bras ?

Il fronça les sourcils.

— C'est inquiétant, dit-il.

— Exactement, et pas qu'un peu. La maladie se développe lentement, avec pour symptômes de la fièvre, des glandes gonflées et une rate grossie, ce qui fait baisser le taux de globules rouges, de plaquettes et de globules blancs dans le flux sanguin. Le malade se trouve plus exposé à d'autres problèmes comme la tuberculose, la malaria, la diphtérie, la malnutrition, le choléra, la rougeole... Sans parler de l'anémie.

— Je suppose que ce sont les complications créées par ces autres maladies qui amènent les gens chez vous, plutôt que les symptômes du kala-azar lui-même ?

Il savait que dans des endroits comme celui-ci, à des heures – voire des jours – de marche d'une aide médicale prodiguée par des étrangers à qui les locaux ne font pas forcément confiance, il était souvent trop tard quand ces derniers arrivaient.

Bridget hocha la tête.

— C'est pourquoi, quand ils ne sont pas traités, la plupart des cas de kala-azar se révèlent fatals.

Son regard était triste, et il se demanda combien de cas elle avait déjà vus, et quel âge avaient les patients.

Ce ne devait pas être facile pour des filles comme sa sœur et elle de côtoyer constamment la maladie et la mort dans des régions déshéritées comme celle-ci.

Il essaya de se montrer positif.

— Mais si les patients arrivaient plus tôt, est-ce que le traitement serait applicable ?

D'un air désolé, elle secoua la tête, les yeux rivés aux siens, comme s'ils ne faisaient pas que discuter de cas médicaux mais qu'ils étaient réellement connectés.

— En fait, pas vraiment, dit-elle. D'abord, les médicaments sont chers, et il faut les conserver en permanence entre deux et huit degrés, ce qui ici relève du défi.

— En effet. Aujourd'hui, il a fait quarante degrés à l'ombre…

— Et puis, le traitement n'est pas simple, il y a des injections quotidiennes ou tous les deux jours, en intraveineuses ou intramusculaires, pendant au moins quinze jours voire plus d'un mois. Pour couronner le tout, les médicaments peuvent avoir de sérieux effets secondaires. Et je ne te parle pas des contre-indications d'autres traitements pour les autres maladies que j'ai mentionnées. Et si le patient est anémique, il a besoin d'une transfusion sanguine…

Ils restèrent longuement silencieux, mais il n'y avait plus aucune gêne entre eux. Tous deux étaient conscients qu'ils repartiraient dans quelques mois, contrairement aux locaux qui devraient rester vivre dans la région, et que cette injustice-là était irréparable.

— Bonsoir, Bridget.

Elle sursauta à la voix de Mandy, son chef de projet.

— Commandant, ajouta Mandy.

— Hayden, corrigea-t-il avec son fameux sourire.

Bridget eut du mal à le croire : Mandy se mit à glousser comme une écolière.

C'était un charmeur, certes, mais une femme mûre et assurée comme elle !

— Hayden, répéta Mandy avec un large sourire. Très beau prénom.

Son regard alla de l'un à l'autre.

— J'espère que je ne dérange pas ?

— Pas du tout, répondirent-ils en chœur.

Mandy, qui était connue pour être quelqu'un de très perspicace, les regarda avec un intérêt croissant.

— Est-ce que vous vous connaissez déjà ?

— J'ai travaillé avec Mattie... Je veux dire, le commandant Mathilda Brigham, la sœur de Hayden.

— Nous avons fait connaissance en Angleterre, précisa calmement Hayden.

— Je vois... Cela simplifie les choses quand on travaille ensemble.

Le cœur de Bridget s'emballa quelques secondes à cette idée.

— Il n'est pas prévu que nous travaillions étroitement, dit-elle. Si ?

— Ce n'est pas ce qui était prévu, mais Jukrem est un tout nouveau camp et nous ne savions pas vraiment à quoi nous attendre. Nous aurons une idée plus précise au fur et à mesure que nous avancerons. Je tiens à vous remercier, Hayden, pour les images satellites de la région que vos hommes nous ont apportées, et pour les photos aériennes qu'ils ont prises avec leurs drones à la recherche de ruisseaux, de puits ou de réservoirs.

— Avec plaisir, répondit Hayden, avec un sourire auquel Mandy ne put évidemment pas résister.

— Je suis impatiente de découvrir les sources potentielles, expliqua-t-elle, rougissante. Je sais que votre tâche consiste essentiellement à construire des infrastructures au nord de notre camp jusqu'au camp principal de Rejupe, mais je me demandais si vous seriez éventuellement d'accord pour faire un petit détour ?

Bridget n'en revenait pas. Elle n'avait jamais vu quiconque faire perdre ses moyens à Mandy. Mais Hayden y était parvenu.

— Petit... Comment ? demanda celui-ci en lui jetant un coup d'œil espiègle.

— Sur ces photos, j'ai vu ce qui ressemble à un camp de fortune, poursuivit-elle. Il se situe à environ une demi-journée en voiture en direction du sud. Là-bas, les gens n'ont pas d'accès direct à notre centre médical pendant la saison des pluies à cause de la grosse rivière qui nous sépare. Maintenant que la saison est passée, ils vont arriver en masse, tous en même temps. Nous allons être débordés dans cette petite clinique, et nous risquons de voir augmenter le nombre de maladies contagieuses.

— Ce qu'il faudrait, c'est que nous puissions arriver jusqu'à eux avec une petite équipe avant qu'ils parviennent ici, renchérit Bridget. Cela nous permettrait de garder Jukrem et l'autre camp séparés pendant que nous traitons différentes maladies, et cela réduirait la pression ici. Et quand nous serions là-bas, nous pourrions échelonner les consultations sur place, et tout le monde ne réclamerait pas notre attention en même temps.

— J'ai pensé aussi que l'on pourrait envoyer une petite équipe pour distribuer des provisions en plus d'une équipe médicale, dit Mandy avec enthousiasme. Ce serait bien de pouvoir le faire pendant que l'armée assure la sécurité sur le terrain.

— Nous ne sommes pas mandatés pour engager le combat en cas de problème, fit remarquer Hayden.

Mais Bridget pouvait voir qu'il était ouvert aux suggestions. Il voulait les aider. Il fallait juste qu'elle lui donne des arguments qu'il puisse avancer à ses supérieurs.

— Bien sûr que non, nous en avons bien conscience, assura-t-elle. Mais nous pouvons supposer que cela aura un effet dissuasif.

Hayden ne répondit pas, et elle devina qu'il était en train de peser le pour et le contre.

— Le problème, c'est que de nombreux réfugiés commencent à arriver dans la région, maintenant que les routes recommencent à être utilisables, ajouta-t-elle. Notre rôle consiste aussi à distribuer des articles non alimentaires, comme des tentes, des couvertures, des ustensiles de cuisine, et aussi du savon.

Mandy approuva en silence, l'invitant à continuer.

— Par les temps qui courent, ce sont des objets de valeur qui peuvent être volés et revendus pour un bon prix. Il est donc important que nous les donnions directement aux réfugiés qui en ont vraiment besoin et ne chercheront pas à les vendre.

— Il y a donc un problème de sécurité à la distribution, résuma rapidement Hayden. Vols, émeutes, débandades ?

— Oui. À chaque fois, nous emportons quelques centaines de kits en évitant de ne pas ébruiter notre arrivée, de sorte qu'elle soit une surprise et qu'aucun groupe organisé n'ait le temps d'arriver en prétendant être des réfugiés. Et nous agissons de nuit.

— Bridget a travaillé sur de nombreux projets, et elle a bien saisi la situation, intervint Mandy. À l'évidence, vous savez déjà travailler ensemble, tous les deux. Vous allez donc pouvoir assurer la liaison. Bien. Puis-je vous laisser régler les détails entre vous ?

Sur ces mots, elle s'éloigna rapidement.

— Je suis désolée, dit Bridget, décontenancée. Je n'avais pas voulu ça.

— C'est juste une tâche à remplir, répondit Hayden d'un air décontracté.

— Je croyais que tu voulais que l'on garde nos distances ?

— Mais cela ne doit pas nous empêcher de faire notre travail. Je pense aussi que nous travaillerons bien ensemble.

Elle se sentait piégée. Le problème, c'était que, contrairement à Hayden, elle ne pouvait pas coucher avec quelqu'un une semaine, et agir normalement en faisant comme si de rien n'était la semaine suivante.

Mais Hayden la gratifia d'un large sourire, et elle ne put s'empêcher de penser qu'elle était d'accord avec lui et qu'ils pourraient former une bonne équipe.

— Si on parlait maintenant de la faisabilité de ce projet ? dit-elle. Je pense que la présence de l'armée suffira à donner l'illusion d'une sécurité supplémentaire sans que vous ayez à agir. Et que cela boostera le moral des troupes.

— Des troupes ?

— L'équipe logistique et l'équipe médicale. Je ferai partie de la mission de distribution en tant qu'aide médicale, en cas d'accident.

Hayden fronça les sourcils, et elle crut un instant qu'il s'inquiétait pour elle.

Ce n'était sûrement pas le cas. Hayd était un play-boy patenté, qui avait dû coucher avec des femmes officiers qui se mettaient régulièrement en danger. Il n'allait pas se faire du souci pour elle juste parce que…

Elle se hâta de continuer.

— Je me rappelle aussi que, il y a quelques mois, Mandy parlait d'envoyer une équipe médicale de deux ou trois personnes pour mener une campagne de vaccination contre la rougeole si on arrivait à atteindre cette zone.

— La rougeole ?

— Je sais que ce n'est pas un grand problème chez nous, mais ici, c'est la maladie pédiatrique la plus grave après le kala-azar, expliqua-t-elle. Elle frappe surtout les moins de cinq ans, et malheureusement, même avec un diagnostic rapide et en agissant aussitôt, de très nombreux enfants ne survivent pas.

— Et la vaccination empêchera ça ?

— Elle leur donnera de meilleures chances de s'en sortir ici, où le système immunitaire des plus jeunes est en général quasi inexistant en raison de leurs conditions de vie. J'ai déjà participé à une campagne de vaccination massive contre la rougeole, mais je ne pensais pas que nous pourrions en faire autant ici à cause des problèmes de sécurité.

— Vraiment ?

— Allons, Hayd ! Tu sais bien au fond de toi que tu as envie d'aider.

Il lui jeta un regard si intense qu'elle sentit une onde de chaleur se répandre entre ses jambes.

— OK, dit-il en hochant la tête. Tu m'as convaincu. Je vais prévoir une douzaine d'hommes pour accompagner vos équipes. Cela fera partie de notre mission de soutien de l'organisation humanitaire.

— Merci. Je préparerai le matériel demain. Je conduirai le 4x4 de l'équipe médicale, et Christophe conduira celui de l'équipe logistique. Nous serons prêts à partir après-demain.

— C'est un bon timing, commenta-t-il. Mais, Birdie, tu auras besoin d'un autre conducteur, car tu vas voyager avec moi.

8

La petite caravane motorisée s'ébranla dans le matin encore relativement frais.

Comme prévu, Bridget se trouvait dans le 4x4 conduit par Hayden, et malgré son excitation elle se surprit à étouffer un bâillement.

La nuit avait été agitée. Elle avait été de garde, et elle n'avait pratiquement pas dormi. Elle était restée étendue sur son lit protégé par une moustiquaire, les pensées se bousculant dans sa tête – y compris à cause de sa dernière conversation avec Hayden –, ne pouvant s'empêcher d'imaginer celui-ci allongé dans son hamac à quelques centaines de mètres de là, de l'autre côté de la rivière asséchée…

Jusqu'à ce qu'un adolescent leur soit amené, brûlant de fièvre.

Elle avait dû le déshabiller, lui passer une éponge d'eau froide sur le corps et lui donner du paracétamol avant de le tester pour la malaria.

Elle avait à peine eu le temps de regagner son lit, s'efforçant de ne pas penser à la façon dont Hayden l'avait regardée à plusieurs reprises, quand la radio avait grésillé de nouveau.

Cette fois, c'était pour un enfant également fiévreux et qui convulsait. Tous les tests avaient indiqué une malaria cérébrale, ce qui signifiait bain froid, paracétamol rectal et réhydratation avec perfusion de diazépam…

Les cas s'étaient succédé. Elle les avait traités un par un, méthodiquement : réhydratation orale et perfusion jusqu'au lendemain pour un jeune garçon, contact peau contre peau pendant une heure avec sa mère pour un tout-petit en hypothermie. Puis il y avait eu une morsure de serpent, probablement vieille de cinq jours, ce qui signifiait qu'elle devait être dépourvue de venin, mais avec un risque d'infection. Elle avait donc administré une dose de rappel de tétanos et prescrit des antibiotiques.

Maintenant que Hayden était physiquement présent à son côté, elle préféra engager la conversation sur un sujet sans risque.

— Il y a une chose que je ne comprends pas, dit-elle. L'organisation humanitaire pour laquelle je travaille a des centaines de camps médicaux à travers le monde. Je sais que le gouvernement a donné un terrain à l'armée britannique en échange d'une aide pour les infrastructures. Alors, pourquoi l'aide humanitaire est-elle incluse dans ce cas précis ?

Hayden ne dévia pas son regard de la piste.

— Facile. Vous êtes déjà présents dans la région, et vous accomplissez un énorme travail en ce qui concerne la santé, l'éducation et les approvisionnements en eau. Plutôt que de faire la même chose que vous sans avoir la confiance de la population, mieux valait vous soutenir dans vos actions en boostant vos ressources et votre main-d'œuvre pour vous permettre d'atteindre plus de gens, et plus rapidement.

Elle approuva de la tête.

— Et en construisant des routes et des ponts. Une circulation permanente – pas seulement saisonnière – donnera à la population locale une plus grande liberté de mouvements durant toute l'année... Mais cela ne doit-il pas prendre des mois, voire des années ?

Hayden lui jeta un coup d'œil amusé.

— Mes hommes sont capables de construire un pont en moins de dix minutes, affirma-t-il.

Elle écarquilla les yeux.

— Comment est-ce possible ? Dix minutes ?

Soudain, Hayden n'eut qu'une envie : arrêter le véhicule et goûter de nouveau aux lèvres pulpeuses de Bridget. Il dut faire un énorme effort pour se ressaisir.

— C'est possible si le pont repose sur des poutrelles portatives pouvant enjamber un trou de neuf mètres et supporter jusqu'à sept cent cinquante tonnes. On peut le monter très rapidement si on n'est pas sous le feu de l'ennemi, mais cela prend un peu plus longtemps quand les hommes doivent riposter, ajouta-t-il avec un sourire malicieux. Attends que nous ayons atteint notre première rivière, tu pourras constater par toi-même.

— Alors, tu ne plaisantes pas ?

— C'est quelque chose que nous faisons régulièrement, expliqua-t-il. Si l'armée a besoin de se déplacer rapidement quelque part, nous devons en être capables.

Bridget ne répondit pas, et il perçut chez elle comme une réticence.

— Ne t'en fais pas, tout ira bien, assura-t-il, ignorant tous les signaux d'alarme que lui envoyait son cerveau.

Ils se manifestaient depuis le soir de la fête de bienvenue, quand il avait déclaré qu'il la conduirait lui-même dans son véhicule.

Depuis quand avait-il envie de passer du temps avec une femme au point de contourner les règles ?

La réponse était… jamais.

Le lever de soleil peignait le ciel sans nuages de merveilleuses nuances d'ocre et de rose. Bridget se tenait debout à côté de Hayden, tous deux appuyés contre le capot du 4x4, et elle se sentait trop nerveuse pour parvenir à se concentrer sur la démonstration incroyable réglée comme du papier à musique qui était en train de se dérouler à vingt mètres devant elle, alors que Hayden appuyait sans vergogne sa jambe contre la sienne.

Quant à lui, il paraissait totalement à l'aise et détendu.

— Ce pont pourra supporter un véhicule de cent trente tonnes s'il est sur roues, ou de quatre-vingt-cinq tonnes s'il est à chenilles, dit-il, poursuivant son explication.

— Si vous êtes ici pour construire des routes et des ponts,

pourquoi ne pas simplement laisser les ponts sur place quand vous repartez ? demanda-t-elle.

— Tout simplement parce que nous n'avons que quelques ponts portatifs ici et que nous avons besoin de les reprendre avec nous. Une fois qu'on aura fini d'évaluer la dangerosité de la région, on envisagera d'installer des ponts permanents. Pour cela, il est plus facile de parachuter les matériaux plutôt que de les acheminer par la route, surtout si le terrain est potentiellement hostile par endroits.

— Oh non ! s'écria-t-elle, fascinée. Ils ont fini !

Du coin de l'œil, elle vit Hayden consulter sa montre et sans doute calculer mentalement le temps qui avait été mis.

Commandant jusqu'au bout, songea-t-elle, souriant à part elle.

— Et ce pont-là, est-ce que vous devrez le remporter ?

— Non. Il faudra revenir bientôt, alors autant le laisser sur place. Allons-y, Gardiner, ajouta-t-il avec un large sourire. Allons sauver quelques vies.

Ils atteignirent le camp dans les temps, et au bout du compte, plus de six mille familles reçurent des bâches, des couvertures, de la nourriture et un jerrycan.

— Beau travail, commenta Hayden tandis qu'ils aidaient l'équipe des logisticiens à refermer leurs véhicules désormais vides avant d'entamer le voyage de retour.

— *Très* beau travail, renchérit Bridget.

Se trouver éloignée de Hayden pendant quelques heures lui avait changé les idées.

— À présent, ils ont quelque chose qui les protège des éléments, de quoi manger, et ils peuvent aller chercher de l'eau propre aux pompes qui sont déjà installées dans le coin, résuma-t-elle.

— Et comment ça se passe pour toi ?

— Je dois encore suspendre un drapeau, répondit-elle en agitant un vieux bout de tissu. Et j'attends une table qu'un des charpentiers de la communauté est en train de finir pour moi.

— Et tu devras t'occuper des immunisations contre la rougeole.

— Mon équipe espère aussi repérer les enfants souffrant de malnutrition.

— Il existe un test pour ça ? s'étonna-t-il.

— En fait, cela consiste à mesurer la circonférence du biceps avec une bandelette. Si le bras est dans la partie verte, cela veut dire que l'enfant est en bonne santé, s'il est dans la partie rouge, il doit être admis d'urgence dans l'un de nos hôpitaux. Si c'est entre les deux, il n'a pas besoin d'être hospitalisé, mais nous lui donnons un traitement.

— Vous vous attendez à trouver beaucoup de rouge ?

— Pas en ce moment. À la fin de la saison des pluies, les vaches et les chèvres produisent beaucoup de lait, et les enfants sont généralement bien nourris. C'est du moins ce que j'espère, car on arrive dans une saison plus difficile. La prochaine moisson n'aura pas lieu avant plusieurs mois, et il va y avoir un creux entre les deux.

— Alors je te laisse à ta tâche, dit Hayden. À tout à l'heure.

— À tout à l'heure, répéta-t-elle.

On aurait dit qu'ils étaient un couple, et qu'ils se quittaient juste pour quelques heures avant de se retrouver...

Le plus étrange, ce fut que Hayden ne se formalisa pas. Il esquissa un sourire en lui faisant un signe de main.

Il y avait encore une chose.

— Oh ! je voulais te demander... Pourriez-vous prendre quelques ouvriers locaux avec vous pour leur apprendre à travailler sur les pentes et les voies détrempées ? Ce serait bien qu'ils profitent de notre présence pour acquérir des connaissances dans ce domaine. Eux-mêmes ont un grand savoir-faire dans la fabrication de briques pour la construction, et pour bâtir leurs superbes tukuls. Notre experte en hygiène et problèmes sanitaires a essayé de leur expliquer l'importance des canaux de drainage, mais comme c'est une femme et qu'elle n'est pas censée avoir ce genre de compétence, ils ont du mal à la croire.

Hayden ne sembla pas convaincu.

— Tu pourrais peut-être simplement l'accompagner ?

proposa-t-elle. Qu'on le veuille ou non, c'est leur mentalité actuelle, on ne peut pas les forcer. Les changements se feront en leur temps...

Il hocha la tête.

— Bon, je veux bien tenter l'expérience. Et je ferai en sorte de ne pas me mettre en travers du travail de l'experte.

Elle eut du mal à réprimer un sourire de triomphe.

Elle se dirigea vers la tente médicale où elle s'attendait à voir tout le monde prêt pour les vaccinations, mais elle se retrouva face à la mine sombre de ses collègues.

Une femme gisait sur le lit couvert de sang.

— Que se passe-t-il ? demanda-t-elle en se précipitant.

— Une urgence, répondit sa collègue. C'est sa famille qui l'a amenée. On leur a dit qu'elle ne pouvait pas venir ici, mais ils l'ont quand même déposée. Elle a accouché il y a quelques heures, et le placenta n'est toujours pas sorti.

— On va devoir le retirer manuellement.

Les conditions n'étaient pas idéales, car le lieu avait été prévu pour des vaccinations. Mais les femmes d'ici étaient habituées à accoucher chez elles. Si cette maman avait été amenée jusqu'ici, il devait y avoir un réel problème.

— Pouvez-vous m'apporter des gants à longs manches ? demanda-t-elle. Bon sang, il n'y a pas de blouse longue.

— Pas de gants longs non plus, annonça sa collègue en lui tendant une paire qui couvrait seulement la main et le poignet. C'est tout ce que nous avons.

Devant la famille visiblement inquiète, elle s'efforça de demeurer impassible. Mais elle allait devoir introduire le bras dans l'utérus de la patiente pour trouver l'endroit où le placenta rencontrait la paroi utérine, puis tenter de séparer les deux manuellement. Pour cela elle devait insérer le bras jusqu'au coude, mais sans gant en latex...

— On pourrait couper plusieurs paires de gants et les faire se chevaucher sur mon bras ? suggéra-t-elle.

Son équipe parut dubitative.

— On peut essayer, répondit sa collègue. Est-ce qu'il ne vaudrait pas mieux faire sortir sa famille ? Ils sont ici pour donner leur sang si nécessaire, parce que si elle mourait, non seulement son magnifique nouveau-né serait orphelin, mais aussi quatre jeunes enfants. Et le reste de la famille ne pourrait pas s'en occuper.

Bridget hocha la tête.

Tout cela faisait une pression supplémentaire, mais c'était une sensation qui lui était douloureusement familière.

— Nous allons faire de notre mieux, dit-elle en se concentrant sur la découpe des gants. Mais emmenez la famille dehors et faites des tests sanguins pour savoir qui est compatible.

Quelques minutes plus tard, la famille était installée dehors, et elle glissa le bras dans l'utérus à la recherche du placenta.

— Je l'ai, annonça-t-elle. Il s'est libéré à l'arrière mais est encore attaché devant. Attendez... Voilà.

Elle le sentit glisser et le fit sortir facilement.

Le travail était terminé. Cette mission allait être un succès, elle le sentait.

9

Hayden aurait été capable de dormir sur une corde à linge. Plus de quinze ans dans l'armée lui avaient permis de perfectionner cette technique. Mais cette nuit, il ne parvenait même pas à rester allongé tranquillement sur son lit, tant les pensées se bousculaient dans sa tête.

Il ne pouvait pas faire semblant d'ignorer cette douce sensation de chaleur qui montait en lui chaque fois qu'il était avec Bridget. C'était de la folie, il le savait. Tout comme il savait qu'il devait absolument y mettre fin.

L'ennui, c'est qu'il semblait ne pas en être capable.

La partie rationnelle de son cerveau essayait de n'y voir qu'une affaire de sexe. Le fait qu'aucun homme ne l'ait touchée avant qu'il le fasse et qu'elle lui ait offert ce cadeau si précieux avait déclenché chez lui une réaction presque primitive de possessivité. C'était logique. Normal.

Mais il y avait plus que ça. Plus que l'aspect physique. C'était comme si elle rendait sa vie meilleure, plus gaie, plus vibrante – alors même qu'il l'avait toujours trouvée très bien comme elle était –, et il ne parvenait pas à rester distant comme il l'aurait dû.

Réellement, que pouvait-il lui offrir en retour ? Une vie comme celle que sa mère avait menée pendant que son père menait la sienne dans l'armée ? Qui pourrait vouloir de cela ?

Il n'était pas sûr qu'un autre que lui serait de cet avis, car ses parents semblaient avoir eu un mariage heureux et s'étaient sincèrement aimés. Mais tout le monde n'avait pas vu ce qu'il avait vu, lui : l'expression de profonde solitude qu'il avait surprise parfois dans les yeux de sa mère, avant qu'elle la dissimule sous un sourire rempli d'amour pour son fils. Il se rappelait encore les quinze premières années de sa vie, quand Mattie était beaucoup plus jeune. Sa famille avait déménagé une à deux fois par an pour suivre son père dans le nouveau pays où il était affecté ou promu. Pour sa mère et lui, la vie avait été une longue suite d'emménagements et de déménagements. À chaque fois, il fallait s'intégrer dans une nouvelle école, se faire de nouveaux amis, et sa mère essayait de trouver un nouveau travail à temps partiel. Et à peine étaient-ils installés qu'il fallait tout quitter pour recommencer ailleurs.

C'était un chemin qu'il ne voulait certainement pas suivre. Pas maintenant. Il préférait se trouver assis dehors près du feu, à discuter de la lune et des étoiles qui formaient comme un tapis scintillant au-dessus de leurs têtes et que la population locale interprétait tout autrement.

Il finit par se retrouver seul dehors, et alors, comme par magie, l'objet de son insomnie sortit silencieusement de sa case et vint le rejoindre près du feu.

— Je t'ai entendu parler avec les anciens du village, expliqua Bridget en s'asseyant près de lui, mais je n'ai pas osé venir tant qu'ils étaient là.

Il n'arrivait pas à détacher les yeux de son visage.

— Ne devrais-tu pas dormir avant la principale journée de vaccination de demain ?

— Probablement, si, répondit-elle d'un ton léger. Comment s'est passé le forage aujourd'hui ? J'ai entendu dire que vous projetiez de construire une grande citerne dans laquelle l'eau pourrait être chlorée avant d'être puisée ?

— Je pense que cela devrait diminuer le nombre et la gravité des hépatites E qui sévissent dans la région. Une étude a été entreprise il y a quelques années sur les probabilités de recontamination par les bouteilles d'eau utilisées dans les ménages individuels.

— Quels ont été les résultats ?

Il fit la grimace.

— Je l'ignore. Je ne les ai trouvés publiés nulle part. Mais je pourrais refaire des analyses chimiques.

— Est-ce que cela fait partie de ta mission ?

— Non, reconnut-il. J'envisage de recruter et de former des locaux pour aider à recueillir des données sur le terrain.

Bridget approuva de la tête. Cela lui faisait visiblement plaisir.

— C'est une très bonne idée, Hayd ! Les locaux apprécient vraiment qu'on leur enseigne de nouvelles techniques qui peuvent bénéficier à leur communauté. Ils se sentent plus estimés que s'ils sont juste plantés là à nous regarder travailler pour eux.

Tous deux restèrent un moment silencieux à contempler les étoiles, perdus dans leurs pensées.

— Est-ce que je peux te poser une question ? demanda-t-elle enfin.

Il sentit qu'il se raidissait malgré lui.

— Je t'en prie.

— Pourquoi as-tu une telle réputation de play-boy ?

Saisi, il se figea quelques secondes mais n'en laissa rien paraître.

— Tu veux peut-être que je te fasse une démonstration ? plaisanta-t-il. Je suis très vexé que tu ne sembles pas t'en souvenir.

— Je me demande juste comment tu trouves du temps pour toutes ces femmes.

Il ne put s'empêcher de rire, se sentant mieux qu'il ne l'avait été depuis longtemps. Et plus proche d'elle.

— Pourquoi est-ce important pour toi ?

— Ça ne l'est pas, répondit-elle d'un ton peu convaincant. C'est juste de la curiosité.

— J'ignore d'où me vient cette réputation, Birdie, dit-il doucement, le regard dans les étoiles. Mais jusque-là, c'était plutôt commode pour moi. Le meilleur moyen de dissuader les femmes qui cherchent dans un officier célibataire un compagnon permanent.

— Mais pourquoi ? insista Bridget. À entendre Mattie, elle a de beaux souvenirs d'enfance. Tes parents ont eu un mariage heureux pendant vingt ans, et la vie en famille était super jusqu'à ce que ta mère décède brusquement. Elle a toujours rêvé de les imiter.

— Il vaudrait mieux pas. Ma sœur était plus jeune, elle n'a pas connu la situation dans tous ses détails.

— C'est-à-dire ?

Il lui jeta un coup d'œil hésitant.

Même dans l'obscurité, il devinait les moindres traits du visage de cette jolie femme qui prenait de plus en plus de place dans sa vie sans qu'il s'en aperçoive.

Et sans savoir comment, il commença à parler.

— Comme tu le sais, mon père était militaire. Il changeait souvent d'affectation, ce qui signifiait que, tous les neuf mois en moyenne, on devait déménager. Comme mon père était souvent parti, c'était ma mère qui devait tout emballer, faire les bagages et nettoyer la maison, et une fois dans la nouvelle maison, il fallait tout recommencer. Je l'ai aidée en grandissant.

— Cela n'a pas dû être facile.

— Sans parler des changements d'école, des nouveaux amis à se faire – tous les neuf mois – pour les quitter ensuite. Mattie était encore un bébé, et comme on bougeait tout le temps, maman n'a jamais pu se créer un réseau d'amis ni voir régulièrement sa famille. Elle n'a pas eu de carrière alors que je suis sûr que ça lui aurait plu, seulement des jobs à mi-temps tout en s'occupant de Mattie et de moi. Et elle portait toute la responsabilité de la famille sur ses épaules.

— Je ne peux pas m'imaginer combien cela a dû être dur, dit Bridget d'un air songeur.

Il aimait qu'elle soit capable d'une telle empathie, sans paraître condescendante ni en faire trop.

— Puis elle est passée par des phases de dépression. Elle allait mieux puis sombrait à nouveau, poursuivit-il. Parfois, la maison était un vrai dépotoir, car elle arrivait à peine à bouger. Et à d'autres moments, tout était impeccable au point que chaque objet devait toujours être à sa place, et j'avais peur de toucher à quoi que ce soit.

— Tu as raison, Mattie ne m'a jamais rien dit de tout ça, dit doucement Bridget.

— Elle était trop petite. Quand elle est arrivée à l'âge où on commence à avoir des souvenirs, mon père a eu une promotion, et il a obtenu un poste plus permanent à l'état-major. Il était à la maison beaucoup plus souvent et dormait là toutes les nuits. Cela a tout changé.

— Ta maman n'élevait plus sa famille toute seule.

— Exactement. Elle se sentait soutenue, et Mattie grandissait, si bien qu'elle a pu obtenir un premier travail à plein temps comme réceptionniste dans un cabinet dentaire. Elle s'est sentie plus libre et a retrouvé sa joie de vivre. C'est cette période-là que Mattie se rappelle.

— Mais ce n'est pas celle qui t'a le plus marqué ?

Il réfléchit un instant, cherchant ses mots.

— Je m'en souviens aussi avec tendresse. Même s'il était clair que maman était dépressive, elle faisait beaucoup d'efforts pour Mattie et moi. La vie à la maison n'a jamais été misérable, et elle était une bonne mère.

— Mais… ?

— Mais je me rappelle à quel point ça a été difficile pour elle à cause de la carrière militaire de mon père. Une femme qui voudrait vivre avec moi serait confrontée aux mêmes épreuves. Je suis un soldat, je suis souvent envoyé en formation, en manœuvre ou en opération. C'est une vie géniale pour un célibataire, mais je ne pense pas qu'elle favorise de bonnes relations ni des mariages réussis.

— Je ne sais pas, dit Bridget, pensive. Ça pourrait être différent. Tu n'as pas de famille, et toutes les femmes ne sont pas comme ta maman. Et si tu choisissais quelqu'un qui est aussi dans l'armée et qui poursuit sa propre carrière ?

Ou une travailleuse médicale humanitaire envoyée à l'étranger pendant des mois ? ajouta-t-il mentalement.

Il y eut un silence, et il craignit d'avoir parlé à voix haute.

— Dans ce cas, on ne se verrait jamais, répondit-il.

— Pas nécessairement. Au début peut-être, mais avec le temps tu obtiendrais des promotions, et on te proposerait des postes qui t'offriraient une situation plus permanente, au lieu d'être envoyé partout.

Il fut stupéfait de se rendre compte à quel point il avait envie de la croire. Et à quel point il avait envie que ce soit possible avec elle.

— Ce n'est pas tout, objecta-t-il. Il y a aussi la nature de ce que je fais. Mon unité ne se contente pas de construire des routes ou des canaux de drainage. On pratique aussi des déminages, des démolitions à l'explosif, et j'en passe. Est-ce que ce serait juste de faire sa vie avec quelqu'un, en sachant qu'on peut ne jamais revenir de la prochaine opération ?

— Je trouve admirable que tu te soucies des autres, commenta Bridget avec calme. Mais ce n'est pas un choix que tu dois faire par rapport aux autres. Chaque individu doit faire le choix par rapport à lui-même.

— Je ne suis pas d'accord, Birdie. Ça, c'est la vision théorique – et romantique – des choses. Je connais la réalité, je la *vis*. Je me tenais non loin d'un de mes meilleurs amis quand il a sauté sur une mine et a été littéralement éparpillé. On venait de se séparer quelques secondes plus tôt.

Mais Bridget ne parut pas impressionnée pour autant.

Il aurait dû savoir qu'elle était plus forte que ça.

— Peut-être que tu devrais faire un peu plus confiance aux autres, dit-elle simplement. Tu serais souvent surpris de savoir ce qu'ils ont eux-mêmes vécu, et à quel point ils sont capables de comprendre.

Il dut se retenir de toutes ses forces de franchir la ligne invisible qui les séparait pour la prendre dans ses bras.

Il avait lui-même voulu cette limite entre eux pour séparer le privé et le professionnel. Mais il était de plus en plus évident que cette séparation était surtout nécessaire pour lui. C'était lui qui, après des années d'un célibat qui le comblait, ne cessait de s'aventurer mentalement dans des territoires où il n'aurait jamais dû aller.

Il n'avait aucun contrôle sur son esprit en ce qui concernait Bridget, et pas seulement pendant la journée. Elle hantait aussi son sommeil. Certes, il se disait qu'il s'agissait d'une attirance purement physique doublée d'une indéniable alchimie entre eux. Mais c'était toujours là, quelque part dans sa tête, et il ne parvenait pas à s'en défaire. Où qu'il soit et quelle que soit la tâche qu'il remplissait, une partie de lui était toujours consciente de l'endroit où Bridget se trouvait et de ce qu'elle faisait. Il ne parvenait pas à éliminer ce désir d'aller vers elle et de lui parler. De la toucher. De la prendre...

Comme si elle avait le pouvoir de lui faire oublier tout ce qui avait toujours été important dans sa vie, si jamais il lui en donnait l'occasion.

Cette pensée le terrifiait.

Soudain, il n'eut plus envie de parler mais d'agir.

Glissant une main sous sa tête, il l'attira contre lui, et sa bouche fondit sur la sienne.

Bridget se croyait au paradis.

Hayden l'embrassait de nouveau, et c'était encore mieux que tous les souvenirs qu'elle s'était repassés dans la tête ces dernières semaines.

Il prenait son temps, goûtant visiblement chaque seconde, comme s'il mettait dans ce baiser plus de lui-même que les autres fois. Chaque mouvement de sa langue, de ses lèvres semblait lui dire quelque chose, mais elle craignait de se méprendre.

D'instinct, elle lui répondit de la même manière, se donnant tout entière dans leur baiser, serrée contre le torse de Hayden.

Il avait les mains autour de son visage et l'embrassait passionnément, comme s'il ne pouvait s'en lasser. Comme si elle était la chose la plus belle et la plus précieuse au monde...

Quand il lui picora la nuque de baisers, elle se sentit devenir toute molle entre ses bras et fut incapable de contrôler le petit gémissement qui lui échappa. La main de Hayden descendit jusqu'à sa poitrine, il recouvrit un sein de sa paume...

À cet instant, elle entendit vaguement une alarme dans sa tête et, durant une seconde, elle se figea.

Aussitôt, il s'écarta d'elle.

— Hayd, murmura-t-elle, désemparée de ne plus le sentir contre elle.

— Non, dit-il d'une voix éraillée. Tu as bien fait d'arrêter. Cela n'aurait jamais dû arriver.

— Pas ici, en tout cas, articula-t-elle faiblement.

— Nulle part, rectifia Hayden d'un ton sinistre, en l'aidant à se redresser.

Le moment était passé, il ne reviendrait pas.

— Je ferais mieux de retourner dans ma case, dit-elle d'une voix à peine audible.

— Oui, tu ferais mieux, répondit-il sèchement. Tout cela ne mène à rien, de toute façon. Je te prie d'accepter mes excuses.

— À demain matin...

Il hocha la tête en silence avant de tourner les talons.

Elle retourna s'allonger, chaque pas lui coûtant un peu plus.

Elle était pratiquement certaine que, lorsqu'elle se réveillerait, il serait loin du camp. Quelle que soit la tâche qu'il déciderait d'entreprendre, il s'arrangerait pour mettre un peu de distance entre eux.

Son cœur se calma peu à peu dans sa poitrine.

En fait, Hayden Brigham s'était lui-même convaincu il y avait longtemps qu'il ne voulait pas d'une femme dans sa vie. S'il devait un jour changer d'avis, il le ferait quand le moment serait venu pour lui. De toute évidence, il n'était pas prêt.

D'un autre côté, c'était très présomptueux de sa part à elle de penser qu'elle présentait pour lui plus d'attrait que toute autre femme qu'il avait connue. Ce n'était pas parce qu'il s'était confié à elle en lui racontant son enfance que ce serait forcément elle qu'il choisirait pour finir.

Et pourtant, qu'elle le veuille ou non, il y avait en elle une étincelle d'espoir qui continuait de crépiter. Tout en se disant que garder leurs distances était une sage décision, elle ne pouvait pas s'empêcher de penser que Hayden luttait contre elle pour de mauvaises raisons.

Ne faisait-il pas beaucoup d'efforts pour lui faire croire qu'elle ne signifiait rien pour lui ?

10

— Est-ce que quelqu'un peut rappeler le médecin et lui dire qu'il s'agit d'une urgence ?

Quand la voix fatiguée de Lisa parvint à Bridget depuis le tukul des urgences, elle se précipita.

Le programme de vaccination contre la rougeole avait été un succès, mais depuis leur retour au camp de Jukrem, il y avait eu quelques jours particulièrement chargés. Et quelque part, cela lui procurait une distraction nécessaire.

Elle s'était attendue à ne plus voir Hayden pendant quelque temps après le baiser qu'ils avaient échangé, et elle ne s'était pas trompée. Finalement, cette charge de travail était exactement ce dont elle-même avait besoin pour retrouver un peu de sérénité.

— Je peux aider ? demanda-t-elle en poussant l'écran de plastique qui faisait office de porte.

— Stop !

Une infirmière locale formée par la mission se précipita pour lui bloquer le passage, mais l'attention de Bridget avait déjà été attirée par la flaque de sang qui recouvrait le sol en terre battue.

— Placenta bloqué, annonça Lisa, l'air sombre. Le bébé va bien, il est de l'autre côté. Mais le placenta n'est pas sorti, bien que j'aie pratiqué les procédures d'usage. Puis la mère a fait une hémorragie.

Contournant la zone ensanglantée, Bridget s'approcha du lit où une jeune femme était allongée, exsangue.

— As-tu essayé de retirer le placenta manuellement ? questionna-t-elle.

— Oui, mais il est resté attaché. Elle perd toujours du sang, et je ne sais plus quoi faire.

— Le placenta est-il enfoncé de façon anormale ?

— Oui.

— Alors, nous ne pouvons pas prendre de risque, il faut l'opérer. Hewa, peux-tu rassembler la famille de la patiente pour voir si quelqu'un peut donner son sang ? Lisa, ce serait bien si on pouvait nettoyer. Inutile de risquer de glisser pendant qu'on s'occupera de cette pauvre femme.

Habituellement, une naissance était un merveilleux événement. Mais pas cette fois-ci. Pas quand le beau bébé en pleine santé qui venait d'être mis au monde était couché, emmailloté mais tout seul, sa mère gisant à quelques mètres de là, inconsciente et risquant à tout moment de devoir être réanimée.

Il faudrait que l'on trouve rapidement quelque chose pour nettoyer le sang répandu dans la salle d'accouchement. Ce n'était bon pour personne de le laisser ainsi à la vue de tous.

Janet, le médecin, arriva à ce moment-là. Il faisait quarante degrés dehors, et elle était en sueur, ressemblant à quelqu'un qui n'avait pas dormi depuis des jours. Bridget savait exactement ce qu'elle ressentait : un mélange d'épuisement et d'accomplissement. Le travail à la mission était à la fois exigeant et gratifiant.

— Vous m'avez appelée ?

Elle lui expliqua la situation.

— Le placenta est profondément attaché, confirma le médecin après examen. En attendant l'opération, il faut la mettre sous perfusion de façon à faire remonter sa tension avant qu'elle descende trop.

— Cela veut dire qu'il faut la transférer au camp principal de Rejupe ?

— On n'a pas le choix, dit Janet. Malheureusement, j'ai entendu dire que l'hélicoptère était déjà de sortie.

— Et si on l'acheminait par la route ?

— Ce n'est pas assez sûr. Toutes les rivières ne peuvent pas être traversées.

— Et si l'armée montait ses ponts portatifs ? Je les ai vus faire, ils sont rapides et efficaces. C'est probablement la seule chance pour cette jeune femme.

Janet réfléchit un instant.

— Allez-y, dit-elle brusquement. Parlez au commandant. S'il est d'accord, on part tout de suite.

Il ne fallut pas longtemps à Bridget pour repérer Hayden, en train de discuter avec un de ses hommes.

Hayden était penché sur une carte d'état-major quand il entendit Bridget l'appeler.

Il veilla à se retourner posément, mais devant l'expression de son visage, il se redressa aussitôt.

— Que se passe-t-il ? demanda-t-il. Qu'est-ce qui ne va pas ?

— Il s'agit d'une urgence, dit-elle sans préambule. Une jeune mère qui vient d'accoucher doit être emmenée à l'hôpital principal de Rejupe pour être opérée immédiatement. On a demandé un transfert, mais l'hélicoptère est déjà sorti.

— Vous avez donc besoin qu'on vous précède sur la route et qu'on pose des ponts pour faciliter votre trajet, conclut-il.

— Cela nous ferait gagner des heures précieuses et assurerait notre sécurité. La patiente voyagera dans un de nos 4x4 avec ce qu'il faut pour la perfusion, mais nous aurons besoin d'un autre véhicule pour transporter l'équipement de contrôle.

— Je vais vous prêter deux chauffeurs et un quatre tonnes, décida-t-il aussitôt.

— Merci. Pourrait-on partir tout de suite ? Plus nous attendons, plus la patiente risque de faire une hémorragie qui pourrait lui être fatale.

— Qui compose l'escorte médicale ? Une infirmière locale ?

— Je ne sais pas encore, répondit Bridget en rougissant. Quelqu'un qui soit capable de gérer une situation critique comme celle-ci et de faire face à n'importe quelle complication qui pourrait se produire en route. Mais on a besoin de tous nos médecins ici.

— Préparez votre matériel, dit-il, devinant qui composerait l'escorte. Quand vous serez prêtes à sortir votre patiente, mes hommes viendront pour porter le brancard. Dean, mon commandant en second, prendra le commandement ici pendant que je vous accompagnerai à Rejupe.

— Compris. Merci encore, dit Bridget en s'éloignant pour rejoindre la tente médicale.

Il accomplirait son travail, sa mission. Rien de plus. C'était évidemment ce qu'elle se disait aussi.

— Comment va le bébé ? demanda Bridget.

— Il a faim, grommela Hayden, ignorant le regard amusé qu'elle lui avait jeté en le voyant câliner le nouveau-né.

Ignorant ses objections, elle le lui avait pratiquement collé dans les bras dès que le brancard de leur patiente avait été installé avec précaution dans le véhicule. Elle lui avait seulement dit que la mère du bébé était tout ce qu'il lui restait, son père militaire ayant été tué par un groupe de rebelles quelques mois plus tôt.

Cela lui avait rappelé que la guerre civile avait fait rage pendant si longtemps que la paix était encore bien fragile.

— Je ne crois vraiment pas être la meilleure personne pour s'occuper de lui…

— Tu es parfait, avait-elle dit d'un ton sans réplique. J'ai besoin d'avoir les mains libres pour sa maman en cas de problème. Et ici, on porte les bébés tout le temps.

À présent, il était coincé avec ce bébé tout en regardant Bridget s'occuper de sa patiente, tandis que leur véhicule progressait sur ce qui tenait lieu de route ici.

Il ne pouvait s'empêcher d'être touché par la façon dont elle disait quelques mots avec douceur à la femme inconsciente dans ce qui devait être sa langue.

Toujours pleine de sollicitude.

Le bébé remua de nouveau, et il le calma de son mieux en le berçant.

— Chante-lui une chanson, suggéra Bridget. Les bébés adorent ça.

— Comment suis-je censé le savoir ? D'abord je ne sais pas chanter...

— Eh bien, il serait temps de t'y mettre, dit-elle en riant.

Pourquoi appréciait-il particulièrement ces échanges avec elle ?

Parce que c'était là qu'elle était le plus elle-même, bien sûr.

Il la vit écarter la bâche pour jeter un coup d'œil au paysage désespérément plat.

— On n'est plus très loin, maintenant.

Il abaissa les yeux sur le petit être si fragile blotti dans ses bras. Mais il connaissait suffisamment la région pour savoir que ces minuscules bébés étaient beaucoup plus robustes qu'ils ne le paraissaient.

— Est-ce que tu détestes vraiment ça ? lui demanda soudain Bridget. Je veux dire, te retrouver à l'arrière d'un camion en train de t'occuper d'un bébé ?

Il prit le temps de réfléchir à la question.

— Disons que je ne déteste pas ça autant que je l'aurais pensé, répondit-il, sincère.

Spontanément, il serra un peu plus contre lui le minuscule petit garçon, comme pour le protéger contre le risque de devenir orphelin.

— Peut-être que la maman appellera son bébé Hayden ? ajouta-t-il avec un petit sourire d'espoir.

Mais il n'avait pas besoin d'être médecin pour savoir que les chances de survie de la mère n'étaient pas très élevées, et qu'elles diminuaient même à chaque instant. Les conducteurs faisaient de leur mieux, mais ils ne pouvaient pas aller plus vite avec une patiente dans son état.

— Peut-être, répéta Bridget, se forçant à sourire à son tour.

Ils n'échangèrent plus un mot pendant une bonne partie du trajet.

— Tu vas apprécier Rejupe, dit enfin Bridget. Mon équipe y est restée quelques jours avant qu'on se rende à Jukrem. Là-bas, des logements ont été construits exprès pour les humanitaires. Au lieu d'avoir un trou dans le sol en guise de latrines, on dispose de salles de bains individuelles. Ce n'est pas du cinq-étoiles, mais c'est tout de même somptueux en comparaison.

Et ce, même si elle n'avait voulu être nulle part ailleurs qu'à Jukrem.

— C'est carrément le luxe, tu veux dire, commenta Hayden.

Ils échangèrent un sourire, et elle sentit un frisson délicieux la parcourir.

— Alors, quel est le plan une fois au camp ? questionna Hayden.

— Si nous arrivons à temps, le chirurgien vient évaluer l'état de la patiente, et ils l'emmènent directement en chirurgie.

— Et pour nous ?

— Cela dépendra comment se passe l'opération. Si cela réussit, Mandy a suggéré qu'on revienne avec notre patiente par l'avion de l'approvisionnement qui doit se poser à Jukrem dans deux jours.

— Et si ce n'est pas un succès ? demanda-t-il doucement.

Elle sentit sa gorge se serrer.

Certes, elle côtoyait constamment la mort et le chagrin dans son métier. Ce n'était jamais facile à accepter, mais on finissait par s'habituer. Cependant, sans qu'elle sache pourquoi, cette patiente et son bébé la touchaient particulièrement.

— Si ça ne l'est pas... Je suppose que l'on rentrera avec ton équipe demain à la première heure.

Hayden hocha la tête en silence.

Mais elle se devait de rester optimiste pour la maman et son bébé. Même s'ils ne comprenaient pas ce qu'elle disait, elle tenait à ce que l'atmosphère autour d'eux reste positive. C'était important pour elle.

— Donc, à Rejupe nous allons pouvoir dormir dans de vrais lits pendant une nuit ou deux, prendre des douches chaudes et manger autre chose que des conserves. On aura peut-être même l'occasion d'aller en ville et d'acheter quelques cadeaux pour nos proches.

Hayden la regarda un instant sans rien dire, et elle se sentit toute chamboulée à l'intérieur.

Un mot tournait dans sa tête : « nous ». Lui et elle. Cela était-il possible ? Et était-ce vraiment ce qu'elle voulait ?

— Beau programme, dit-il enfin. En arrivant, j'aimerais parler au chef de projet pour connaître un peu la situation, et l'idée de la douche chaude me séduit beaucoup. Ensuite, peut-être que tu pourras me montrer cet endroit où l'on fait des achats ?

Pourquoi son corps réagit-il immédiatement à cette perspective ? Comme si une partie d'elle espérait…

Quoi ? La répétition de leur baiser, ou, plus encore, de leur nuit commune ?

Et pourquoi pas ? Quels que soient ses efforts pour l'éviter – pas toujours très soutenus, elle devait bien le reconnaître –, on aurait dit que le destin prenait un malin plaisir à les remettre en présence, l'incitant à s'enhardir et à y prendre du plaisir.

Et puis ? Où cela les mènerait-il ?

Dans des endroits comme celui-ci – des camps de l'ONG perdus dans la nature –, les relations amoureuses entre les intervenants n'étaient pas précisément encouragées. Sans doute parce que toute tension apparaissant dans le couple rejaillit inévitablement sur le reste de l'équipe. Pourtant elle connaissait de nombreux couples qui s'étaient formés pendant des missions. Si les deux parties restaient discrètes et donnaient la priorité à leur travail, la relation était généralement ignorée.

Personnellement, cela ne lui était jamais arrivé. Elle ne l'avait jamais voulu… En fait, elle n'en avait jamais été tentée jusqu'à maintenant.

Jusqu'à Hayden.

D'un côté, c'était une nouvelle chance de sortir de sa coquille. De poursuivre quelque chose avec cet homme irrésistible, en sachant que cela ne dépasserait de toute façon pas les trois mois imposés par la durée de la mission. Elle ne devrait pas trop en souffrir si elle y mettait ensuite un terme définitif ?

Mais d'un autre côté, elle n'ignorait pas que sortir avec un collègue était une distraction potentielle. Elle avait un travail à accomplir, et elle n'avait pas à agir comme une ado qui se languit pour le frère de sa meilleure amie.

Malheureusement, pour être sincère, elle ne semblait plus capable de s'en tenir à ses résolutions lorsqu'il s'agissait de Hayden Brigham.

Bien. Cela lui laissait deux options : soit elle cédait à cette attirance, soit elle décidait de s'éloigner de l'objet de la tentation et demandait à la coordinatrice du projet de la transférer loin de Jukrem.

Oui, évidemment, c'était la meilleure solution.

Alors, pourquoi n'était-ce pas le choix pour lequel elle penchait ?

11

Quelques heures plus tard, Bridget se retrouva sous la douche, jouissant de la tiédeur de l'eau qui coulait sur elle.

À leur arrivée, elle avait accompagné la mère qui avait été emmenée à toute allure en chirurgie tandis que Hayden, portant toujours le bébé, était conduit à la salle des nouveau-nés.

L'opération s'était bien passée. L'équipe chirurgicale avait fait tout ce qui était en son pouvoir, et maintenant elle-même ne pouvait plus qu'attendre et espérer... Tout en appréciant la douche comme il convenait.

Et en faisant comme si ses pensées n'étaient pas hantées par Hayden Brigham.

Oh ! pourquoi lui était-il si difficile de se sortir cet homme de la tête ?

Elle se savonna et se rinça rapidement avant de refermer le robinet de la douche qui fournissait une eau si précieuse. Même si l'infrastructure à Rejupe était meilleure que dans les camps mobiles de Jukrem, il fallait rester attentif à ne pas gaspiller les ressources.

Après avoir changé de vêtements, elle sortit de sa chambre de deux mètres sur trois avec l'intention de passer voir comment allait sa patiente puis d'aller manger un morceau, et plus tard d'entamer sa première nuit de sommeil complète depuis deux semaines.

Cependant, elle sentait aussi son cœur s'emballer malgré elle à l'idée d'avoir avec Hayden ce qui ressemblait fortement à un rencard, en l'emmenant sur le marché de la ville pour lui faire goûter les spécialités locales.

Et si elle annulait en prétendant qu'elle était épuisée ?

Puis elle aperçut Hayden, debout dans l'enceinte de la mission en train de l'attendre, apparemment indifférent au regard intéressé que lui jetaient les femmes qui le croisaient.

— Prête ? demanda-t-il en avançant à sa rencontre.

Elle ne put que sourire en hochant la tête, et ils se dirigèrent ensemble vers le portail.

— J'ai entendu dire que l'opération de la maman s'était bien passée, dit-il.

— Oui, on attend de voir comment se déroulera la nuit.

Ils marchèrent un moment en silence, puis Hayden parla de nouveau, l'air toujours aussi décontracté et insouciant.

— As-tu une idée de l'endroit où on va manger ?

— J'essaie de penser au meilleur. Il y a plusieurs places de marché en ville, des pizzerias, et un bar où le personnel des missions – les étrangers comme les locaux – va pour décompresser.

— Tout ça a l'air super. Je me fierai à ton choix.

Elle sourit, appréciant qu'il n'essaie pas de prendre le contrôle, et elle se sentit plus détendue.

Ils flânèrent quelque temps, s'emplissant les yeux du spectacle de la rue, et elle se surprit à raconter à Hayden des anecdotes qu'elle avait vécues avec ses collègues la dernière fois qu'elle était venue.

— Et si on mangeait ici ? proposa-t-elle en s'arrêtant devant quelques tables installées à côté d'un étal de rue qui proposait, si elle se souvenait bien, une cuisine locale des plus savoureuses. De plus, il ne devrait pas tarder à y avoir de la musique juste en face.

— Adjugé, dit Hayden. Les odeurs qui s'échappent de cet endroit mettent l'eau à la bouche. Qu'est-ce que tu me recommandes ?

— Tout est bon, répliqua-t-elle en riant. Cela se présente comme des tapas, on peut en manger de toutes sortes.

— Cela me paraît très engageant…

Quelques minutes plus tard, ils se trouvaient assis à une table devant une série de petits bols.

Ils se régalèrent de haricots verts sautés avec de l'oignon et de l'ail frits, de boules de pâte et de brochettes de poulet trempées dans différentes sauces.

— C'est meilleur que ce qu'on nous sert le vendredi soir à Jukrem, commenta-t-elle, la bouche pleine de la pâtisserie locale.

Hayden acquiesça en souriant.

— On dirait qu'il se passe beaucoup de choses à Rejupe le vendredi soir. J'ai entendu dire dans la salle des nouveau-nés qu'on passe un film au personnel.

Elle devina sans mal qu'une des bénévoles l'avait invité à regarder le film avec elle.

Mais, au lieu d'accepter, il était ici. Avec elle.

Pour le coup elle se sentit… spéciale.

— Quand tu penses que, au camp principal, ils ont même leur propre cuisinier… Mais au fait, vous, dans l'armée, vous avez aussi votre propre chef ?

— Que répondre ? Dans l'armée, en tout cas, on sait vivre !

Elle ne se lassait pas de l'entendre rire.

— À propos, je t'ai vu l'autre jour avec des ouvriers locaux en train de les aider à réparer un tukul. Vous pourriez peut-être faire la même chose à Jukrem avec certaines cases ?

Le regard de Hayden s'attacha au sien, et elle sentit son cœur battre plus fort, lui rappelant qu'ils étaient seuls, là, tous les deux.

— Mes hommes ne pourront pas rebâtir tout le village tukul, répondit-il. Mais j'ai en effet pensé qu'on pourrait améliorer certaines cases de boue avant de repartir. On emploierait des ouvriers locaux, et on leur enseignerait ce qu'on sait. Plus nous emploierons des locaux – également pour construire des routes –, plus nous nous intégrerons dans la région. J'ai découvert récemment quelques constructeurs traditionnels qui utilisent encore un savoir très ancien. En fait, la construction des tukuls est très semblable à celle des maisons celtiques traditionnelles.

— As-tu appris à les couvrir de chaume ? demanda-t-elle.

— J'ai appris à faire des toits de chaume au Royaume-Uni.

— Moi aussi, une fois. Peut-être que, un jour, on pourrait apprendre ensemble…

Elle se figea.

Qu'était-elle en train de faire ? Elle avait parlé sans réfléchir, gagnée par l'enthousiasme de Hayden, et il pourrait croire qu'elle faisait des projets pour le futur.

Ne lui avait-il pas déjà dit qu'il n'envisageait pas de la revoir une fois qu'ils auraient quitté ce pays ? Il n'avait jamais laissé entendre que s'engager dans une relation faisait partie de ses plans. Ce serait stupide de s'imaginer que cette soirée signifiait qu'il avait changé d'avis.

— Je veux dire bien sûr que l'humanitaire et l'armée pourraient apprendre ensemble, précisa-t-elle, gênée. Pas juste toi et moi.

— Bien sûr, dit-il doucement. J'ai pensé que, plutôt que de réparer le tukul de la cuisine, nous pourrions aussi bien le reconstruire.

— Waouh, ce serait super ! On aurait un endroit où les volontaires pourraient manger ensemble ?

— Cela favoriserait les échanges, en effet. Et si tout se passe bien, je pourrai contacter notre QG, et vous, votre équipe de votre côté, afin que l'on obtienne le feu vert pour construire à Jukrem un petit village autour de quelques stations d'eau fraîche supplémentaires. Qu'en penses-tu ?

Elle se retint de l'embrasser.

Ce qu'elle en pensait ? Qu'il avait vraiment le don pour la tirer d'embarras et qu'elle se sente de nouveau à l'aise !

— C'est une idée géniale, abonda-t-elle. Jukrem se développe plus vite que nous ne l'avions prévu. Cet endroit devait être temporaire, à peine plus qu'un camp mobile, et il est en train de devenir un centre médical important. Cela n'a rien d'étonnant, étant donné la proximité du camp de réfugiés où les gens affluent chaque jour.

Hayden approuva gravement de la tête.

— Maintenant que la saison des pluies est passée, de plus en plus de personnes déplacées et de réfugiés vont arriver en masse, par la route et par la rivière. Ce doit être à Mandy, en tant que coordinatrice de projet, de contacter les responsables humanitaires.

— Elle en sera ravie.

Et elle aussi... Pas seulement parce que l'équipe de Hayden allait les aider.

— Dans ces nouveaux tukuls, est-ce que la vie sauvage est en prime ? demanda-t-elle ironiquement.

— Comment ça ?

— Dans le mien, il y a un hérisson, Lisa a une souris, et Janet un couple de lézards.

— Et pas d'araignées ni de cafards ? Je verrai ce que je peux faire.

C'était agréable de pouvoir ainsi plaisanter et passer du temps ensemble, se dit-elle quand ils prirent le chemin du retour, environ une heure plus tard. Ils avaient aperçu d'autres travailleurs humanitaires en ville ainsi qu'un groupe d'hommes de Hayden. Tous appréciant ce moment de détente inattendu.

Mais déjà, ils devaient rentrer, et ce n'était sans doute pas un effet de son imagination quand il lui sembla que Hayden et elle ralentissaient le pas, comme pour prolonger encore un peu cette soirée.

Elle s'efforça de rester impassible quand il la raccompagna jusqu'à sa chambre.

— Me voilà arrivée, dit-elle, la main sur la poignée, sans pouvoir se décider à ouvrir.

— Oui.

Elle se raidit pour dissimuler son embarras.

— On se voit demain matin.

Au prix d'un grand effort, elle réussit à ouvrir la porte.

— Et si on allait jeter un œil sur le film ? suggéra brusquement Hayd.

À cet instant, elle eut terriblement envie de refermer la porte et de le suivre.

D'aller n'importe où avec lui.

Elle ne sut pas comment elle eut la force de pousser la porte et de faire deux pas à l'intérieur.

— Merci, mais je crois que je vais me coucher. La journée a été longue, et je n'ai pas eu une bonne nuit de sommeil dans un lit digne de ce nom depuis très longtemps.

En même temps, toutes les fibres de son être lui criaient de ne pas se conduire comme une idiote.

Encore une nuit. *Une seule nuit* avec Hayden avant qu'il retourne à Jukrem le lendemain matin. C'était trop tentant.

Il pencha légèrement la tête vers elle.

— Birdie...

— Il ne faut pas... Ce serait une erreur.

Elle claqua la porte et appuya le dos contre elle avant d'être tentée de faire quelque chose de stupide, comme le prendre par le bras et l'entraîner dans sa minuscule chambre.

Il lui fallut une bonne minute pour se calmer et parvenir à se détacher de la porte. Une autre minute pour aller jusqu'à son lit, tirer les couvertures et rester là, debout, à fixer les draps.

Elle avait envie de Hayden. Elle voulait une autre nuit comme celle qu'ils avaient passée ensemble le soir de la discothèque. Et, aussi incroyable que cela puisse paraître, il le voulait aussi.

Cela ne voulait sans doute pas dire qu'ils avaient un avenir ensemble, mais pourquoi devraient-ils en avoir un ? Pourquoi ne pourrait-elle pas profiter d'une autre nuit avec lui ? Car elle *voulait* cette nuit. Elle n'avait jamais autant désiré quelque chose de toute sa vie.

Son corps réagit plus vite que son cerveau. Soudain, elle se retrouva dans le couloir en train de marcher vers la chambre de Hayden, sans même savoir s'il y était allé directement. Elle frappa deux coups discrets à la porte et se glissa à l'intérieur avant qu'on ait pu la voir.

— Birdie ? grogna-t-il, surpris. Je croyais que tu avais dit que c'était une erreur.

— Ce sera la seconde en moins d'un mois, répondit-elle d'une voix mal assurée. Mais il nous reste encore deux mois à travailler ensemble. J'ai pensé à demander mon transfert...

Le regard bleu de Hayden s'assombrit.

— Peux-tu répéter ?

— J'ai appris par l'autre coordinatrice du projet qu'il y a une place vacante dans un autre camp. Elle m'a dit qu'elle va demander à Mandy si elle pourrait envoyer quelqu'un de Jukrem pour l'occuper.

— Et tu t'es portée volontaire ?

— Non, j'ai juste dit que j'en parlerais à Mandy à mon retour… Mais finalement, j'ai pensé que ce serait peut-être plus simple si je quittais Jukrem.

Il y eut un long silence.

— Tu as envie de quitter Jukrem ? demanda enfin Hayden.

— Non, avoua-t-elle.

— Je n'ai pas envie que tu partes non plus…

Avant qu'elle puisse lui répondre, il prit son visage entre ses mains et se pencha sur sa bouche.

Elle ne put que s'accrocher à lui tandis qu'il glissait les doigts dans ses cheveux et que sa langue s'invitait entre ses lèvres.

12

Pendant tout ce temps, Bridget s'était dit qu'elle avait embelli sa première nuit avec Hayden dans ses souvenirs, mais elle s'aperçut que c'était le contraire. Cette fois elle crut exploser de plaisir quand elle lui ouvrit sa bouche.

Mais elle voulait aussi le découvrir, le sentir.

Elle embrassa son cou, son torse. Il dégageait un léger parfum de santal et de musc, quelque chose d'indéfinissable qui faisait partie de lui.

Puis elle descendit lentement et s'agenouilla devant lui avant de déboutonner son pantalon et de le baisser.

Il laissa échapper un long soupir quand elle enroula les doigts autour de son membre dressé.

— Bridget...

Elle ignorait ce qui la poussait à faire cela, mais il n'était pas question qu'elle s'arrête.

— Chut, dit-elle, tout en sentant un étrange frisson de satisfaction la parcourir.

C'était inattendu, ce sentiment de pouvoir qui s'insinuait en elle. Même si elle était agenouillée devant Hayden, elle avait l'impression de le tenir tout entier dans le creux de sa main.

Alors, elle se pencha et l'accueillit dans sa bouche.

Certes, Hayden avait connu des femmes plus expérimentées que Bridget, et qui lui avaient donné beaucoup de plaisir, mais il n'avait jamais eu une réaction aussi intense qu'à cet instant.

Sa bouche était chaude autour de son sexe, et le désir courait dans ses veines, ainsi que quelque chose de sans doute nettement plus dangereux. Mais plus rien ne lui importait à cet instant.

Birdie. Avec elle, il était plus chaud qu'il ne l'avait jamais été. À chaque caresse de ses lèvres, il avait l'impression qu'elle libérait une partie de lui qui était toujours restée enfouie.

Sentant qu'il ne pourrait bientôt plus se maîtriser, il fit en sorte d'échapper à sa bouche gourmande et la souleva pour la déposer sur la couette.

Il ne comprenait pas ce qu'il y avait chez elle qui lui faisait perdre ainsi le contrôle, mais la seule chose qui comptait pour le moment, c'était de serrer contre lui ses formes généreuses.

Il partit de nouveau à la découverte de sa peau satinée, et elle ne tarda pas à gémir de plaisir.

— S'il te plaît, Hayd, murmura-t-elle en posant les mains sur le bas de son dos. Maintenant…

Birdie. Oh ! Birdie !

Il lui avait dit qu'elle était arrivée ici parce qu'elle fuyait un problème. Mais il ne lui était jamais venu à l'idée qu'il avait fait la même chose avec l'armée. Il n'avait sans doute pas voulu le voir, mais lui aussi, il s'était perdu, et il ne s'en rendait compte qu'à présent, maintenant qu'elle était venue le retrouver !

Se soulevant au-dessus d'elle, il la pénétra et se mit à bouger lentement.

— Plus fort, haleta-t-elle, relevant les hanches.

Il s'exécuta, jusqu'à ce qu'aucun d'eux ne sache plus où commençait l'un et ou finissait l'autre.

Comme si cela aurait toujours dû en être ainsi.

Ce fut elle qui cria la première, et il s'abandonna enfin à la vague du plaisir, qui le saisit et l'emporta plus haut qu'il n'avait été et qu'il n'irait probablement jamais.

Lorsque Bridget émergea enfin du cocon de bien-être qui l'enveloppait, son corps était toujours blotti contre celui de Hayden. Tous les deux s'emboîtaient parfaitement.

Une foule de questions lui brûlait les lèvres, mais elle ne voulait pas risquer de rompre le charme qui régnait dans la minuscule chambre. Hayden restait silencieux, la serrant contre lui comme s'il ne voulait plus la lâcher.

— Tu avais raison quand tu m'as dit que je fuyais quelque chose en venant ici, commença-t-elle enfin. Je ne voulais pas l'admettre, mais maintenant cela m'apparaît clairement.

Sans répondre, il la serra encore plus fort, l'encourageant à sa manière à parler.

— J'ai eu une enfance plutôt privilégiée, tu sais. Une belle maison, une bonne école, beaucoup d'argent, et mes parents évoluaient au sein de l'élite sociale. Mais quand j'ai eu treize ans, mon père a été arrêté pour escroquerie, et il s'est suicidé peu de temps après alors qu'il était en réclusion. Du jour au lendemain, tout le monde nous a tourné le dos, à ma mère et à moi, y compris ceux qui avaient prétendu être nos amis.

Hayden poussa un léger grognement de réprobation, ce qui l'encouragea à continuer.

— D'un seul coup, notre vie s'est effondrée. Nous avons été chassées de notre maison, et tous nos avoirs ont été gelés. On ne nous a autorisées à emporter que deux valises sous le regard vigilant de la police, et on n'avait pas d'endroit où aller. Personne ne voulait nous aider, car autour de nous personne ne pouvait admettre que ma mère n'avait été au courant de rien.

— Est-ce qu'elle l'était ? demanda doucement Hayden.

Ses bras étaient toujours autour d'elle, lui donnant une impression de sécurité.

— Non. Je ne le crois vraiment pas. Ma mère était très belle, et pas du tout matérialiste. Elle n'avait tout simplement pas les pieds sur terre et s'en remettait à mon père pour tout. Elle croyait absolument tout ce qu'il lui racontait, ce que les médias n'ont jamais pu comprendre. C'est devenu un scandale à l'échelle nationale.

Il y eut un silence.

— Est-ce que ton père s'est donné la mort avant son procès ?

Elle lutta contre la nausée qui la menaçait.

C'était elle qui avait abordé ce sujet, elle n'allait pas la laisser la submerger comme pendant ces treize dernières années.

— Oui, répondit-elle enfin. Maman et moi, nous étions dévastées. Je n'avais que treize ans, et jusque-là, j'avais idolâtré mon père. Maman s'est laissée sombrer. Mon père avait été toute sa vie, elle était complètement dépendante de lui. C'était lui qui apportait l'argent, elle n'avait jamais gagné un penny…

Elle ferma les yeux, plongeant volontairement dans ses souvenirs les plus sombres au lieu de s'en détourner comme elle en avait pris l'habitude.

Remuer tout cela était effrayant, mais grâce aux bras de Hayden autour d'elle, elle savait qu'elle n'allait pas sombrer.

— Mais le pire restait à venir, reprit-elle d'une voix étranglée : après la mort de mon père, les médias se sont rabattus sur nous et nous ont harcelées. Pendant des années, nous n'avons pu aller nulle part sans que quelqu'un nous reconnaisse. Maman est tombée dans la dépression, enchaînant une addiction après l'autre pour tenter d'oublier. C'était moi qui devais m'occuper d'elle.

— Tu n'as pas besoin de continuer si c'est trop pénible, dit tendrement Hayden. Mais je suis là pour toi…

Elle hocha la tête, tentée d'arrêter. En même temps, cela faisait du bien de pouvoir enfin parler.

— Aussi loin que je me rappelle, j'avais toujours voulu devenir médecin. J'avais de bons résultats à l'école, mais après m'être retrouvée sans amis, je me suis carrément jetée dans les études. J'ai obtenu les grades pour aller à l'université de médecine, mais je n'avais pas l'argent nécessaire pour soutenir mes études. Et j'ai vite compris que je ne pouvais pas laisser maman.

— C'est pour ça que tu es devenue infirmière ?

— C'était le meilleur compromis que j'aie trouvé. Ainsi, je pouvais rapporter plus rapidement de l'argent pour qu'on ait un toit sur nos têtes, et je restais dans le domaine médical sans avoir à m'éloigner pour entreprendre de longues études. Puis maman a refait sa vie, mais ce n'est qu'après sa mort, il y a cinq ans, que je me suis engagée comme volontaire.

— Et là, tu t'es en quelque sorte métamorphosée, commenta

Hayden. Je comprends pourquoi c'était plus facile à faire à des milliers de kilomètres...

— Mais maintenant, je ne veux plus fuir, assura-t-elle. D'ailleurs, j'ai l'impression que depuis que je t'ai rencontré, je ne m'enfuis plus.

— Je m'étais trompé, Birdie. Cela fait quelque temps que je ne crois plus que tu cherches à fuir. Tu avances avec confiance, insufflant du courage autour de toi. Tu es plus une source d'inspiration qu'autre chose.

— Même pour toi ? demanda-t-elle d'un ton taquin.

— Surtout pour moi, grommela-t-il.

Elle s'écarta de ses bras et se mit à califourchon sur lui.

— Montre-moi.

— À tes ordres.

Posant les mains sur ses hanches, il la souleva comme si elle ne pesait pas plus qu'une plume et l'installa où il la voulait.

Aussitôt, elle sentit la chaleur la gagner et, rejetant la tête en arrière, se laissa guider là où il voulait les emmener.

13

Le soleil pointait à peine à l'horizon lorsque les hommes de Hayden alignèrent leurs véhicules aux portes de l'enceinte.

Bridget jeta son sac dans l'un d'eux en évitant de le regarder, de crainte que ses émotions ne se lisent sur son visage.

Son corps se remettait à peine des délices de leur nuit. En fait, ils n'avaient pratiquement pas cessé de faire l'amour jusqu'à ce qu'elle se glisse dehors quelques heures auparavant, juste à temps pour qu'ils ne se fassent pas surprendre.

À présent, ils allaient retourner à Jukrem, car il avait été décidé avec les médecins que, bien que la mère et son bébé aient l'air en forme, il était préférable qu'ils restent encore quelques jours à Rejupe, le temps de se remettre complètement avant de repartir en avion au milieu de la semaine.

Mais les volontaires de Rejupe semblaient plus agités que d'habitude.

— Que se passe-t-il ? s'enquit-elle.

Avant que quelqu'un ait pu lui répondre, elle vit un des hommes de Hayden se précipiter vers celui-ci pour lui parler.

— Mon commandant, un camp aurait été attaqué à… Luerina, annonça-t-il en consultant ses notes. On n'indique pas de pertes humaines, mais nous sommes envoyés en reconnaissance dans le secteur.

Elle sursauta. Elle connaissait des volontaires qui étaient partis là-bas. C'étaient non seulement des collègues, mais des amis !

Hayden se tourna vers elle et lui fit un signe.

Elle se hâta de s'approcher du véhicule.

— Tu connais le camp de Luerina ? lui demanda-t-il.

— Il est situé à environ deux jours par la route, au nord de Rejupe. C'est un petit camp comme Jukrem... Vous êtes certain qu'il n'y a pas de blessés ? demanda-t-elle anxieusement en s'adressant au soldat.

— Pas que nous sachions, madame. Mais nos renseignements sont incomplets. On n'a jamais communiqué avec cette zone, et les rapports que nous avons proviennent de l'organisation humanitaire. Vous obtiendrez probablement d'autres informations par votre équipe.

En effet, l'organisation avait son propre réseau de communication. Les responsables du projet auraient peut-être plus d'informations.

— Merci, je vais aller voir tout de suite si c'est le cas.

Elle traversa à toute allure la cour en direction du groupe de l'hôpital.

Hayden ne tarda pas à la rattraper.

— Du calme, dit-il en lui posant une main sur le bras. Cela n'aidera personne si tu te retrouves avec une cheville foulée.

Elle s'exécuta à regret.

— Tu connais l'équipe ? demanda-t-il.

Elle hocha la tête et se mordit la lèvre, réprimant un sanglot.

— Je sais, dit-il avec douceur. Vous êtes tous ici pour participer à une action humanitaire, c'est un peu comme une grande famille...

Une fois dans l'hôpital, ils se dirigèrent vers le bâtiment de la radio.

Il y avait beaucoup de gens agglutinés autour du poste, dont le volume était plus fort que d'habitude.

Bridget questionna une des infirmières qu'elle avait vues la veille.

— Apparemment, Luerina a été attaqué il y a quelques jours par deux pick-up de rebelles. Ils ont pris des médicaments, de la nourriture et un véhicule humanitaire, mais heureusement personne n'a été blessé.

Enfin une bonne nouvelle.

— Et ceux qui travaillaient là-bas ?

— Ils sont en route pour notre camp. L'association les a rappelés aussitôt, et ils resteront jusqu'à ce que la police locale appréhende les rebelles avec le véhicule qui leur reste. Ils sont à moins d'une heure d'ici.

Elle poussa un soupir de soulagement.

— Vous repartez à Jukrem avec l'armée ? lui demanda l'infirmière.

— Avec une partie de l'unité, précisa-t-elle. Hayd… Le commandant Brigham doit emmener un groupe d'hommes en reconnaissance dans la zone de Luerina.

— Tant mieux, dit l'infirmière. Ce serait bien qu'on sache exactement ce qu'il se passe là-bas et combien il y a de rebelles. Jusqu'à présent, les informations sont contradictoires.

Hayden était exactement l'homme de la situation. Alors, pourquoi avait-elle le cœur serré, comme s'il ne fallait pas qu'il y aille ?

— Je crois que les coordinatrices du projet sont en train de former un groupe qui repartira avec vous, ajouta l'infirmière.

— Un groupe de volontaires médicaux ? À Jukrem ?

— Comme nous n'avons pas besoin de plus d'auxiliaires médicaux à Rejupe pour le moment, nous avons pensé envoyer une équipe de vaccination mobile à Jukrem pour vous aider à gérer le soudain afflux de réfugiés que vous connaissez près de la frontière – surtout des mères et leurs bébés.

Aussitôt, Bridget se sentit tout ouïe.

C'était une très bonne idée !

Si seulement elle faisait partie de l'équipe médicale mobile, cela lui offrirait la diversion idéale pour éviter de s'inquiéter pendant que Hayden poursuivrait le groupe de rebelles. Et cela l'aiderait à se refocaliser sur ce métier qu'elle avait toujours adoré : être infirmière dans des endroits comme celui-ci…

Une fois qu'elle en aurait parlé avec Mandy à son retour peut-être celle-ci accepterait-elle de l'affecter à cette équipe dans la mesure où cela diminuerait la pression dans le camp ?

— Est-ce que vous savez s'ils auraient besoin d'un élément supplémentaire ?

— C'est généralement le cas, répondit l'infirmière en riant.

En rejoignant ensuite l'unité de communication pour tenter de contacter Jukrem, elle se sentit un peu rassérénée : elle avait un projet qui lui éviterait de tourner en rond en s'inquiétant pour Hayden.

Il n'y avait plus qu'à souhaiter que cela fonctionne aussi bien en pratique qu'en théorie.

— Je vais d'abord te présenter Waeya, trois ans, annonça Gaby, l'infirmière de triage, alors que Bridget pénétrait avec elle dans la clinique mobile de fortune de sa nouvelle équipe, située près du camp de réfugiés installé à une demi-journée de voiture de Jukrem.

Comme prévu, l'augmentation de réfugiés franchissant la frontière avait entraîné une plus grande fréquentation du camp de Jukrem, et Mandy avait approuvé avec enthousiasme l'idée de l'équipe de vaccination mobile capable de se charger de centaines d'entre eux. Plus qu'une semaine de travail, lui avait-elle dit, et Jukrem aurait rattrapé son retard.

Dès à présent, Rejupe et Jukrem étaient en train de recruter et de former à la fois des infirmières locales et des auxiliaires médicaux. C'était la preuve de l'intégration de leur organisation humanitaire dans la région qui avait gagné la confiance des locaux. Toutes les équipes de la région pouvaient être fières d'elles – comme elle l'était elle-même.

Pour couronner le tout, elle n'était plus constamment en train de penser à Hayden et à se demander s'il était sain et sauf : il était loin du camp – et loin d'elle.

Était-il repassé au camp pour se rendre compte qu'elle n'était plus là ?

Aussitôt, elle s'en voulut d'y avoir seulement pensé.

Hayden Brigham ne se souciait sûrement pas d'elle. Cette dernière nuit avait été unique, et elle le resterait. Point. Dès qu'il avait su qu'il partait en mission, il avait dû faire en sorte de l'oublier pour se concentrer totalement sur son travail. Exactement ce qu'elle-même était censée faire.

Hayden avait été très clair sur le fait qu'il n'avait rien de plus à lui donner, mais de son côté, elle continuait à craindre de n'être pas capable de mettre ses émotions de côté comme il le faisait. Il y avait toujours une partie d'elle qui ne tenait pas compte de tous les avertissements qu'elle s'envoyait…

Elle revint à la réalité face au corps menu et à la frimousse grave de la petite fille qui gisait sur le lit équipé d'une moustiquaire.

— C'est la mère de Waeya qui l'a amenée, poursuivit Gaby. Elle tousse, elle a des douleurs dans la poitrine, et elle est très décharnée. Elle pèse quatre kilos et demi. On a diagnostiqué la tuberculose et commencé un traitement avec des antibiotiques par la bouche, puis des injections. La maman est dans la pièce voisine, en train d'être contrôlée. Suis-moi, je vais te montrer notre dernier patient.

Sa nouvelle collègue la conduisit sous une autre tente équipée de deux lits. Sous l'une des moustiquaires se trouvait un tout jeune enfant.

— Hamar a dix-huit mois. Il n'avait pas eu de vaccin contre la rougeole quand sa famille a fui son village après une attaque. J'ignore combien de semaines ou de mois il leur a fallu pour arriver jusqu'ici, ni comment il a contracté la rougeole.

— Vous lui avez donné de l'oxygène pour soutenir ses poumons et des antibiotiques pour lutter contre les infections secondaires ?

— Oui, mais son état a continué à se détériorer, et nous avons dû recourir aux stéroïdes pour constater une amélioration. Actuellement, il est réhydraté et sous salbutamol, et on dirait qu'on a franchi le seuil critique.

Durant les heures qui suivirent, Bridget passa en revue les cas de leurs patients.

Lorsqu'elle émergea de la tente en se protégeant les yeux du soleil, elle ne s'attendait pas à voir la foule de gens qui se bousculaient dans la zone du marché. Poussée par la curiosité, elle suivit le mouvement.

Soudain, elle s'arrêta net.

Elle s'était attendue à tout, sauf à voir Hayden accroupi sur le sol, en train de passer au tamis de l'eau boueuse.

Que fabriquait-il ici ?

Elle avait un millier de questions sur le bout de la langue, tout se bousculait dans sa tête. Pourtant, à sa surprise, elle réussit à maîtriser son émotion.

— Alors, on s'amuse bien ? demanda-t-elle avec ironie.

Hayden releva la tête et lui jeta un coup d'œil critique.

— J'ai eu une dure journée au bureau, répondit-il sur le même ton.

Comme s'il n'était pas parti et que rien d'extraordinaire ne s'était passé... Ce qui était peut-être le cas pour lui ?

Mais il se releva pour lui faire face. Et quand il lui écarta doucement une mèche de cheveux du visage avec le dos de la main, elle se sentit soudain presque joyeuse.

— Il y a des réfugiés qui se sont emparés de ce vieux générateur, mais il y a toujours un mélange de boue et de saletés qui sort dans l'eau. J'ai su qu'on allait installer un nouveau camp de transit ici, et j'en ai profité pour amener une section qui réparera le générateur.

— Tu es venu à bout des rebelles à Luerina ?

— À notre arrivée, ils étaient repartis depuis longtemps. On a patrouillé avec la police locale, et on n'a trouvé aucun signe d'eux. On suppose qu'ils ont changé de coin après avoir obtenu ce qu'ils voulaient, mais la police est tout de même restée sur place.

Il était tout près d'elle, et elle sentait la chaleur que dégageait son large torse, ce qui eut aussitôt des répercussions sur son propre corps – répercussions qu'elle s'efforça d'ignorer.

— Et quand tu auras fini de jouer les supermen ? demanda-t-elle sur le même ton léger.

— Je vérifierai le travail de mes hommes. Ils sont en train de construire notre premier pont permanent pas très loin d'ici. Les matériaux ont été parachutés la nuit dernière. Si vous êtes prêts à retourner à Jukrem ce soir, est-ce que vous pourrez attendre quelques heures ? Je voudrais vraiment remettre cette pompe en marche.

Elle était censée prendre le relais là-bas avec la nouvelle équipe, mais elle savait que Mandy préférerait attendre un peu plus longtemps si les habitants de ce village pouvaient de nouveau accéder à de l'eau propre et fraîche.

— C'est possible, répondit-elle.

Hayden s'était de nouveau accroupi quand elle entendit le bruit d'un moteur, et la voiture du commandant en second s'arrêta près d'eux. Il accourut aussitôt, et elle comprit que c'était sérieux pour qu'il se précipite ainsi sous cette chaleur.

— Qu'y a-t-il, Dean ? demanda Hayden en se relevant rapidement.

— On a eu un message par la radio humanitaire. Le village de Lawian vient juste d'être attaqué par des rebelles, probablement le même groupe qu'à Luerina.

Il fallut quelques secondes à Bridget pour se rappeler où se trouvait Lawian : une petite ville au nord-est de Jukrem et au sud-est de Rejupe.

— Quel est le bilan ? demanda Hayden.

— Il n'y a pas de blessés sérieux, juste des gens qui ont été malmenés. Des coups de feu ont été tirés.

— Donc, ils se déplacent, et c'est le début de l'escalade, commenta-t-il. Tu as entendu, Birdie ?

Elle hocha la tête et se rapprocha.

— La dernière fois, ils avaient juste agité leurs fusils sous le nez des villageois en klaxonnant, dit-elle.

— Quoi d'autre, Dean ?

— D'après Mandy, ils se dirigent vers le sud et sont de plus en plus désespérés.

— Sait-on s'ils viennent vers nous ?

Hayden lui jeta un bref coup d'œil, et elle sentit son cœur battre plus vite à la pensée qu'il s'inquiétait pour elle.

— En fait, on ignore s'ils vont continuer vers le sud ou bifurquer à l'est quand ils sauront que l'armée britannique est dans les parages.

— Que va faire la police locale ? demanda-t-elle.

— Aux dernières nouvelles, ils patrouillaient au nord de

Rejupe. On ne s'attendait pas à ce que les rebelles bougent si loin et si vite. S'ils sont à Lawian, il faudra un jour ou deux à la police pour s'y rendre.

— C'est pourquoi les villageois espèrent que nous pourrons les aider, ajouta Dean.

— Il suffira peut-être d'avoir l'air menaçant, dit Hayden d'un air pensif. Ces bandits s'en prennent à de petits villages qui ne peuvent pas se protéger, volant tout ce qu'ils peuvent et repartant avant qu'on puisse les rattraper. Il n'est guère probable qu'ils s'attaquent à ce camp si on se trouve à proximité.

— J'ai pensé la même chose, approuva Dean. Notre seule présence doit suffire à les dissuader d'approcher.

— On peut l'espérer, dit Hayden, l'air sombre. Pour l'instant, gardons cela entre nous et Mandy. Inutile d'alerter le reste du personnel et de paniquer tout le monde. Mais si elle se prépare à évacuer rapidement le personnel, comme le camp Luerina l'a fait ?

De nouveau, Bridget vit son regard se poser brièvement sur elle, comme si Hayden ne pouvait pas s'en empêcher.

— Mandy veut avoir votre évaluation avant de faire ses recommandations, monsieur.

Bridget savait que l'organisation humanitaire avait l'obligation légale de s'en tenir à la prudence avant toute chose. Elle était persuadée qu'aucun membre du personnel ne souhaiterait s'en aller, mais c'était au commandant et à la coordinatrice de régler cette question. Après tout, Hayden était un militaire, il avait déjà connu ce genre de situation. C'était son métier, comme le sien était d'être infirmière.

Mais cette fois, c'était différent. Il y avait une escalade dans la violence, ce qui mettait Hayden et ses hommes face à un danger plus important. Et elle risquait de le perdre.

Comme si elle était en position de le perdre…

— OK ! dit soudain Hayden, la faisant légèrement sursauter. Il faut prévenir les hommes qu'ils se tiennent prêts à escorter les véhicules humanitaires pour une évacuation d'urgence, ordonna-t-il, avant de noter une série de noms.

Il était ferme, précis, et ne montrait pas le moindre signe d'émotion.

— Il faudra prévoir d'évacuer deux patients sérieusement atteints mais stables, que nous ne pouvons pas nous permettre de laisser derrière nous, intervint-elle. Si vous pouviez ajouter un soutien logistique...

— Combien ? demanda-t-il.

Elle nota au passage qu'il ne discutait pas son avis, et cela lui fit chaud au cœur.

— Nous avons trois 4x4 pour le personnel et deux patients. Il faudra en emmener au moins quatre autres qu'on ne pourra pas laisser. Et ce serait bien si vous pouviez les loger.

— Entendu.

Hayden ajouta d'autres noms à sa liste.

— Dean, il faudra préparer deux autres camions, le second tiendra lieu d'ambulance.

— Vous serez bientôt prêts ? demanda-t-elle.

— Mes hommes vont finir rapidement ici, et on pourra partir, confirma-t-il en tendant la liste à son second. Et, Dean... Il vaudrait mieux que l'ambassade soit mise au courant.

14

Il faisait une chaleur écrasante sous la tente. Tout le monde était en effervescence, échangeant des impressions fiévreuses. Tous se turent instantanément au moment où Hayden entra, flanqué de Dean et de Mandy, et s'adressa à l'assemblée.

— Comme vous le savez, les rebelles ont poursuivi leurs attaques contre plusieurs villages de la région, résuma-t-il. Vous allez devoir vous préparer à une évacuation d'urgence pour Rejupe avec le soutien de l'armée.

— Et pour les patients ? demanda aussitôt Bridget.

— Il a été décidé que nous emmènerions seulement les plus sérieusement atteints, répondit Hayden.

Comme un seul homme, le personnel médical se tourna vers Mandy, s'attendant à ce qu'elle insiste pour rester, car les réfugiés avaient besoin d'eux.

Mais elle resta silencieuse.

Lisa s'adressa à Hayden.

— Vous êtes l'armée, dit-elle. Ne pouvez-vous pas combattre les rebelles ?

— Nous avons été envoyés ici pour bâtir des infrastructures dans la région, et non en tant que force armée, répondit-il. Nous ne nous attendions pas à des hostilités, et nous n'avons pas l'autorisation de les attaquer. Il faut que vous vous prépariez à évacuer.

— On ne peut pas partir comme ça, insista Lisa. Mandy, s'il vous plaît. Vous ne pouvez pas vouloir qu'on s'en aille ?

— Je comprends ce que vous ressentez, répondit la coordinatrice du projet avec sympathie. Mais la mission ne peut pas se permettre de prendre un tel risque. Il faut que le gros de l'équipe médicale soit prêt à partir à Rejupe si nécessaire, en emmenant les patients dont l'état est le plus critique et en emportant autant de matériel que possible.

— On ne peut pas abandonner les autres patients, objecta Bridget. Ils ont encore besoin de nos soins.

— Nous laisserons ici un petit groupe dont je ferai partie, pour que les choses puissent continuer à tourner au ralenti, assura Mandy. Mais si cela devient trop dangereux, nous devrons partir aussi.

— Mais nous avons une troupe de l'Ingénierie royale, dit quelqu'un. Ainsi qu'un détachement de l'infanterie à quelques centaines de mètres. Il faudrait que ces rebelles soient fous pour nous attaquer, non ?

— Raison de plus pour penser qu'ils sont de plus en plus désespérés, répondit Mandy.

— Et les groupes désespérés sont imprévisibles, ajouta Hayden. On ne peut pas affirmer qu'ils ne vont pas kidnapper un travailleur humanitaire et demander une rançon.

— Et s'ils vous tirent dessus ? demanda quelqu'un d'autre.

— Dans ce cas, nous sommes en droit de riposter.

Bridget s'agrippa à la table métallique derrière elle.

Si les rebelles tiraient sur le détachement de Hayden, les paramètres étaient changés. Il n'était pas irréaliste de considérer qu'il pouvait être blessé. Voire *tué*.

Elle sentit la nausée la gagner.

Quelle imbécile elle avait été de se rapprocher ainsi de lui ! D'être trop investie. À présent, elle était terrifiée à l'idée qu'il puisse être blessé dans un affrontement avec les rebelles.

Mais c'était son métier, et il aimait ce qu'il faisait. Elle n'avait aucune raison de croire qu'elle pourrait l'en empêcher. Ni d'espérer qu'il resterait avec elle.

Lentement, elle se tourna vers Mandy.

— Dans ce cas, je suis volontaire pour faire partie du personnel qui restera ici.

— Non.

La voix de Hayden avait claqué comme un coup de fouet. Si froide, si dure. Comme s'il la blâmait d'avoir fait quelque chose.

— Ce n'est pas au personnel de décider qui reste et qui s'en va, poursuivit-il. Mandy et moi en avons discuté, et nous nous sommes mis d'accord sur une liste de cinq noms en fonction des capacités et de l'expérience de chacun. Il est inutile de revenir là-dessus.

— En fait…, commença Mandy en consultant ses notes, tu as déjà connu ce genre de scénario il y a quelques années, n'est-ce pas, Bridget ?

— Tout à fait, répondit-elle, en évitant de croiser le regard de Hayden.

— Parfait. Alors j'ajoute ton nom à la liste, dit Mandy en joignant le geste à la parole.

Bridget fut-elle la seule à lire la désapprobation dans les yeux bleus de Hayden ? Pourtant, en bon soldat, il retrouva une expression impassible avant de reprendre la parole.

— Bon. Le personnel restant va maintenant être briefé par Mandy pour préparer les patients qui partiront lors de l'évacuation initiale.

Plus personne ne protesta au sein du groupe. Visiblement galvanisés par le ton sans réplique de Hayden, les assistants s'approchèrent pour prendre connaissance de la liste.

— Tous les autres ont dix minutes pour préparer leurs affaires et revenir chercher les patients. Le départ aura lieu dans une demi-heure, et personne ne sera en retard. C'est clair pour tout le monde ?

— Oui, répondirent-ils en chœur avant de se disperser.

Mais alors que Bridget allait s'éloigner, elle eut la surprise de voir Hayden s'approcher d'elle, lequel la saisit par le bras pour l'entraîner discrètement dans un des tukuls en réparation.

Son cœur se mit à battre à grands coups.

Tout cela ne présageait rien de bon.

— Il faut que tu retires ton nom de la liste des volontaires qui restent en arrière, dit Hayden d'un ton sans réplique.

Il savait qu'il n'aurait pas dû faire ça, mais même avec le regard blessé de Bridget sur lui, il ne put s'en empêcher.

Il avait beau se détester pour ce qu'il faisait, il aimait encore moins l'idée que quelque chose puisse arriver à cette femme.

— Retire ton nom, Birdie, répéta-t-il d'une voix éraillée.

Elle fronça les sourcils.

— Pourquoi ?

— Parce que ce n'est pas sans danger.

Elle le regarda avec étonnement.

— C'est beaucoup moins dangereux que ce que tu fais, répliqua-t-elle.

— Ça m'est égal. Tu ne peux pas rester ici.

— Pourquoi pas ?

Il ne voulait pas répondre. Tout en lui se révulsait contre ce qu'il faisait, mais il devait l'arrêter pour qu'elle soit en sécurité.

— Parce que tu es une source de difficultés, lâcha-t-il enfin.

Elle écarquilla les yeux, choquée, avant de paraître horrifiée, puis furieuse.

— Je suis quoi ?

— Une source de difficultés, répéta-t-il.

Cela ne pouvait pas être lui qui disait des choses pareilles. Mais à présent il ne pouvait plus reculer.

Bridget comptait pour lui comme jamais personne auparavant, et il ne pouvait pas supporter l'idée que quelque chose lui arrive. Une partie de lui l'avait compris depuis longtemps.

— Tu m'as bien entendu, dit-il, n'ayant plus la force de se répéter. Retire juste ton nom.

— C'est parce que tu tiens à moi.

C'était plus une affirmation qu'une question.

— Dis-le, Hayd. Dis que tu tiens à moi.

Mais bien qu'une partie de lui ait terriblement envie d'acquiescer, il s'y refusait. Comme si c'était une sorte de faiblesse.

— Non.

— À l'évidence, si.

— Non, répéta-t-il, même si lui-même n'y croyait pas. Pas plus qu'à aucune autre de tes collègues.

Toutes sortes de sentiments se bousculaient en lui.

Il n'avait jamais connu cette situation, il ne l'avait pas voulue. Il se vantait d'être cool et détaché, et il ne laissait entrer personne dans sa vie parce que ce n'était jamais ni stable ni constant. N'était-ce pas ce que sa mère lui avait toujours appris ?

— L'armée est ton métier, Hayden, dit soudain Bridget, la voix plus ferme qu'il ne l'avait jamais entendue. Ce que tu fais m'effraie, mais je l'accepte. Cela fait partie de toi, et c'est ce qui te fait vibrer. Quant à moi, être infirmière ici est *mon* métier. C'est ce qui me rend fière de ce que je suis. Tu n'as pas le droit de chercher à m'arrêter sous prétexte que tu as soudain pris conscience que tu tenais à moi.

— Il ne s'agit pas de ça, grommela-t-il.

— Je pense que si.

Il serra les mâchoires, s'abstenant de répondre.

— Enlève ton nom, Birdie, dit-il une dernière fois. Si tu ne le fais pas, je vais voir Mandy et le faire à ta place.

Sur ces mots, il pivota sur lui-même et quitta la case, tournant le dos à la femme dont il craignait terriblement d'être en train de tomber amoureux.

Bridget attendait l'arrivée de l'hélicoptère à Rejupe par une journée au ciel maussade.

Au moment où leur petite équipe avait fini par être évacuée de Jukrem, elle avait demandé à Mandy d'être transférée. Il y avait dans la région de nombreux autres camps humanitaires, suffisamment éloignés pour être à l'abri des rebelles et qui demandaient désespérément de l'aide. Certaines collègues allaient prêter main-forte au camp principal de Rejupe, tandis que d'autres, comme elle, étaient transférées dans de petits camps à travers la région.

Elle se rappela sa conversation avec Hayden dans le tukul, quand elle avait cru qu'il la détestait et qu'il cherchait à l'exclure.

Cela lui avait fait plus mal qu'elle n'aurait cru. Puis, dans un éclair de lucidité, elle avait compris que c'était en réalité tout le contraire : il l'aimait à sa façon dominatrice – comme son père avait dû dominer sa mère pour que celle-ci le soutienne dans sa carrière militaire et qu'il lui dicte ses propres choix.

Le plus grave, c'était qu'elle avait même envisagé un bref instant de retirer son nom de la liste ce soir-là, pour lui plaire.

Mais ce n'était pas de l'amour. Ça ne pouvait pas être *cela*. C'était pourquoi il fallait qu'elle s'en aille.

Il ne lui restait plus qu'à obtenir l'accord signé de Mandy qu'elle emporterait avec elle dans l'avion, et dans quelques heures elle se retrouverait à plus de cent cinquante kilomètres de là, dans un autre village, un autre camp, où elle ne risquait pas de retomber sur Hayden Brigham.

Elle n'avait pas pris cette décision de gaieté de cœur, mais c'était le meilleur choix à faire étant donné les circonstances. Comment pourrait-elle rester focalisée sur son travail comme elle l'avait toujours été dans le passé, si elle rêvait à longueur de temps à la prochaine fois où ils se retrouveraient seuls ?

Car son corps lui rappelait traîtreusement comme elle se sentait bien avec lui, le seul homme qui l'avait réellement connue…

Elle avait eu tort de tant se rapprocher de Hayden Brigham. Il l'avait pourtant prévenue dès le début, mais elle ne l'avait pas écouté. Elle s'était laissé prendre par ses sentiments – et sans doute aussi son inexpérience – en mélangeant le sexe et les émotions. En voulant croire que leurs nuits passées ensemble, et même leurs conversations, avaient signifié davantage pour lui qu'en réalité, et qu'elle avait plus d'importance pour lui qu'elle n'en avait réellement.

Certes, il y avait une véritable alchimie sexuelle entre eux, c'était indéniable. Mais ce n'était pas une connexion ni un lien, et certainement pas de l'amour.

Or, elle ne pouvait pas retourner à Jukrem de crainte de se retrouver face à Hayden et à sa propre faiblesse. Car ils finiraient forcément au lit ensemble, et pas qu'une fois.

Cette proposition de transfert dans un autre camp ne pouvait pas mieux tomber, se répéta-t-elle pour la dixième fois au moins depuis une heure, comme pour s'en convaincre.

Comme elle entendait des pas qui s'approchaient, elle se prépara à arborer un large sourire.

— Est-ce que tout est prêt ? demanda-t-elle en se retournant.

— Pas exactement, répondit une voix grave.

Son cœur fit un bond.

— Hayd. J'attendais Mandy. Quand es-tu arrivé ?

— Il y a cinq minutes.

— Et les rebelles ?

— On les a arrêtés. Des renforts locaux sont arrivés la nuit dernière. Mais je ne suis pas venu pour te parler de criminels de bas étage.

C'était pourtant la seule chose dont elle était capable de discuter.

— Il y a encore tellement de patients à traiter à Jukrem, c'est super que le reste des volontaires puisse y retourner.

— *Tout le monde* peut y retourner.

— Pas moi.

Hayden lui jeta un coup d'œil exaspéré, dans lequel elle crut voir... quelque chose sur quoi elle ne devait pas s'attarder si elle ne voulait pas perdre de vue le but de son départ.

— Tu ne peux pas être sérieuse en déclarant vouloir travailler dans un autre camp ?

— Pourquoi pas ? Je vais sélectionner et former une équipe de soignants locaux. C'est une promotion.

— Mais tu fais partie du personnel médical, pas de l'administration.

— Cela ne veut pas dire que je ne peux pas avoir davantage de responsabilités. De plus, j'ai une prolongation de trois mois, ce qui me permettra d'acquérir plus d'expérience dans cet environnement. Cela ne peut que profiter à ma carrière.

Il avait l'air si réprobateur. Comme s'il savait mieux qu'elle ce qu'il lui fallait !

— Tu n'as qu'à demander à Mandy de te donner plus de responsabilités à Jukrem. Avec tout ce que tu as fait dans les cas d'urgence et pendant l'évacuation, tu as prouvé que tu étais un des éléments les plus précieux de l'équipe.

Voilà qu'il recommençait à lui expliquer ce qui était le mieux pour elle. Comme son père avait fait avec sa propre mère.

Comment pouvait-elle avoir autant envie d'être d'accord avec lui ? Elle se détestait d'être aussi faible.

— Je ne reste pas, Hayden, dit-elle soudain.

— Il le faut, insista-t-il. Si tu t'en vas...

— Eh bien, quoi ?

— Comment est-ce que je vais savoir si tu vas bien ? Si tu es en sécurité ?

Il n'en avait jamais dit autant. Doucement, il lui frôla la joue d'un revers de main, et elle ne sut pas où elle puisa la force de lui répondre.

— Hayd...

Sa voix était à peine audible.

— Je ne comprends pas. Il y a quelques jours, tu me disais que je devais partir parce que tu ne pouvais pas te concentrer quand j'étais là. À présent, tu me dis que je dois rester pour que tu sois rassuré sur mon sort. Tu vois bien qu'il y a quelque chose qui cloche !

— Parce que je veux qu'il ne t'arrive rien ?

— Non. Parce que tu me demandes de régler *ma* vie en fonction de ce qui te convient à *toi*.

— Ce n'est pas ce que j'ai dit, protesta-t-il.

— Si. C'est exactement ce que tu as dit.

Elle aurait été capable de s'exécuter, si cela avait signifié être avec lui, construire quelque chose ensemble... Mais qu'auraient-ils pu construire dans ces conditions ?

— Je sais que l'armée est ta vie, ta carrière. C'est ce que tu aimes, et je le respecte. Être infirmière dans l'humanitaire, c'est ce que j'aime, moi. Et tu ne le respectes pas. Il n'y a pas de reconnaissance mutuelle.

— Je voulais te préserver du danger le mieux possible, répondit-il sèchement. Tu t'attendais à quoi ? À ce que je te dise de rester jusqu'à ce que les choses tournent vraiment mal, ou à ce que je te demande de partir pour que tu ne sois pas blessée parce que je t'aimais ?

— Est-ce que tu m'aimes ? demanda-t-elle du tac au tac.

— Eh bien, je...

Mais elle ne lui laissa pas prononcer les mots, car cela aurait fait encore plus mal.

— Tu crois qu' aimer quelqu'un ça signifie le choisir à la place de ton métier ? De ta carrière ?

Bien sûr, Hayden ne lui répondrait pas. Elle le savait avant de poser la question. Mais soudain, la vérité lui apparut comme une évidence.

Elle l'aimait.

Même si elle n'en avait jamais fait l'expérience auparavant, elle le savait au fond d'elle. C'était cela, l'amour. Beau et douloureux à la fois.

Mais non partagé.

— Ce n'est pas ce que je t'ai demandé, dit-elle. Pour ta gouverne, je pense qu'on peut avoir les deux. L'amour et la carrière. Et je vais partir dans l'autre camp, ajouta-t-elle avant que sa voix se brise.

— Birdie...

Elle se raidit et sentit une nouvelle force inconnue surgir en elle.

— Il faut que j'y aille. Pas pour quelqu'un d'autre, et certainement pas pour toi. Je veux faire cela pour *moi.* Est-ce que tu peux comprendre ça ?

Il y eut un long silence avant qu'il réponde.

— Je peux le comprendre, dit-il enfin d'une voix grave. Je te souhaite un bon vol, Bridget. Ils auront de la chance de t'avoir.

— Merci, articula-t-elle avec peine, la gorge serrée.

Et Hayden repartit d'où il était venu.

15

— Je ne peux pas croire que tu me conseilles de quitter l'armée, s'insurgea Mattie en s'asseyant à la table de la cuisine dans la maison de leur père. C'est bien toi qui m'as dit que j'étais folle de démissionner pour George ! Tu penses que ce serait plus légitime pour Kane ? Est-ce que tu es en train de suggérer que je devrais le faire ?

Hayden hésita.

Est-ce que c'était ce qu'il pensait ?

Pour la première fois de sa vie il n'en était pas sûr à cent pour cent. Ses pensées partaient dans tous les sens, et cela à cause de cette femme qui était encore à des milliers de kilomètres de là.

Bridget.

Quelle que soit la distance à laquelle elle se trouvait, elle le hantait toujours.

Il avait été tellement prisonnier de son orgueil et de la peur qu'il lui arrive quelque chose là-bas, qu'il n'avait pas accepté ce qu'elle lui avait dit.

Une fois, il avait eu le tort de lui demander de tourner le dos à sa passion et à ses buts – tout ce qui faisait d'elle ce qu'elle était, et ce qui l'avait attiré dès le début. Lui-même, il n'aurait jamais pris en considération une femme qui aurait exigé ça de lui. D'ailleurs, il ne l'avait jamais fait, pourtant certaines avaient essayé avec lui.

— Non, répondit-il enfin. Mais je me dis que c'est de la folie de renoncer à quelque chose que tu aimes pour quelqu'un d'autre que toi-même.

Et il aurait pu dire exactement les mêmes mots à Bridget.

Mattie le fixa en silence, se demandant manifestement ce qu'il était arrivé au frère qu'elle connaissait. Ou du moins à celui qu'il était jusqu'à ce que Bridget entre dans sa vie.

— Tu t'es toujours dit ça ? demanda-t-elle en fronçant les sourcils. Ça ne te ressemble absolument pas.

Au lieu de répondre aux questions de sa sœur avec sa tête, il décida de répondre avec son cœur.

— Qu'il s'agisse de George, de Kane ou de la reine d'Angleterre, mon opinion est que c'est à toi de décider, Mattie. À personne d'autre.

Tout comme c'était à lui de réparer les pots cassés avec Bridget, se dit-il en déposant un mug de thé chaud devant sa sœur. Il ne pouvait blâmer que lui pour la façon dont les choses s'étaient terminées entre eux.

— Alors, quelle est ta nouvelle affectation ? demanda Mattie.

— Je suis censé diriger un entraînement sur Salisbury Plain.

Il y a encore quelques mois, cette nouvelle tâche l'aurait enchanté.

— Tu es censé… ? répéta Mattie en rétrécissant les yeux.

Mais elle n'insista pas, sans doute trop préoccupée par ses propres problèmes.

Le fait est qu'il aurait largement préféré être ailleurs qu'au Royaume-Uni. À des milliers de kilomètres de là. Et avec une certaine personne.

C'était une sensation nouvelle, et très étrange.

Qui aurait pu croire il y a quelques mois que Bridget Gardiner chamboulerait ainsi sa vie ? Et c'était arrivé si tranquillement, si furtivement qu'il n'avait rien vu venir.

Il devait trouver une nouvelle approche avec elle.

Bientôt, suite aux demandes de différents coordinateurs de projets humanitaires, ses supérieurs enverraient un nouveau contingent pour un soutien suivi dans la région qu'il avait quittée. Ils mettraient en œuvre le même travail d'infrastructures qu'à Jukrem, mais cette fois dans d'autres camps, comme Rejupe et plus loin.

Il se posait juste une question : était-il disposé à le faire ?

Bridget commença à décanter ce qu'il restait de sang O négatif dans des sachets stériles à usage pédiatrique, avant d'en prélever un afin de procéder à un test de compatibilité.

Elle venait de retourner au chevet de l'enfant qu'elle assistait quand Justin, le médecin, entra précipitamment.

— Vous avez appelé ?

Il avait la tête de quelqu'un qui vient d'être tiré de sa première phase de sommeil depuis une vingtaine d'heures.

— Vous avez une mine épouvantable, lui dit-elle en guise d'excuse. Le patient est un bébé de dix-huit mois amené il y a dix minutes. Très pâle, oxygène bas, diarrhée sanglante, et un taux d'hémoglobine en dessous de trois.

— Est-ce qu'on a du sang ? demanda-t-il d'un air sombre.

— Pas beaucoup. Mais il y a au moins trois donneurs possibles que nous allons tester au plus vite.

— Bien.

Il se mit à examiner le bébé, constatant comme elle la perte musculaire, l'anémie et la malnutrition.

— Cela va être difficile de trouver une veine, conclut-il.

Pour ne pas dire impossible, commenta-t-elle à part elle.

— Solution saline normale en perfusion ? suggéra-t-elle.

Justin sourit d'un air approbateur.

— Je savais que vous n'étiez pas ici pour rien, dit-il. Je n'ignore pas que vous avez travaillé toute la nuit, mais vous êtes la meilleure pour passer les tests de compatibilité.

— Je ne vais nulle part, assura-t-elle, repoussant encore un peu les limites de l'épuisement.

— Tant mieux, parce que les nouvelles unités de l'armée doivent arriver aujourd'hui.

Elle se figea quelques secondes avant de reprendre sa tâche.

Cette nouvelle lui faisait penser à Hayden, ce qui ne lui arrivait jamais sans un serrement dans la poitrine.

Ironie du sort, l'organisation humanitaire avait décidé de développer sa relation de travail avec l'armée britannique parce qu'elle avait été impressionnée par la façon dont tout avait bien fonctionné à Jukrem, alors que sa relation avec Hayden s'était achevée de façon pitoyable. À présent, d'autres camps médicaux faisaient appel à l'Ingénierie royale pour développer leurs infrastructures.

Pourtant, il y avait encore au fond d'elle un grain de folie pour imaginer que Hayden allait peut-être essayer de venir dans sa région après sa dernière mission pour les nouvelles opérations unissant l'armée et l'organisation. Mais il ne l'avait pas fait, et elle s'en voulait de l'avoir espéré.

C'était il y a quatre mois, et elle n'avait toujours rien appris. Mais être volontaire ici lui rappelait une chose : la vie est trop courte pour avoir de l'amertume.

Elle était encore occupée avec son premier patient, quand une de ses collègues arriva précipitamment.

— Une autre urgence, annonça-t-elle. Une petite fille de deux ans avec une forte fièvre, de la diarrhée et des convulsions. D'après une première évaluation de la clinique, c'est la malaria.

— Encore une perfusion, dit Justin. Injections intramusculaires, cachets, et, Bridget... ?

— D'autres tests de compatibilité, acheva-t-elle. Compris.

— Je m'occupe de la maman, dit l'infirmière en repartant. Au fait, la nouvelle unité de l'armée est arrivée. Ils ont déjà commencé à vérifier la pompe du quartier sud, si bien qu'on pourrait bien avoir de l'eau fraîche d'ici la tombée de la nuit !

Bridget ne put s'empêcher de rêver un instant.

N'était-ce pas le genre de choses que Hayden aurait faites ? Il se serait lancé dans des tâches urgentes comme celle-ci. S'ils réussissaient, la limite de cinq litres d'eau par personne et par jour pourrait monter à dix litres. C'était moins que le minimum idéal de quinze litres, mais un sacré progrès pour un travail de quelques heures.

Elle se concentra sur les deux autres tests qu'il lui restait à effectuer dans les prochaines heures. Elle ne pourrait souffler que lorsque les trois petits patients seraient transfusés – et sauvés.

Finalement, épuisée mais emplie d'un sentiment de satisfaction, elle acheva son travail de la matinée et quitta la partie médicale de l'enceinte pour tenter de grappiller un morceau sous la tente de la cantine.

— Je me demandais si tu allais sortir un jour.

Sa fatigue et sa lassitude disparurent instantanément alors qu'elle reconnaissait la voix qui l'avait fait vibrer quelques mois plus tôt… Et encore maintenant.

— Hayd ! Qu'est-ce que tu fais ici ?

— J'ai reçu de nouveaux ordres, répondit-il simplement, les yeux rivés sur les siens comme s'il cherchait à retisser un fil invisible entre eux.

Jusqu'au moment où il s'effilocherait.

Elle se força à ne pas réagir.

— De nouveaux ordres ? répéta-t-elle d'un ton neutre.

— On doit vérifier les trous de forage et réparer les pompes électriques submersibles qui en ont besoin.

— Je savais qu'une unité de l'armée arrivait, mais je n'ai pas pensé un seul instant que tu en ferais partie, dit-elle avec un calme qui l'impressionna elle-même. S'agit-il d'une coïncidence ?

Le regard de Hayden était si intense qu'elle retint un instant sa respiration.

— Non, Birdie. Ce n'est pas une coïncidence, répondit-il, l'air grave. J'ai fait une demande à mes supérieurs pour venir ici et participer à cette mission d'accompagnement, parce que je voulais te revoir. Tu m'as manqué.

Elle avait tellement envie de le croire !

Mais quelque chose en elle l'avertissait qu'elle ne devait pas être aussi stupidement crédule que sa mère. Hayden Brigham lui avait bien dit qu'il ne pouvait avoir de véritable relation avec elle. Alors, qu'est-ce qui avait changé ?

— Le sexe t'a manqué, rectifia-t-elle. Rien de plus.

— Non. C'est toi qui m'as manqué, murmura-t-il en avançant la main pour tourner une mèche de ses cheveux entre ses doigts.

Ce simple petit geste si intime lui coupa presque la respiration.

Si elle n'y prenait pas garde, son cœur allait se retrouver sens dessus dessous.

D'ailleurs, cela n'expliquait toujours pas ce qui avait changé dans la tête de Hayden.

— Je n'y crois pas, dit-elle fermement en repoussant sa main. Et je ne veux pas repasser par là avec toi.

Elle se détourna pour partir, mais sa voix la retint.

— J'avais tort…

— Que veux-tu dire ? demanda-t-elle sans se retourner.

— Je veux plus. Avec toi.

Ces quelques mots restèrent suspendus dans l'air étouffant de la mi-journée.

Lentement, très lentement, elle lui fit face.

— Peux-tu répéter ?

— Tu as bien entendu, dit-il en s'approchant. Je veux beaucoup plus.

Davantage encore que ses paroles, ce fut son expression qui la toucha au cœur.

— Et tu as décidé ça d'un seul coup ? réussit-elle à articuler, la gorge sèche. Tu t'attends peut-être à être accueilli à bras ouverts ?

Il hocha la tête d'un air compréhensif.

— Tu penses que je vais changer d'avis…

C'était précisément ce qu'elle redoutait. Mais elle en était encore à essayer de digérer ce qu'il venait de dire.

— J'en suis persuadée, répliqua-t-elle. Parce que, quoi que tu dises maintenant, ta carrière passe en premier. Comme la mienne pour moi.

— Une femme avisée m'a dit un jour – mais je n'étais pas prêt à l'entendre – qu'il n'y avait aucune raison de ne pas pouvoir avoir les deux.

Doucement, il prit son visage entre ses mains.

Elle aurait dû reculer, mais elle ne bougea pas d'un millimètre. Elle resta là, comme enracinée, ne pouvant détacher les yeux des siens.

— Et maintenant, tu es prêt ? demanda-t-elle d'une toute petite voix.

— Pour le reste de ma vie, répondit-il d'un ton solennel.

— Le reste de ta vie ? répéta-t-elle, incrédule.

Cela semblait si réel. Ça ne pouvait pas lui arriver à elle ?

— Le reste de *notre* vie, corrigea Hayden. Il te suffit de dire que tu me reprends.

La joie jaillit au fond d'elle-même, et pour la première fois depuis longtemps, elle sourit malgré elle.

Le sourire de Bridget était si éclatant que Hayden fut transporté de joie.

Il n'avait jamais imaginé qu'il rencontrerait un jour une femme comme Bridget et que, grâce à elle, il se sentirait entier, alors même qu'il n'avait pas pris conscience de ses fêlures. Pendant des années, il s'était félicité de ne pas être tombé dans le même genre de relations que ses amis et collègues. Une nuit avec Bridget et il y avait sauté à pieds joints sans même s'en rendre compte.

— Je ne suis pas un homme de discours, Birdie, s'excusa-t-il. Habituellement, je suis un homme d'action. Et je ne sais pas comment te dire tout ce que tu signifies pour moi, mais j'ai pensé te le prouver en venant jusqu'ici.

— En fait, je crois que j'aimerais bien les deux, répondit-elle en riant.

Alors il prit une profonde inspiration et tenta d'exprimer ce qu'il avait dans le cœur.

— Birdie, commença-t-il en l'enlaçant. J'ai passé ma vie à refuser l'idée de me lier avec une femme, pour ne pas lui faire connaître la vie que ma mère avait eue avec mon père, même si elle l'aimait.

— Hayd…, commença-t-elle.

Il effleura ses lèvres d'un baiser, et elle se tut.

— Je crois que je t'ai aimée à la minute où tu es entrée dans cette satanée discothèque, avec ma sœur comme garde du corps. Je n'ai purement et simplement pas pu te résister, Birdie.

— Tu as pourtant fait ce qu'il fallait pour que je pense le contraire, dit-elle en souriant.

— Je me demande comment, grommela-t-il. Et je ne veux jamais plus avoir à le refaire.

— Vraiment ?

— Vraiment. Au bout d'un mois en ta compagnie, je me suis rendu compte que l'idéal était de trouver une femme qui voulait vivre la même vie que moi.

Il vit ses yeux briller.

— Mais pas pour toujours, Hayd. Et l'avenir ?

— J'ignore de quoi il sera fait. Je sais seulement que je veux l'affronter à tes côtés. Toi et moi, ensemble.

— Je tiens à ce que tu saches que, un jour, je voudrai une famille. Peut-être dans dix ans, mais cela arrivera.

— J'en veux une aussi. Avec toi.

Il n'y avait aucun doute en lui : avec elle, il voulait tout.

Penchant la tête, il effleura ses lèvres en guise de prémices du premier baiser du reste de leur vie.